鲸歌

我们拥有同样的音频和心跳

国家出版基金项目
NATIONAL PUBLICATION FOUNDATION

金色俄罗斯
Золотая Россия

莫斯科的小提琴

Московская скрипка

[俄] 安德烈 · 普拉东诺夫 / 著
池济敏 / 译

四川人民出版社

图书在版编目（CIP）数据

莫斯科的小提琴/（俄罗斯）安德烈·普拉东诺夫著；池济敏译．—成都：四川人民出版社，2018.11

（金色俄罗斯/汪剑钊主编）

ISBN 978－7－220－10999－7

Ⅰ.①莫…　Ⅱ.①安…　②池…　Ⅲ.①中篇小说－小说集－俄罗斯－现代②短篇小说－小说集－俄罗斯－现代　Ⅳ.①I512.45

中国版本图书馆 CIP 数据核字（2018）第 212192 号

MOSIKE DE XIAOTIQIN

莫斯科的小提琴

（俄）安德烈·普拉东诺夫/著　池济敏/译

策划组稿	张春晓
责任编辑	张春晓
责任校对	林　泉
装帧设计	张　妮
责任印制	祝　健
出版发行	四川人民出版社（成都槐树街 2 号）
网　　址	http://www.scpph.com
E-mail	scrmcbs@sina.com
新浪微博	@四川人民出版社
微信公众号	四川人民出版社
发行部业务电话	（028）86259624　86259453
防盗版举报电话	（028）86259624
照　　排	四川胜翔数码印务设计有限公司
印　　刷	成都东江印务有限公司
成品尺寸	140mm×203mm
印　　张	11.25
字　　数	240 千
版　　次	2018 年 11 月第 1 版
印　　次	2018 年 11 月第 1 次印刷
书　　号	ISBN 978－7－220－10999－7
定　　价	52.00 元

金色俄罗斯

Золотая Россия

致敬“金色俄罗斯丛书”译介团队，感谢所有参与者为传播俄罗斯文学、增进中俄两国人民文化交流而做的努力！

池济敏 四川大学外国语学院副院长，副教授，文学博士。

飞　白 云南大学外语系教授，浙江省比较文学与外国文学学会名誉会长。

黄　玫 北京外国语大学俄语学院教授，博士生导师。

杨晓笛 北京外国语大学博士，太原理工大学教师。

李玉萍 洛阳理工学院外国语学院教师。

王立业 北京外国语大学俄语学院教授，博士生导师。

邱　鑫 黑龙江大学俄语学院文学博士，四川大学俄文系系主任。

郭靖媛 北京外国语大学外国文学研究所硕士。

薛冉冉 浙江大学外语学院副教授，博士。

温玉霞 西安外国语大学俄语学院教授，博士生导师。

潘月琴 北京外国语大学俄语学院副教授。

董树丛 北京外国语大学外国文学研究所硕士。

余　翔 北京外国语大学外国文学研究所博士。

冯昭玙 浙江大学外文系教授。

王景生 中国社会科学院外国文学研究所博士，研究员。

徐　琪 厦门大学外文学院教授，文学博士。

徐曼琳 四川外国语大学俄语系教授，文学博士。

欢迎更多的译者加入“金色俄罗斯丛书”……

（按译作出版时间排序。）

四川人民出版社　文学出版中心

金色的“林中空地”（总序）

汪剑钊

2014年2月7日至23日，第二十二届冬奥会在俄罗斯的索契落下帷幕，但其中一些场景却不断在我的脑海回旋。我不是一个体育迷，也无意对其中的各项赛事评头论足。不过，这次冬奥会的开幕式与闭幕式上出色的文艺表演给我留下了深刻的印象，迄今仍然为之感叹不已。它们印证了一个民族对自身文化由衷的热爱和自觉的传承。前后两场典仪上所蕴含的丰厚的人文精髓是不能不让所有观者为之瞩目的。它们再次证明，俄罗斯人之所以能在世界上赢得足够的尊重，并不是凭借自己的快马与军刀，也不是凭借强大的海军或空军，更不是凭借所谓的先进核武器和航母，而是凭借他们在文化和科技上的卓越贡献。正是这些劳动成果擦亮了世界人民的眼睛，引燃了人们眸子里的惊奇。我们知道，武力带给人们的只有恐惧，而文化却值得给予永远的珍爱与敬重。

众所周知，《战争与和平》是俄罗斯文学的巨擘托尔斯泰所著的一部史诗性小说。小说的开篇便是沙皇的宫廷女官安娜·帕夫洛夫娜家的舞会，这是介绍叙事艺术时经常被提到的一个经典性例子。借助这段描写，托尔斯泰以他的天才之笔将小说中的重要人物一一拈出，为以后的宏大叙事嵌入了一根强劲的楔子。2014 年 2 月 7 日晚，该届冬奥会开幕式的表演以芭蕾舞的形式再现了这一场景，令我们重温了“战争”前夜的“和平”魅力（我觉得，就一定程度上说，体育竞技堪称是一种和平方式的模拟性战争）。有意思的是，在各国健儿经过数十天的激烈争夺以后，2 月 23 日，闭幕式让体育与文化有了再一次的亲密拥抱。总导演康斯坦丁·恩斯特希望“挑选一些对于世界有影响力的俄罗斯文化，那也是世界文化遗产的一部分”。于是，他请出了在俄罗斯文学史上引以为傲的一部分重量级人物：伴随拉赫玛尼诺夫第二钢琴协奏曲的演奏，普希金、果戈理、屠格涅夫、托尔斯泰、陀思妥耶夫斯基、契诃夫、马雅可夫斯基、阿赫玛托娃、茨维塔耶娃、布尔加科夫、索尔仁尼琴、布罗茨基等经典作家和诗人在冰层上一一复活，与现代人进行了一场超越时空的精神对话。他们留下的文化遗产像雪片似的飘入了每个人的内心，滋润着后来者的灵魂。

美裔英国诗人 T. S. 艾略特在《诗的作用和批评的作用》一文中说：“一个不再关心其文学传承的民族就会变得野蛮；一个民族如果停止了生产文学，它的思想和感受力就会止步不前。一个民族的诗歌代表了它的意识的最高点，代表了它最强大的力量，也代表了它最为纤细敏锐的感受力。”在世界各民族中，俄罗斯堪称最为关心自己“文学传承”的一个民族，而它辽阔的地理特征则为自己的文学生态提供了一大片培植经典的金色的"林中空地"。迄今，在这片土地上生根发芽并长成参天大树的作家与作品已不计其数。除上述提及的文学巨匠以外，19世纪的茹科夫斯基、巴拉廷斯基、莱蒙托夫、丘特切夫、别林斯基、赫尔岑、费特等，20世纪的高尔基、勃洛克、安德烈耶夫、什克洛夫斯基、普宁、索洛古勃、吉皮乌斯、苔菲、阿尔志跋绥夫、列米佐夫、什梅廖夫、波普拉夫斯基、哈尔姆斯等，均以自己的创造性劳动进入了经典的行列，向世界展示了俄罗斯奇异的美与力量。

中国与俄罗斯是两个巨人式的邻国，相似的文化传统、相似的历史沿革、相似的地理特征、相似的社会结构和民族特性，为它们的交往搭建了一个开阔的平台。早在1932年，鲁迅先生就为这种友谊写下一篇"贺词"——《祝中俄文字之交》，指出中国新文学所受的"启发"，将其看作自己的"导师"和"朋友"。20世纪50年代，由于意识形态的接近，中国与俄国在文化交流上曾出现过一个"蜜月期"，在那个特定的时代，俄罗斯文学几乎就是外国文学的一个代名词。俄罗斯文学史上的一些名著，如《叶甫盖尼·奥涅金》《死魂灵》《贵族之家》《猎人笔记》《战争与和平》《复活》《罪与罚》《第六病室》《丽人吟》《日瓦戈医生》《安魂曲》《没有主人公的叙事诗》《静静的顿河》《带星星的火车票》《林中水滴》《金蔷薇》和《钢铁是怎样炼成的》等，都曾经是坊间耳熟能详的书名，有不少读者甚至能大段大段背诵其中精彩的章节。在一定程度上，我们可以说，翻译成中文的俄罗斯文学作品已构成了中国新文学的一个重要组成部分，成为现代汉语中的经典文本，就像已广为流传的歌曲《莫斯科郊外的晚上》《三套车》《喀秋莎》《山楂树》等一样，后者似乎已理所当然地成为中国的民歌。迄今，它们仍在闪烁金子般的光芒。

不过，作为一座富矿，俄罗斯文学在中文中所显露的仅是冰山一角，大量的宝藏仍在我们有限的视域之外。其中，赫尔岑的人性，丘特切夫的智慧，费特的唯美，洛赫维茨卡娅的激情，索洛古勃与阿尔志跋绥夫在绝望中的希望，苔菲与阿维尔琴科的幽默，什克洛夫斯基的精致，波普拉夫斯基的超现实，哈尔姆斯的怪诞，等等，大多还停留在文学史上的地图式导游。为此，作为某种传承，也是出自传播和介绍的责任，我们编选和翻译了这套“金色俄罗斯丛书”，其目的是进一步挖掘那些依然静卧在俄罗斯文化沃土中的金锭。可以说，被选入本丛书的均是经过了淘洗和淬炼的经典文本，它们都配得上“金色”的荣誉。

行文至此，我们有必要就“经典”的概念略做一点说明。在汉语中，“经典”一词最早出现于《汉书·孙宝传》：“周公上圣，召公大贤。尚犹有不相说，著于经典，两不相损。”汉朝是华夏民族展示凝聚力的重要朝代，当时的统治者不仅实现了政治上的统一，而且也希望在文化上设立标杆与范型，亟盼对前代思想交流上的混乱与文化积累上的泥沙俱下状态进行一番清理与厘定。客观地说，它取得了一定的成效，虽说也因此带来了“罢黜百家”的重大弊端。就文学而言，此前通称的“诗三百”也恰恰在那时完成了经典化的过程，被确定为后世一直崇奉的《诗经》。关于“经典”的含义，唐代的刘知幾在《史通·叙事》中有过一个初步的解释：“自圣贤述作，是曰经典。”这里，他将圣人与前贤的文字著述纳入经典的范畴，实际是一种互证的做法。因为，历史上那些圣人贤达恰恰是因为他们杰出的言说才获得自己的荣名的。

那么，从现代的角度来看，什么是经典呢？商务印书馆出版的《现代汉语词典》给出了这样的释义：1. 指传统的具有权威性的著作：博览经典。2. 泛指各宗教宣扬教义的根本性著作。不同于词典的抽象与枯涩，意大利著名作家卡尔维诺归纳出了十四条非常感性的定义，其中最为人称道的是其中两条：其一，一部经典作品是一本每次重读都像初读那样带来发现的书；一部经典作品是一本即使我们初读也好像是在重温的书。其二，经典作品是一些产生某种特殊影响的书，它们要么自己以遗忘的方式给我们的想象力打下印记，要么乔装成个人或集体的无意识隐藏在深层记忆中。参照上述定义，我们觉得，经典就是经受住了历史与时间的考验而得以流传的文化结晶，表现为文字或其他传媒方式，在某个领域或范围具有一定的权威性和典范性，可以成为某个民族、甚或整个人类的精神生产的象征与标识。换一个说法，每一部经典都是对时间之流逝的一次成功阻击。经典的诞生与存在可以让时间静止下来，打开又一扇大门，带你进入崭新的世界，为虚幻的人生提供另一种真实。

或许，我们所面临的时代确实如卡尔维诺所说：“读经典作品似乎与我们的生活步调不一致，我们的生活步调无法忍受把大段大段的时间或空间让给人本主义者的悠闲；也与我们文化中的精英主义不一致，这种精英主义永远也制定不出一份经典作品的目录来配合我们的时代。”那么，正如沙漠对水的渴望一样，在漠视经典的时代，我们还是要高举经典的大纛，并且以卡尔维诺的另一段话镌刻其上："现在可以做的，就是让我们每个人都发明我们理想的经典藏书室；而我想说，其中一半应该包括我们读过并对我们有所裨益的书，另一些应该是我们打算读并假设对我们有所裨益的书。我们还应该把一部分空间让给意外之书和偶然发现之书。"

愿"金色俄罗斯"能走进你的藏书室，走进你的精神生活，走进你的内心！

译序

池济敏

安德烈·普拉东诺夫（Андрей Платонов，1899—1951）是 20 世纪俄苏文学史上一位独特的作家，其作品在俄罗斯国内外都享有很高的评价。俄罗斯作家勃留索夫、高尔基、法捷耶夫等都不吝溢美之词，对其写作才华大为褒奖。美国作家海明威在荣获诺贝尔文学奖时也曾说，普拉东诺夫对自己的创作影响最大。

从 20 世纪 30 年代后期起，普拉东诺夫的作品在苏联就少有出版。他的大部分作品都是在去世多年后才得以问世。直到今天，研究者们还在整理他未曾出版的作品。随着 20 世纪 80 年代在苏联出现的文学回归潮，这位被称为“先知”的作家重新引起了关注。

俄罗斯文学家维·什克洛夫斯基在自己 90 岁时评价道：“认识俄罗斯之路是一条艰难之路，而普拉东诺夫熟悉这条路上的每块石头和每个转弯。”俄罗斯当代作家，莫斯科大学语文系教授阿·瓦尔拉莫夫如是评价普拉东诺夫：“上世纪初俄罗斯蕴积的那种巨大能量在普拉东诺夫的作品中找到了出路。正是在普拉东诺夫的命运与创作中，俄罗斯道路的最深层次和悲剧性体现得淋漓尽致。”

在普拉东诺夫的作品中，孤儿主题是最具代表性的主题。如果把普拉东诺夫的创作看成是一种乌托邦的尝试，那么作家的主要作品可以划分为三种类型：将来的尝试、过去的尝试和现在的尝试。不同类型的孤儿们通过三种寻父路径实现他们对世界的认知：寻找精神之父，完成拯救人类的使命探索未来；寻找记忆之父，循着记忆之水追思过去；寻找全民之父，顺应当下潮流面对现实。作家创造了自己的家庭寓言，通过孤儿主题表达对现实的质疑，对过去的追思和对未来的思索，通过不完整的家庭折射出对国家发展道路的思考。普拉东诺夫的小说形成了“孤儿小说”系列。在普拉东诺夫那里，每个人都是孤儿——事实上的或心理上的。孤儿的感觉不仅是失去父母的无助，还是失去自我的迷茫，丧失信仰的惊慌，割裂历史记忆的虚空与绝望……孤儿主题构成了普拉东诺夫创作中最大的隐喻：俄罗斯（苏联）何尝不是这样一个孤儿，被困在东方与西方之间，过去与未来之间，理想与现实之间。

普拉东诺夫的作品，犹如一部系列电视剧，有一个整体语境。人物、情节、象征在一部作品与另一部作品间徘徊，承载着原型的记忆，在每部新作品中又被赋予新的意义。从自传体小说《谢苗》中，我们清楚地看见了作家个人生活的影子：多子女家庭、艰难的生活、操劳的母亲、忙碌的父亲、能干的长子、并不和睦的兄弟（妹）关系……从这篇小说中，我们能找到普拉东诺夫作品中几乎所有的人物和主题：孤儿、早熟的孩子、无助的成人；生与死、父与子……熟悉普拉东诺夫作品的读者一眼就能发现，谢苗就是那个典型的孤儿，他以不同的名字，或者根本就没有名字地反复出现在不同的作品中。《谢苗》就像一篇元小说，统领了作家的其他作品。它好似莫斯科红场外俄罗斯公路的原点，其他的所有作品都由此发散开。小主人公谢苗就是其他作品中成年孤儿们的童年记忆。他们都是从谢苗长大，他们的必然与偶然的不幸、痛苦、欢乐、创伤等都是由此开始。《波图丹河》里的尼基塔、《驿镇》里的菲拉特、《莫斯科的小提琴》里的萨尔托利乌斯就是长大了的谢苗。

普拉东诺夫的主人公们是思索者，可是他们却无言表达变革的力量；他们是受难者，却也在同大自然的交往中、与同为孤儿的兄弟们的交往中收集着快乐的残片。他们“爱”着，不幸地怯懦地“爱”着，却从未体验过爱的幸福。他们为了生存而劳碌，爱对于他们而言是一个遥不可及的梦想。普拉东诺夫笔下的世界，是一个无爱的世界。这一点与现代主义文学非常相似。在这个世界里，孤儿们的“爱”显得苍白、无奈，甚至是病态、畸形。《波图丹河》里的尼基塔、《驿镇》里的菲拉特、《莫斯科的小提琴》里的萨尔托利乌斯莫不是如此。或者准确地说，他们是没有“个人之爱”，而追求着“人类之爱”。他们无法接受现实却又无力抵抗，就只能退缩到母亲的怀抱中，在对美好童年的回忆中欺骗自己。孤儿们最大的梦想就是重回母腹——那是他们人生的巅峰。

普拉东诺夫沿袭了俄罗斯文学的漫游主题。正如果戈理借着乞乞科夫的三套马车发出“俄罗斯要向何处去”之问一样，普拉东诺夫也让自己的孤儿们在行走中寻觅与思考。《内向的人》中的普霍夫、《充满疑虑的马卡尔》中的同名主人公、《莫斯科的小提琴》中的萨尔托利乌斯都在为追求理想而漂泊。正如作家在代表作《切文古尔镇》中所写的那样："俄罗斯的流浪者和朝圣者常常流浪，是因为他们的每一步都播下了人民沉重的灵魂。"而漂泊，恰是对心灵的保护。

作家创作鼎盛期的20世纪20年代初—30年代末是俄罗斯历史发展进程中非常重要的一段时期。有血雨腥风，有沧海桑田，更有千百万普通人无可选择地被卷入这场社会变革的洪流和旋涡中。普拉东诺夫带着改造自然、造福人类的豪情踏入文学界，用他平静而深邃的目光反思历史，剖析现实，预言未来。可他却常常感受到和《乌利亚》中那位同名小女孩同样的折磨：他能看见一切丑恶，这让他痛苦。在一个人人都不需要真相的国度，说真话的人总是显得那么异类。因为"人们不需要看见真相，他们全都明白。而那些不明白的人，即使看见了也不会相信"。

在《尤什卡》中，作家仿佛预言了自己的身后事。与作家在世时的寂寥无助形成鲜明对比的是，众多哀悼者出现在了他的葬礼上，包括各个派别的作家，以及对他及其作品发表过尖锐批评的人。这仿佛是重现了尤什卡葬礼的情形。作家的葬礼上，众人心情复杂。作家科瓦列夫斯基更是扑到墓前放声大哭："请原谅我们，原谅这些深爱着你，却又没能表现出对你的爱的朋友们。请原谅我们，在你困难的时候没能帮助你。"

普拉东诺夫曾这样评价普希金："普希金作品的秘密何在？就在于，在他的作品之外——在清楚的形式和深刻透彻的思想背后，还留下了更多言之未尽的东西。我们看见的是一片大海，而透过它，我们还将看见整个海洋。"这也正是我们今天阅读普拉东诺夫的意义。

别尔嘉耶夫曾说过："俄罗斯文学是世界上最有预见性的文学。它充满了预感和预言，它具备大难临头的惊恐。"近百年后的今天，我们重读普拉东诺夫，与作家对话，不仅更深刻地了解了他所处的时代，他书中反映的历史，更可以帮助我们思考今天的时代与命运。在《卡拉马佐夫兄弟》的开篇，陀思妥耶夫斯基引用了《圣经》里的一段话："我实实在在地告诉你们，一粒麦子若不落在地里死了，仍然是一粒。若是落在地里死了，就结出许多籽粒来。"（约翰福音12：24）。这句话被写在了圣彼得堡陀思妥耶夫斯基故居博物馆的墙上。对于与陀思妥耶夫斯基有诸多对话的普拉东诺夫来说，这段话也是一个很好的纪念。

遗憾的是，这样一位创作风格独特，思想深刻的作家，在中国普通读者中的知名度还不高。无论是其作品被译介成汉语的数量，还是现有研究成果的深度，研究范围的广度都与普拉东诺夫在世界文学界的地位和我国的俄罗斯文学研究水平不相符合。造成这种现象的主要原因是作家叙事方式奇特，语言风格怪异。对他来说，小说中重要的是思想，而不是情节。所以作品中几乎没有什么连贯的情节和引人入胜的故事，而是偏重于沉重的理性思考。这虽能让人掩卷沉思，心有戚戚焉，可对于初次阅读的读者来说，太过艰涩。作家独特的语言风格，以及太多的自造词也曾让世界各国的译者发出"普拉东诺夫不可译"的感叹。这在相当大的程度上影响了其作品被介绍到中国。

出于对普拉东诺夫的热爱，本书的译者迎难而上。但由于水平所限，书中的误译之处，还望各位不吝指正。

目　录
Contents

内向的人[①]

1

福马·普霍夫是个大大咧咧的人，家里没了女主人之后，他饿了就在妻子的棺材上切香肠吃。

“大自然各取所需！”普霍夫这样总结这个问题。

安葬完妻子，普霍夫躺下睡觉。紧张忙碌之后他累得精疲力竭。醒来，他想喝点格瓦斯，可是妻子还在病中的时候格瓦斯就喝完了，现在家里又没了采买食品的人。于是普霍夫抽起了烟——为了不口渴。一支烟还没抽完，就有人用一只绝对服从的手咚咚敲响了他家房门。

“谁啊？”普霍夫大声问，深吸了一大口烟，“都不让人伤会儿心，混蛋！”

门开了，可能来人找他有事。

---

① 这篇小说献给我曾经的同志 Ф. Е. 普霍夫和弗兰格尔老巢新罗斯斯克空降兵政委托尔斯基同志。——原注

车辆段段长办公室的看门人走了进来。

“福马·叶戈雷奇，——派工单！请在表上签字！又刮起了暴风雪——要出车！”

福马·叶戈雷奇签完字看了看窗外：的确，暴风雪已经刮了起来，风在炉子的风门上方呼呼作响。看门人走了，福马·叶戈雷奇听着呼啸的暴风雪难过起来——既是因为寂寞，也是因为失去妻子后的无依无靠。

“一切都依照自然法则行事！”他这样说服自己，稍微平静了些。

可是暴风雪在普霍夫头顶上，在烟囱里肆虐。这种情况下多希望身边能有一个，不说妻子，哪怕是个小动物也好啊。

派工单上要求16点到火车站，现在是12点——还可以再睡一会儿。福马·叶戈雷奇没有理会屋外暴风雪的歌唱，这样做了。

普霍夫挣扎着醒来，感到身子绵软无力浑身冒汗。他不由自主地按照过去的习惯喊了一声：

“格拉莎！”他在喊妻子。木屋挺住了风雪的打击，吱嘎作响。两个房间都空荡荡的，没有人听见福马·叶戈雷奇的话。若是平时马上就能传来妻子关切的回答：

“你怎么啦，福姆什卡[①]？”

“没什么，”平时福马·叶戈雷奇会回答说，“我就是叫你一声，你没事儿吧？”

而现在没有任何人回答，参与对话：这就是自然法则！

---

① 福马的爱称。——译者注

“给我的老太婆做一次大修吧——就算她活着，还不是既没钱，又吃不上好饭!”普霍夫自言自语地说，系紧了奥地利皮靴的鞋带。

“哪怕能发明出一种自动化装置也好：要不然劳动人民会嫌弃我!”福马·叶戈雷奇一边往包里装食品：面包和黍米，一边想。

走到外面，暴风雪呼啸着扑面而来。

“不明事理的坏蛋!”普霍夫对着移动的空间大声说。他指的是整个大自然。

走过火车站旁边空无一人的小镇时，普霍夫激动地嘟哝着——不是愤怒，而是忧愁，还夹杂着一些情绪，不过他没有说出来。

车站里停着一辆重型大功率火车头，冒着蒸汽，后面挂着一辆除雪车。除雪车上写着“Э·布尔科夫斯基工程师系统”。

“这个布尔科夫斯基是谁？他现在在哪儿？还活着吗？谁知道?!”普霍夫忧郁地想着，不知怎么突然很想见见这个布尔科夫斯基。

段长走到普霍夫身边：

“普霍夫，看看，签上字就出发!”说着递给他一纸命令：

此令，从科兹洛夫到利斯基路段右侧第一道须随时保持无积雪。所有除雪车无间断工作。除满足军列牵引之外，所有车头均挂除雪车。紧急情况下，启用车站值班机车。如遇暴雪，每辆军列均由除雪车开道，保障红军的行进与安全不受丝毫影响。

东南铁路革命委员会主席卢金，东南铁路交通政委杜巴宁普霍夫签了字——在那个年代，你不签试试?

“又是一星期睡不了觉!”火车司机也签完了字，说道。

“又是!”普霍夫说。即将到来的繁重工作反倒让他有了一种奇怪的满足感：这样一来，日子就能在不知不觉间过得快些。

段长是个工程师，一个高傲的人。他不慌不忙地听着暴风雪的声音，眼睛心不在焉地看着火车头上方。他两次被判枪毙，一下子就白了头，对所有人都言听计从，任劳任怨。可是他永远地闭了嘴，只有下指令的时候才开口说话。

车站值班员走了出来，递给段长一张派车单，并祝他一路顺利。

“到格拉夫之前不停站!”段长对司机说，“40 俄里！如果一直旺火燃烧，水够吗?”

“够!”司机回答，“水多得很——烧不干!”

于是段长和普霍夫上了除雪车。里面已经躺了 8 个工人，公家的柴火把铁炉烧得发红，窗户大开着，把新鲜空气放进来。

“又臭烘烘的，鬼家伙!”普霍夫感觉到也猜到了，“你们刚来，油荤应该还没吃多吧！蠢货!”

段长在窗边的圆形椅子上坐下，这是他操作机车和除雪车的位置。普霍夫站在平衡杆旁边。

工人们也站起来各就各位，站到了大摇柄旁边，操作摇柄让平衡杆快速移动物体——平衡杆把除雪板时而抬起，时而放下。

暴风雪在东南草原上蓄积了巨大的张力，顽强平稳地怒号着。

车厢里并不干净，可是暖和，安静。车站屋顶的铁皮被风撕裂，发出叮叮当当的声响。这声音时而还与远处的炮声交织在一起。

前线在 60 俄里之外。骑着瘦马在雪中草原疲于奔命的白军总是紧贴铁路线，在车站和车厢里寻找舒服的地方。而红军从装甲列车中用破旧的机枪射出铅弹，扬起地上的雪，驱赶着白军。每到黑灯瞎火的夜里，白军就悄悄地，蹑手蹑脚地在装甲列车四周查看，试着通过火车头来探知道路状况。伸手不见五指的夜里，远处草原上一棵矮树对着列车挥了挥手——它迟早也会被机枪子弹消灭：动一动也无妨。

“准备好了吗?”段长问道，看了看普霍夫。

“准备好了!”普霍夫回答，双手抓住了手柄。

段长拽了一下与火车头的连接绳——火车头像一艘轮船似的，温柔地鸣起笛，笨拙地拖动了除雪车。

离开车站之后，段长用一只手猛烈而短促地拽火车头汽笛的绳子，另一只手向普霍夫挥动。意思是：干活了!

火车头嘶吼着，司机将蒸汽开到最大，普霍夫扳动着两个手柄，放下除雪板，打开侧翼。

除雪车立刻降低了速度，开始陷入雪中，像被磁铁吸住一样，粘在了铁轨上。

段长又拽了一下与车头的连接绳，意思是：加大牵引力！可是车头不堪重负地战栗着，烟管冒着粗气。车轮在雪地里空转，就像陷进了土里。由于高转速和劣质润滑油的缘故，轴承发烫。司炉冒着零下 22 度的寒风跑到煤水车里取柴火，却是挥汗如雨，浑身湿透。

除雪车和车头陷入了深深的雪坑。只有段长一个人没说话——

对于他来说什么都无所谓。车头和除雪车上的其他人纷纷用自创的语言粗鲁地发表着意见。

“蒸汽不足！通通炉子送送风，让平衡器[①]叫起来——这样就行了！”

“抽支烟吧！”普霍夫对工人们喊道。他已经猜到了机车的问题。

段长也掏出烟袋，把自制的马合烟倒在一小块报纸上。

大家已经忘记了暴风雪的存在，对之如同寻常空气一般视而不见。抽完烟，普霍夫爬出车厢才感觉到风暴的咆哮、刺骨的寒冷和子弹一样的雪粒。

“下流胚！”普霍夫勉强做完了需要做的事后说道。

突然，机车平衡器狂叫起来，这是在排出多余的蒸汽。普霍夫跳上车，这时机车一下子把除雪车从雪堆里拖了出来，打滑的车轮在铁轨上擦出火花。普霍夫还看见，由于蒸汽开得太大，水从蒸汽管里溅了出来。他对勇敢的火车司机夸道：

“你们机车上的小伙子真棒！”

“啊？”老工人舒加耶夫问。

“啊什么？”普霍夫回答，“有什么好啊的？遇到困难了，你却在这儿说闲话！”

舒加耶夫闭了嘴。

机车鸣笛两声，段长喊道：

“结束作业！”

---

① 平衡器，防止锅炉里的蒸汽过压的自动保护装置。——原注

普霍夫猛拉手柄，抬起除雪板。

机车驶近道口，这里无法作业：除雪车的除雪板在轨道头下方铲雪，如果轨道旁边有护轨，扫雪车就无法作业——容易翻车。

驶过道口，除雪车行驶在开阔的草原上。铁路被皑皑白雪覆盖。这广阔的空间总是让普霍夫惊叹，安抚他的伤痛，增加他原本不多的快乐。

现在也是这样——普霍夫从车窗看出去，那里苍茫一片，却让人愉悦。

带有硬质弹簧的除雪车轰鸣着，就像颠簸的马车。它颤动着伸出翼展，抓起积雪，乌云一般堆到铁路右侧。翼展的作用就是把积雪抛到路边——它也正是在这样做。

在格拉夫站做了长时间停靠，给机车加水，副司机清理了烟道、燃烧室等燃烧装置。

冻僵了的司机什么也没做，骂骂咧咧地抱怨着这样的生活。停留在格拉夫站的水兵司令部给他送来一些烈性酒，普霍夫也得到一份，段长没有要。

“喝吧，工程师。”水手长对他说。

“感谢！我什么也不喝。”段长一工程师躲开了。

“好吧，随你便！”水手长说，“喝了暖暖身子！我再给你拿点鱼过来，你吃吗？”

工程师还是拒绝了，不知道什么原因。

“你这个人，不知好歹！”感觉受到侮辱的水手长说，“人家真心实意地给你——我们都不吝惜，你还不要！请吃吧！”

司机和普霍夫不管不顾地吃完喝完了，乐呵呵地看着段长。

“你别管他，”另一个水兵插话道，“他想吃，可是意志又不允许!”

段长没有说话。他的确是没有胃口。一个月前他刚出差回来——在察里津附近参与了一座桥梁的维修。昨天他接到急电，桥被军列压垮了：桥梁铆接进行得太匆忙，技术不熟练的工人们把铆钉钉入了活动处。现在一辆载重并不大的货运列车就使桥的桁架开裂了。

两天前启动了对桥梁事故的调查，段长家里还放着铁路革命法庭侦查员发出的传票。由于工程师被派遣参加此次紧急任务，他无法去革命法院出庭，可一直惦记着这件事，所以才饮食难安。可他并不害怕，折磨着他的是十足的麻木。他感到，也许麻木比怯懦更可怕——如同文火将水烧干一样，麻木会把人的灵魂蒸发掉。当你清醒过来，心灵只剩下一个空洞洞的位置。到那时候，一个人即使每天被判处枪决，他都不会再要烟抽：这可是死刑犯最后的享受。

“你们现在去哪里?”水手长问普霍夫。

“应该是去戈利亚则!”

“对，在乌斯曼附近有 2 列军列和 1 辆装甲列车陷在雪堆里了!”水手长想了起来，“听说哥萨克们占领了达维多夫卡，而炮弹却被堵在科兹洛夫城外。”

“我们会清理干净。我们连钢铁都可以切割，积雪——小事一桩!”普霍夫信心满满地说。他急急忙忙地喝下了最后一滴酒。这年头，任何东西都不能浪费。

列车开到了戈利亚则。一个老头死乞白赖地要搭车——好像是从儿子家去利斯基——可是谁认识他啊！

开车了，平衡杆发出轰鸣，把除雪板时而抬起，时而放下。没有吃上水手长给的鱼的工人们肚子开始咕咕叫。

“我现在想吃腌渍苹果，”普霍夫在全速前进的除雪车上说，“嗯，能吃得下一桶！”

“我想吃鲱鱼！”搭车的老人说，“听说，在阿斯特拉罕有数百万普特[1]的鲱鱼都烂掉了。可惜没有去那儿的车！”

“让你上车了，你就安安静静地坐着！”普霍夫厉声警告他，“他想吃鲱鱼！好像除了他，就没人爱吃似的！”

“而我，”普霍夫的助手，钳工兹沃雷奇内插话说，“在乌斯曼参加过一场婚礼，吃下了好大一只公鸡！肥得很呢！”

“桌上一共几只鸡？”普霍夫也感觉到了那只公鸡的香味，问道。

“就一只——现在上哪儿搞公鸡？”

“怎么着，你没被赶出来？”普霍夫幸灾乐祸地打听。

“没有，我自己提前走了。我从桌上下来，装作去解手——庄稼汉常这样——就溜了。”

“你，老头，还不下车？还没看见你的村子？”普霍夫问搭车的人，“看着点儿，别说话间就错过了！”

老头跳到窗边，往窗户上哈了口气，擦了擦。

---

① 普特，沙皇时期俄国的主要计量单位之一，是重量单位，1普特＝40俄磅≈16.38千克。——编者注

“这地方好像我认识——开阔的高地上好像是哈莫夫斯基村。”

“如果是哈莫夫斯基村——你就到了。”普霍夫内行地说，“趁我们在爬坡，你下车吧。”

老头提着口袋磨磨蹭蹭，温顺地说：

“火车开得快，空气都呼呼作响——摔死了多吓人啊，司机先生！要不然您给我停一分钟——我很快。”

“我考虑好了！”普霍夫生气了，“在战时用公家的机车给他停车？现在到戈利亚则之前都不停车了！”

老头不说话了，然后用特别恭敬的声音说：

“听说现在的刹车很厉害——任何速度都可以立刻停下来！”

“下去，下去，老头！”普霍夫生气地说，“还给你停下来！不是让你往石山上跳，是雪地！地面软得很，躺下去还可以再伸个懒腰！”

老头走到外面的小平台上，仔细检查了口袋上的绳子——当然不是为了检查是否结实，而是为了拖延时间来下定决心——然后他就消失了，应该是扑通一声跳了下去。

离开戈利亚则之后，除雪车接到命令：清通道路，把一列装甲列车和一列人民委员会的列车牵引到利斯基。

给除雪车派出了双重牵引车：负责牵引人民委员会列车的是另一个火车头——普提洛夫工厂生产的大功率机车。

大块头的人民委员会军列总是由两个最好的火车头牵引。

可是现在这两个火车头在积雪面前也无能为力，积雪的路面比沙地更难走。正因如此，在这种暴风雪肆虐的严冬，荣耀不属于火车头，而是属于除雪车。

位于达维多夫卡和利斯基之间的装甲车上的炮兵之所以能捣毁白军，正是因为火车头和除雪车编队清除了积雪，他们才不至于滞留数周啃干粮。

对于普霍夫·福马·叶戈雷奇来说，这不过是一件平凡小事。他只担心自由市场上买不到马合烟，因此在家里储存了1普特，还用弹簧秤称过了。

还没有到达科洛杰兹站，除雪车就停了下来：两个大功率牵引火车头撞进了雪堆，雪没到了排烟管。

由于车头被雪堆瞬间撞停，人民委员会列车牵引车头上的彼得格勒司机从座位上被撞下来，飞到了煤水车上。而他驾驶的车仍然在原地，车身因凶猛的动力无处施展而抖动着，猛烈地用胸膛向前撞击着雪山。

司机跳到雪地上打滚，头上满是鲜血，口里喃喃地骂着。

普霍夫手里攥着自己的四颗牙走到他面前——他的下颌撞到了手柄，从嘴里掏出了四颗松动的多余的牙齿。另一只手里拿着自己装干粮的小袋子——装着面包和黍米。他没有看一眼躺在地上的司机，而是入迷地欣赏着他那还在撞击雪堆的精美的火车头。

“机车真棒，狗日的！”

然后又对副司机喊道：

“关上蒸汽，蠢货，会弄断传动臂！”

机车上没有人应声。

普霍夫把干粮放在雪地上，扔掉了牙齿，自己爬上火车头去关操纵杆和送风器。

驾驶室里躺着死去的副司机。他被甩出去时头撞到了螺栓，铜件嵌进了他开裂的头颅里。他就这样被挂住死去了，鲜血流了一地。副司机跪在地上，无助地摊开乌青的双手，头卡在了螺栓上。

“他怎么会撞到螺栓上？这个傻瓜！还正好是头顶，撞上了囟门！”普霍夫道出了问题所在。

普霍夫把在原地疯狂往前冲的车头停了下来。他环视了一遍所有装置，重新想起了副司机：

“可怜的傻瓜，他把蒸汽控制得很好！”

压力表工作正常，显示30个气压，几乎已是极限——这可是在深雪中开行了10个小时之后！

暴风雪停息了，变成了湿雪。远处，装甲车和人民委员会的列车停在清理过的铁路上冒着烟。

普霍夫从车头上下来。除雪车上的工人们和段长正在雪地里往火车头跟前爬。

第二个火车头上的人们也下了车，用脏兮兮的擦机布包扎着受伤的脑袋。

普霍夫走到彼得格勒司机跟前。他正坐在雪地里，把普霍夫拉近自己那血淋淋的脑袋。

“怎么样？”他问普霍夫，“机器怎么样？送风器关了吗？”

“一切正常，司机！”普霍夫一本正经地回答，“只是你的副司机死了。我把兹沃雷奇内派给你，是个聪明的小伙子，就是太能吃！”

“行！”司机说，“放点面包在我伤口上，用布缠住！见鬼，血怎么都止不住!”

除雪车后面出现了一张可爱又疲惫的马脸。两分钟后，一队哥萨克共 15 人来到机车前。

没有人注意到他们。

普霍夫和兹沃雷奇内抽着烟。兹沃雷奇内建议普霍夫一定要去镶上牙，必须要钢质镀镍的那种——在沃罗涅日可以做：哪怕吃最硬的东西都一辈子磨不坏。

“怕是又被撞掉!”普霍夫反驳道。

“我们给你做上 100 颗，”兹沃雷奇内安慰他说，“剩下的就装在兜里备用。”

“你说得对!”普霍夫同意。他也认为钢铁比骨头和牙齿更结实，可以在铣床上多做一些。

哥萨克军官看见平静的司机们，紧张得嗓子都哑了。

“工人公民们!”军官眨巴着近似呆傻的眼睛，故意说道，“我以伟大的人民俄罗斯之名，命令你们把火车头和除雪车开到波德戈尔诺站。若是拒绝——就地枪决!”

火车头轻轻发出嘶嘶声。雪停了。刮着风，消融冰雪，带来遥远的春意。

司机头上的血凝固了没有再流。他挠了挠脓疮的硬壳，艰难吃力地走向车头。

去摇摇水箱，铺上柴——机车不想挨冻!

哥萨克们掏出左轮手枪，把司机们围了起来。普霍夫生气了：

“这些混蛋，不懂技术，却要瞎指挥!”

“什么?”军官沙哑着声音说，“向火车头走！否则后脑勺就要挨枪子儿!”

“说什么鬼话！用枪子儿来吓唬人!”普霍夫满不在乎地叫了起来，“我倒要给你一螺帽！你没看见，大家都受了伤坐在这儿吗！流氓，见鬼了!”

军官听见了装甲车短促微弱的汽笛声，转过身，等着向普霍夫开枪。

段长穿着大衣躺在雪地上，望着阴沉却在转暖的天空，面色忧郁地想着心事。

突然，车上传来一个人的惨叫。可能是司机把自己的副司机从螺栓上放了下来。

哥萨克们下了马，在机车周围走动，像是在寻找什么丢失的东西。

“上马!”军官发现了脱出弯道的装甲车，对哥萨克们喊了一声，“不用管火车头，我开枪了!”他对着段长的头开了一枪。段长甚至没有抖动一下，只是蜷起疲惫的双腿，脸朝下，离开了人世。

普霍夫跳上车，吓得放声大哭。机智的司机打开了蒸汽阀门，整个机车笼罩在蒸汽中。

哥萨克们开始野蛮地对工人们开枪，工人们躲到了火车头下面，或是藏到了雪堆里——所有人都安然无恙。

紧紧挨着除雪车的装甲车上，3 英寸炮和机枪向哥萨克们发起了密集的打击。

哥萨克们骑着马跑了大约20俄丈[1]，陷入了雪堆，全部被装甲车里的火力击中。

只有一匹马逃脱了，在草原上奔跑。它绷紧了瘦弱敏捷的身体，哀怨地嘶鸣着。

普霍夫一直注视着它，同情地阴沉着脸。

人们把装甲车从火车头上卸下，推到了除雪车后面。

一小时后，三个火车头开足蒸汽，压平了铁路上的雪，开到了平坦的路上。

2

所有人在利斯基休整了三天。

普霍夫用润滑油换到了10普特马合烟，心满意足。在火车站，他看完了所有标语招贴，又从宣传点拿了些报纸来看。

火车站墙上贴着宣传画：

我们工人要手握书本，

学习吧，无产阶级，学习让你变聪明！

“还是不合适！”普霍夫叫道，“应该这样写，才能让所有傻瓜一下子变聪明！”

---

① 1俄丈约2.13米。——译者注

我们生活的每一天——都是资产阶级脑袋里的钉子。——

我们要永久地活着——让他们的脑袋忍受折磨！

“这是严肃的事！”普霍夫评价道，“这些话掷地有声！”

有一次，利斯基站开来一列火车——挂着舒适的客车车厢，红军战士们站在门边迎候，看不见一个背袋贩子。

这时普霍夫也站在月台上，在车门旁边想事情。

列车停了下来。没有人下车。

“这趟军列运送的什么人?”普霍夫向一个加油工打听。

“谁知道？听说是总司令——他一个人坐了整整一列火车!”

从前面的车厢里下来一些乐手，走到列车中部，列队奏起了欢迎曲。

稍过了一会儿，从中部的软卧车厢里走出一个胖胖的军人，向乐手们挥手致意，表示满意。

乐手们散开了。部队首长不慌不忙地沿着台阶走进了车站。后面跟着一些军人——有的拿着炸弹，有的拿着手枪，有的带着马刀，还有的骂骂咧咧——保安严密。

普霍夫跟在后面不知不觉走到了宣传点附近。这里已经站着一些红军战士，各色铁路员工和没文化的农民。

刚到来的部队首长走上讲台——所有人都向他鼓掌，其实并不知道他的姓名。可是首长看起来很严厉，斩钉截铁地说：

“同志们，公民们！第一次我可以原谅，可是我宣布，以后再不准搞这样的排场！这里不是马戏团，我也不是小丑——这里用不着鼓掌！”

人们马上安静了下来，讨好地盯着讲话人——尤其是那些背袋贩子：据说，他记住了谁的样子就会让谁上车。

可是，当首长讲完话，说资产阶级全部都是彻彻底底的流氓之后，就坐车离开了，没有记住任何一张谄媚的脸。

没有一个贩子坐上了这列空空荡荡的长长的列车。保安说，老百姓不能乘坐军用专列。

“车厢是空的呀！一个人坐一列车，得多贵啊！”瘦骨嶙峋的农民们争辩着。

“按规定，集团军司令员有资格乘坐专列。”保安中的红军战士们说。

“既然有规定，我们就不争了！”贩子们顺从地说，“只是我们不进车厢，我们坐在连接器上！”

“坐哪儿都不行！”保安们说，“只能坐车轮子上！”

终于，列车开走了，还不时对着空中开几枪——吓唬那些吝惜交通费的贩子们。

“真当回事儿！”普霍夫对一个车辆段的钳工说，“一个小小的身子还需要40根轴运输！”

“负载量很小——高射炮打蚊子！”车辆段的钳工用眼睛估量着。

“给他一节铁道车就行了！”普霍夫认为，“白白浪费美国的火车头！”

普霍夫去工棚里吃饭时，仔细看了路边所有的标语和布告——他喜欢阅读，珍惜一切人类思想。工棚里贴着一个告示，普霍夫接连读了三遍：

工人同志们！

第 9 工农红军司令部成立了技术人员志愿大队，为在北高加索、库班和黑海沿岸作战的前线红军提供服务。

被毁的铁路桥、沿岸防御设施、通讯服务、枪炮维修、流动机械基地——这一切都亟待无产阶级的能工巧匠加入南方作战红军。

换个角度讲，没有技术手段就无法保证对敌人制胜。工农强大的技术力量，是从帝国主义协约国那里白白得到的。

工人同志们，号召大家参加技术力量大队！请向第 9 军驻铁路枢纽站革命军事委员会特派员报名。参加条件请咨询特派员同志。红军万岁！

工农阶级万岁！

普霍夫撕下用面粉贴在墙上的传单，带上它去找兹沃雷奇内。

“咱们去吧，彼得！”普霍夫对兹沃雷奇内说，“干吗在这儿混日子？至少咱们可以看看南方，到海里游游泳！”

兹沃雷奇内没说话。他在想自己的家人。

普霍夫的老婆已经死了，他可以浪迹天涯。

“你想想吧，彼得鲁哈[①]！事实上，哪家军队离得了钳工？在除

① 彼得的小名——译者注。

雪车上已经没事可干——春风都吹过来了！”

兹沃雷奇内还是没说话，他舍不得妻子阿妮霞和儿子。儿子也叫彼得，是母亲口中的小心肝儿。

“走吧，彼得鲁什[①]！”普霍夫劝他说，“咱们去看看大山，心胸会更坦荡！要不然看见的都是坐在军列里的伤寒病人，我们也只能坐吃等死！革命总会过去，我们却什么都得不到！别人会问你，你都干了什么？你怎么回答？”

“我就说，我清理了轨道上的积雪！”兹沃雷奇内回答，“没有交通保障一样打不赢仗！”

“这算什么？”普霍夫说，“他们会说，你凭什么领面包，这是很平凡的工作！还会问你，你付出了什么？你心里同情什么？这才不好回答！在沃罗涅日，过去的将军们都要铲雪——凭这个每天领1磅面包！咱们也可以这样！”

“可是我想，”兹沃雷奇内没有让步，“这里更需要咱们！”

“谁也说不清楚，咱们在哪里用处更大！”普霍夫说，“如果只是想想，还是办不成大事，还需要有感情！”

“我不和你胡扯了！”兹沃雷奇内抱怨道，“谁来统计——谁在干什么，做了些什么事？这种生活让人不得安宁！对于你来说怎么都行——反正就你一个人——所以你才想去，傻瓜！难道你还想在那儿找个漂亮老婆——你还懂感情！你还不是个老男人——离了女人很快就受不了了！你就赶快一溜小跑地去吧！”

---

① 彼得的小名——译者注。

“彼得，你这个傻瓜!”普霍夫失望了，“你懂技术，可是你太固执!”

伤心的普霍夫没有吃午饭，而是直接去找了特派员报名，好尽快把此事定下来。可他去了那儿之后，吃了两顿饭：因为他给锅上了锡以及他那充满智慧的聊天，炊事员赏了饭给他吃。

“等内战结束后，我要当个红色贵族!”普霍夫告诉他在利斯基的所有朋友。

“为什么?”工匠们问他，“就是说，像以前那样？会给你土地吗?”

“我拿土地来干什么?”普霍夫幸福地回答，“我拿来种螺丝帽吗？那只是一种荣誉和称号，不是剥削压迫。”

“那我们，还是红色笨蛋?”工匠们问。

“你们上前线吧，别老在自己家里磨磨叽叽了!”普霍夫说着就出了门，等着出发去南方。

一周后，普霍夫和特派员招收的另外五名钳工一起去了新罗斯斯克港。

旅途漫长艰难，可比这更难的事不胜枚举，所以后来普霍夫淡忘了这段旅程。路上，给他们每人发了五磅鲤鱼，一个大圆面包。因此大家都吃得很饱，只是到站的时候去喝点水。

普霍夫在叶卡捷琳诺达尔待了一周——某地的战役阻断了前往新罗斯斯克的道路。可是这个绿意盎然的小城里，人们对战争早已习以为常，都尽可能开心地生活。

“混蛋!”对于这些人，普霍夫认为，“难道他们觉察不出来，现在是什么时候吗?”

在新罗斯斯克，普霍夫去了一个似乎是测试专业人员知识水平的委员会。

他的考题是，蒸汽是如何产生的。

“什么蒸汽?”普霍夫问，“普通的还是过热的?”

“总之就是……蒸汽!”考官说。

“通过水和火产生的!”普霍夫干脆利落地回答。

“对!”考官肯定地说，“彗星是什么?”

“就是溜达的星星!”普霍夫解释。

“正确！请问，雾月政变发生在什么时候，什么原因?”考官转向了政治知识。

“布柳斯历法 1928 年 10 月 18 日，也就是在解放了全世界无产阶级和人民的十月革命前一周!”普霍夫不慌不忙地回答。他的妻子在世时，他读过一些书。

“基本正确!”考试委员会主席说道，“关于航运，您知道些什么?”

“航运有比水重的和比水轻的。”普霍夫的回答很生硬。

“您知道哪些发动机?”

“复式、道依茨、研磨机、土壤车轮以及各种永动机。”

“什么是马力?”

“就是取代机器的马。”

“为什么它要取代机器?”

“因为我们国家技术落后——用木桩耕地，用指甲收割！”

“宗教是什么？”考官还在追问。

“卡尔·马克思的偏见和人民的家酿酒。”

“资产阶级宗教的用处是什么？”

“为了让人民不伤心。”

“普霍夫同志，您热爱全体无产阶级并愿意为其献出生命吗？”

“热爱，政委同志！”为了通过考试，普霍夫回答道，“我愿意抛洒热血，只要不是白干蛮干！”

“清晰明了！”考官说完，任命他在港口担任安装工，修理一艘船。

这是一艘快艇，名为“火星”号。船上的柴油发电机不愿运转——它就被交给了普霍夫修理。

新罗斯斯克是一座有风的城市。不知为什么，这里的风刮得毫无用处：风不停地吹啊吹，旁边的东西都被吹热了，可风还是冰冷的。

那时，弗兰格尔蹲守克里米亚。布尔什维克急于修好“火星”号——听说弗兰格尔想从海上突袭，需要有所防御。

“他的可是英国巡洋舰，”普霍夫解释说，“而咱们的‘火星’号就是一艘海船，一匹砖都能击沉！”

“红军无所不能！”水兵们对普霍夫说，“我们乘坐着破木片到了察里津，用拳头就搅动了整个城市！”

“那是打架，不是打仗！”普霍夫怀疑地说，“炮弹可不长眼睛——什么都能击沉!”

“火星”号上的柴油发动机无论如何也不愿意运转。

“你要是蒸汽机，”普霍夫一个人坐在底舱里想，“我早就揍你了！是哪个下流胚想出来的：你瞧这些管子，还是铜的……乱七八糟的玩意儿!”

普霍夫对大海早已见惯不惊——它摇来晃去地影响工作。

“我们草原上地更宽，风也更清爽，不像这儿的风不守规矩，白天刮，晚上停。而这里是不停地刮呀，刮呀——你拿它怎么办?”

普霍夫抽着烟自言自语，摆弄着不工作的发动机。他把发动机拆装了三次，再试——马达发出嘶嘶的声响，可还是固执地不肯转动。

夜里，普霍夫还在想着发动机的事儿。他躺在空荡荡的底舱里，有理有据地和它争吵。

有一次，海军政委上了“火星”号来找普霍夫。他说：

“如果你明天还发不动这机器，我就把你直接扔海里去！慢腾腾的家伙!”

“行，我明天发动这破玩意儿。不过你要是在船上，我就待在海里。你自己慢慢弄吧，蠢货!”普霍夫认真地回答。

虽然政委恨不得立刻毙了普霍夫，可是又觉得，离开机械师就打不了胜仗。

普霍夫奋战了一整晚。他重新思考了关于这台机器的所有想法，按照自己的理解，把它重新装成了一台新机器，拆掉了有问题的部件，装上了正常的——早上，马达疯狂地喘息起来。普霍夫打开螺旋桨——马达带动了螺旋桨，可是它艰难地气喘吁吁。

“瞧，”普霍夫说，“就像小鬼登上了阿索斯山！”

白天海军政委又来了。

“怎么样？机器发动了吗？”他问。

“你以为我弄不好吗？”普霍夫回答，“只有你们才会从叶卡捷琳诺达尔逃跑。而我，只要需要，从来就不会放弃！”

“好吧，好吧，”政委满意地说，“你知道我们没有多少煤油——省着点儿用！”

“我又不会喝它——有多少，就会剩多少！”普霍夫宣称。

“马达用水就能开？”政委问。

“哦对，烧煤油，用水来冷却！”

“你尽量少放点儿煤油，多兑点儿水。”政委做出了一项发明。

这时，沉默寡言的普霍夫少有地哈哈大笑起来。

“你这个傻瓜笑什么？”政委悻悻地问。

普霍夫忍不住笑得更厉害了。

“你不应建设苏维埃政权，你应该创立整个大自然！——你轻而易举地就安排好了！你这个皮货贩子！”

政委听完就走了，内心失去了某种荣耀。

新罗斯斯克正在进行逮捕和打击富人的运动。

“他们为什么要让那些人不得安宁？”普霍夫想，“这些跳梁小丑会引发什么样的危害呢？就这样他们以后都不敢出来了。”

除了进行大逮捕，全城还贴满了告示：“由于演讲人严重的医学疲劳，本周将不举行任何集会。”

“现在我们会过得没意思了。”普霍夫看着告示，很是不好受。

这期间，港口来了一艘小型驱逐舰“星”，过来填补弹孔，维修卷扬机。普霍夫也想去看看，可是被拦住了。

“怎么回事?”普霍夫生气地说，“我看见一群走狗在那儿干活。我想帮帮忙，要不然到海里会出问题!”

“任何人都不得放行!”站岗的红军战士说。

“去你妈的，折腾去吧!”普霍夫说着，忧心忡忡地走开了。

那天晚上，一艘土耳其运输船“沙尼亚”驶入港口。俱乐部里有人说，这是土耳其领导人穆斯塔法·凯末尔的礼物，可是普霍夫不相信。

“我看见，”他对红军战士们说，“船是完好的！你们觉得土耳其苏丹会在战争时期送这样的礼物吗——他自己都不够用!”

“他是我们的朋友，穆斯塔法·凯末尔!”红军战士们解释说，“普霍夫，你对政治不懂!”

“刚取下裹脚布，就以为自己是根葱了!”普霍夫生气地走到墙角看标语。可是他特别不相信这些标语。

夜里，红军司令部的通信员叫醒了普霍夫。普霍夫吓了一跳。

“可能是海军政委使的坏!”

司令部外面站着一队红军战士，做好了行军准备。还有三个工匠，也穿着军大衣，挎着水壶。

“普霍夫同志，”队长注意到他，“你为什么没穿军装?”

“我这样自在些，背个水壶干吗?”普霍夫说着就往边上走。

正值深夜，一片漆黑。山里风声水声沙沙作响。

红军战士们默默地站着，穿着崭新的军大衣，一言不发。也许他们是有所担心，也许是在相互保守秘密。

在山里和远处的郊外，偶尔有人开枪消灭陌生的生命。

一个红军战士把步枪弄出很大的声响，马上有人让他安静。他发自内心地感觉到了羞愧。

普霍夫也有点激动，可是没有表现出来，以免发出声响。

马厩顶上的灯照亮了院子里的污物，灯影在战士们苍白的脸上晃动。不经意从山间吹来的风，诉说着他们在一无抵挡的空间内肆虐的勇气。它也在给人们出主意——人们都听见了。

狗在城里横行霸道，人却在悄悄地繁殖。而在这里，在这个僻静的院子里，另一些人却充满着不安和特殊的勇气——这是因为，有人企图要减少他们的数量。

团长走到队伍中间，就像面对一个人似的，开始小声说话：

“亲爱的同志们！现在我们不是在集会，我不会讲太多……共和国最高指挥部命令我军革命军事委员会，对正在克里米亚苟延残喘的弗兰格尔的后方施行打击。我们的任务是，乘坐现有船只渡过刻赤海峡，在克里米亚登岸。在那里，联合正在弗兰格尔后方作战的红绿游击队，趁北方红军突破别列科普之际，切断弗兰格尔坐船逃走的去路。我们应当摧毁弗兰格尔的桥梁和道路，破坏他的老巢，堵住他的入海口，迅速烧掉这颗毒瘤！

“红军战士们！我们去克里米亚的征程充满艰难险阻。如果被巡逻艇发现，我们会被击沉。这一点我必须向你们说明。如果登岸，将会同穷凶极恶的敌人决一死战。我们会伤亡惨重，甚至，当克里米亚成为苏联领土的时候，我们中将无人生还——红军战士们，这就是我要对你们说的话！

“接下来，我想问你们：同志们，你们愿意为此冲锋陷阵吗？

“你们是否感觉到了内心的勇气和大无畏精神，愿意为了革命和苏维埃共和国牺牲生命？如果有人害怕或者动摇，有人挂念家室——请出列并说明情况。我们会放过这位同志！

“我们的中央政府对我们的行动寄予厚望，希望尽快结束战争，在劳动前线开始和平建设！

“红军同志们，我等待你们的回答！我要立刻向红军革命军事委员会汇报！”

政委结束了讲话，皱着眉站在一边——他感觉很好，又有些尴尬。战士们也一言不发。而普霍夫的内心激动地战栗着。

“就是这样，”他想，“这就是布尔什维克的战争，——没什么磨磨叽叽的！”

所有人都已经听不见风声，也看不见夜色中的山峦。在所有人眼中，世界模糊不清，如同下一步的事态发展，每个人都过着共同的生活。院子里的灯煤油耗尽，也熄灭了，可是没有人发现。

突然队列中走出来一个红军战士，斩钉截铁地说：

“政委同志！请转告红军革命军事委员会和指挥部，我们等待出征命令！交给我们消灭弗兰格尔的重任，我们无上光荣！我要说，我们心怀感激，誓为苏维埃政府献出自己的鲜血、力量和生命。我坚信，我的话代表了全体红军战士的心声！我们还在这里等待什么，苏维埃俄罗斯人民在忍饥挨饿，可敌人却在克里米亚干涉我们！”

红军战士们激动起来，兴奋地发出嗡嗡的声音。虽然按照常人思维，他们没有什么可高兴的。又走出一个红军战士说道：

“司令部成立登陆队是正确的。从别列科普方向给弗兰格尔正脸来一下，我们又迅速从后面来一下——他就翘辫子啦！英国人的船也救不了他！”

这时政委又走了过来：

“红军战士们！我们在司令部里就知道会是这样！我们期待的正是你们此刻表现出的崇高的觉悟和为革命牺牲的精神！我代表革命军事委员会和红军指挥部对你们表示感谢。请将我的讲话视为军事秘密。你们知道，在新罗斯斯克有很多白军间谍。如果秘密泄露，我们将有生命危险！进攻命令将另行发布。谢谢，同志们！”

政委匆忙离开了，战士们还站在原地。普霍夫走到他们跟前听他们说话。他生平第一次感觉到害臊，脸红到了脖子根。

原来，这世界上有好人，优秀的人们不怕牺牲自己。

暴风雪的夜晚更加寒冷，孤单的人们感到惆怅和残酷。可是在这样的夜晚，街上空无一人，孤单的人们也待在家里，听大风把门拍得啪啪作响。如果是去朋友家打发这不安的时光，他们也不会回家，而是在朋友家过夜。每个人都知道，在大街上等待他的将是逮捕、连夜审讯、检查证件、长时间待在臭烘烘的地窖里，直到他们确信，这个人当了一辈子乞丐，或者确信红军暂时不能取得最终的胜利。

来自北方的农民，穿上军装就变成了不同寻常的人——不怕牺牲生命，不怜惜自己和亲人，对敌人怀着深仇大恨。这些全副武装的人们做好准备承受双重折磨，只要能与敌人同归于尽，失去生命也在所不惜。

夜里，普霍夫一边和战士们下跳棋，一边给他们讲一位自己从没见过的指挥员。

新成立的登陆队共有50人——所有人都来自不同的地方。

因此，第二天50封信寄到了50个俄罗斯乡村。

战士们在纸上写写画画了好半天，同自己的母亲、妻子、父亲和更远的亲人告别。

普霍夫给那些不太会写字的人帮忙，还帮他们出主意，战士们都夸他：

“福马·叶戈雷奇，你写得真好——我的家人会看哭的!”

“那还能怎么样!”普霍夫说，“咱们这儿没什么好笑的，这事儿可不是开玩笑！你真是个怪人!”

吃完饭普霍夫去找政委：

“政委同志，登陆队要我吗?”

“要！普霍夫同志！所以昨天晚上才把你也叫来开会。”政委回答。

“政委同志，只是我请求把我安排在‘沙尼亚’上当驾驶员——我听说那上面是用蒸汽机，而‘火星’号是用柴油发动机，我干起来不顺手：太小了!”

“‘沙尼亚’上有自己的驾驶员——土耳其人!”政委说，“好吧，我们让你给他当助手。‘火星’号我们再找一个司机！你怎么，搞不好柴油发动机?”

“发动机是小菜一碟，蒸汽机才是大家伙。政委同志，我不愿意在英勇的征程中开着这破玩意儿！这就是个煤油炉子，不是机器——你自己也看见的!”

“好吧,”政委同意了,“既然这样，你就去‘沙尼亚’吧。大家都是志愿参加登陆队，都各尽其用！在打仗的时候，兄弟，别自作聪明!”

普霍夫拿到通行证，上了“沙尼亚”——看看机器。只要有机器的地方，他就感觉像在家里一样。

他和土耳其驾驶员很快就达成了一致。他说，重要的是要上润滑油——这样任何工作都不会损伤机器。

“正确!”土耳其人用不错的俄语说，“油——就是善心，它保护机器。经常给机器上油的人，就是爱机器的人，那人就是驾驶员!”

“对，明白!”普霍夫高兴地说，“机器喜欢侍弄它的人，而不是乘坐的人，它也是有生命的!”

这样他们交上了朋友。

夜里，顶着越来越大的风，登陆队去港口上船。普霍夫不知道自己应该跟着谁，就从侧面上了船，把领到的公家的水壶弄得叮当响。可是战士们马上就拉住了他：

“要求秘密行动，你怎么弄得山响?”

“我有什么好遮遮掩掩的，又不是去抢劫!”普霍夫说。

“有命令不能声张。”红军巴罗诺夫轻声回答，“为了防止有特务，人们都藏到了城里的省肃反委员会里。”

大家安静地走了很久，潮湿的沙地传来细微的沙沙声。巨大的空仓库里一片漆黑，回荡着呼呼的风声。饥饿的老鼠四处乱窜，啃噬着不知什么东西。

夜黑得像深深的墓穴，可是行进的人们激动不已，心中满是不安和兴奋，像是古代的秘密猎手。

群山散发着岁月的气息，它们见证了大自然赖以生存的勇气。全副武装赶路的人们也和怀抱群山水塘的大自然一样，英勇顽强，有着决一死战的胆量。

正是因为如此，赤手空拳的红军也能在草原上擒获敌人的装甲车，破坏白军的军列。

年轻的他们正在为自己建设崭新的国家，期待长治久安的未来生活。他们疯狂地消灭一切有违其理想的阻碍：为穷人谋幸福——这正是政委对他们的教导。

他们还不懂得生命的价值，因此他们还不知道胆怯——舍不得失去自己的血肉之躯。他们从童年就走上了战场，没有体验过爱情，没有陶醉于思想，没有观察过他们置身的这个让人难以置信的世界。他们并不了解自己，因此战士们心灵中并不关注自己的个体。他们同大自然和历史过着共同的生活——历史就像火车头，牵引着全世界的贫穷、绝望和落后飞奔前进。

船上的信号灯在暗夜中星星点点，忽明忽暗。登陆队走上了码头，准备登艇。

全队都上了“沙尼亚”。“火星”号快艇上有 20 名侦察兵，而海军战士们上了驱逐舰。

普霍夫爬进了“沙尼亚”的机舱，自我感觉非常良好。待在机器旁边的时候，他总是心情愉悦。他抽起一支烟，大声清了一下嗓子，排出了肺里淤积已久的浊气。

战士们杂沓的皮靴声又在甲板和舷梯间回响了两个多小时。

这些嘈杂的事件让普霍夫感到非常开心，他坐不住，就跑到了甲板上。

人们黑色的身影在忽明忽暗的灯光中颤动着，他们把步枪和行囊贴紧身体，轻手轻脚地爬上舷梯。

在灯光的照射下，夜显得更加广袤、深沉——难以置信，存在着一个活生生的世界。微风轻轻颤动着码头上的东西，沉入了黑暗的深处。

各条船鸣响短暂的警示笛声，相互说着话。岸上是静观一切的黑暗和绵延的沙滩。任何声响都没有传入市区，只有远方湍急河流的咆哮声穿透了山间。

普霍夫体验到一种从未有过的愉悦、踏实和被需要的感觉。他背靠卷扬机站着，欣喜地看着这神秘的深夜画卷——人们悄无声息，秘密地做着赴死的准备。

在遥远的童年，他曾震惊于复活节的晨祷，感觉到自己孩童的心灵中有一种模模糊糊，危险又神奇的东西。现在普霍夫重新体验到这种平凡的快乐，仿佛他又被所有人需要和重视了——为此他想悄悄地亲吻所有人。似乎一生中，普霍夫侮辱怒骂过所有人，可是后来又发现，他们都是好人。他因此感到害臊，可是已经于事无补了。

船舷边的大海平静地起伏着，保护着自己核心处不明的物体。可是普霍夫没有看大海——他第一次看见了真正的人们。而大自然同他疏远了，变得索然无味。

子夜一点，登艇结束。岸边传来红军革命军事委员会最后的问候。政委正忙着，心不在焉地回答了几句。

出海的信号急剧响起——陆地渐渐远去。

登陆船只驶向克里米亚。

十分钟后，海岸从视线中消失。船只在寒冷漆黑中航行。灯光熄灭了，人都聚集在底舱——又黑又闷，可是没有人睡觉。

有命令严禁吸烟，以防引起火灾烧毁船只。交谈也被禁止，队长和政委想把“沙尼亚”伪装成一只无人的商船。

船关掉蒸汽，悄悄前行。夜色中，“火星”号和驱逐舰也在不远处缓慢行进。它们不时用水兵的长哨音通报自己的情况。“沙尼亚”则以急促的短声做出回应。

船只开足马力，挤进了稠粥一般的黑夜里。

夜静静地流走。战士们感觉它就像未来的生活那样漫长。激动的情绪稍微平静下来，而期待着突如其来的生死决战的不安心灵却在长长的黑暗中越绷越紧。

大海警觉起来，完全没有了声音。船桨看不见宽阔的水面，海水轻轻地在船舷边泛起波纹。难熬的时间不慌不忙地走着。群山发白，在即将到来的晨光中羞涩地闪着光，可是大海却已变了模样。它那用来映照天空的平静水面，将反射的影像交织进了平静的狂怒中。险恶的微澜破坏了大海的宁静，在黑暗中互相摩擦，动摇着海水的深处。

远处——开阔的水面上——堆积成山的货物动了起来，挖出一个深坑，全部陷了进去。石灰粉末咝咝地冒着泡沿着山脊奔流下来。

风凝固并摧毁了广阔的空间，在数百俄里之外平息下来。海上飘来的水滴像石块一样打在脸上。

群山之上，也许暴风雨已经开始狂笑，大海凶猛地向着它迎面而去。

“沙尼亚”开始在波涛汹涌的大海上打转，像一片枯叶，羸弱的身体沮丧地吱嘎作响。

巨石般沉重的飓风摇晃着海面，“沙尼亚”时而陷入深渊，时而飞到峰顶——从那里可以瞬间看见遥远的国度，那里仿佛有蓝色的宁静。

空气中感觉到雷雨到来前那种难以抑制的兴奋。

白天早已到来，可是狂风之下更为寒冷，战士们冻坏了。他们出生在少雨的草原，几乎都因胃里不适躺下了。有的人爬到甲板上，弯着腰吐出了浓稠的胆汁。他们面色苍白，稍微平静之后，又被颠簸得身体里翻江倒海，呕吐不止。政委也开始担心起来，不安地在甲板上走来走去，颠簸时就抓住管道或立柱。他没有呕吐——他是海员出身。

“沙尼亚”靠近了最危险的区域——刻赤海峡。风暴一点没有减弱，它用尽全力要把大海从其深深的老巢中揪出来。

“火星”号和驱逐舰早就陷入了暴风眼中，对于“沙尼亚”发出的信号不再回应。

“沙尼亚”的指挥员已经无法控制船只——船由惊惶战栗的自然力掌控。

普霍夫没有晕船。他对驾驶员解释说，是他的老胃病帮了忙。

机器已经很难控制：负载一直在变——螺旋桨时而没入水中，时而跃到空中。因此船一会儿速度飞快地发出尖叫，所有螺丝钉都在颤抖，一会儿又因为负荷过重悄无声息。

“上油，给它上油，福马，把油给它加满！要不然这样运转，它一下子就坏了！”司机说道。

普霍夫给机器加满了油，这是他乐意做的事。他说：

“下流胚，我来侍弄你！”

大约一个半小时后，“沙尼亚”穿过了刻赤海峡。

政委下到驾驶舱来抽支烟，因为他的火柴受了潮。

“她[1]怎么样？”普霍夫问他。

“她倒没事，他的情况不好！”政委开玩笑地说，疲惫的脸上现出微笑。

“怎么回事？”普霍夫没明白。

“没事，一切正常。”政委说，“感谢这场飓风，要不然咱们早就被白军消灭了。”

“怎么会那样呢？”

“是因为，”政委解释说，“白军的巡洋舰在刻赤海峡镇守。可是

① 指“机器”。——译者注

由于风暴，他们都躲到了刻赤港里，没有发现我们。明白了?”

“嗯，为什么探照灯也没有发现我们?”普霍夫打听着。

“哦，整个大气层都在颤抖，哪儿还有什么探照灯!”

中午时分，“沙尼亚”已经航行在克里米亚水域。飓风依然在肆虐，大海精疲力竭地在船舷边同它交战。

很快，地平线上出现了不明的烟雾。船长、队长和政委对这烟雾观察了许久。然后“沙尼亚”驶入了开阔的海面——烟雾消失了。

飓风没有停止。这件坏事却让船长和政委颇为高兴。白军的警卫船认为，在这样的风暴中，提高警惕纯属多此一举，便停到了岸边的港湾里。

政委这样解释了“沙尼亚”安然无恙的原因，并希望入夜后，风暴一停息登陆队就登岸。

普霍夫没有走出驾驶舱，他正在疯狂的机器旁挥汗如雨，并用各种语言恐吓它。

下午三点过，地平线上又出现了四道烟。它们开始快速靠近，像是要截住“沙尼亚”。一艘船打量了“沙尼亚”便开始给出停止信号。

红军战士们没有猜到是怎么回事，也来到甲板上，好奇地走来走去。

“沙尼亚”的船长通过烟雾猜到，其中一艘船是军舰。

看来，登陆队命悬一线了。

船长和政委没有走出船舱，努力寻找解决办法。他们下令所有战士下到底舱，不让敌船识破“沙尼亚”的军事用途。

飓风怒号着，使“沙尼亚”偏离了航线。四艘身份不明的船只也艰难地控制着航向，无法靠近“沙尼亚”的方向。

很快，三道烟雾从视线中消失——被疯狂的飓风甩开了。可是第 4 艘船偷偷靠近了“沙尼亚”。船身已清晰可见。船长发现，这是一艘全副武装的高速商船，它正在追赶“沙尼亚”。只是暴风使得这艘船怎么也无法贴近“沙尼亚”。然后这只船开始讯问“沙尼亚”去往哪里。在克里米亚水域行驶的“沙尼亚”挂着弗兰格尔的旗帜。对于白军船只的问题，它回答说，是从刻赤去费奥多西亚，船上运的是鱼。

甲板上只剩下了四个穿着自己家乡衣服的土耳其人，而全体军人同政委船长一起待在底舱。因此当白军商船靠近“沙尼亚”时，他们只是从望远镜里望了望就开走了。也许是因为，他们不愿意在危险的风暴中牵引“沙尼亚”。

这一天后来过得很平静。偶尔能看见一些船只，可是很快就消失了：它们害怕“沙尼亚”，胜过“沙尼亚”怕它们。

饱受呕吐和湿冷折磨的红军战士们故意做出开心的样子，为自己晕船有些不好意思。他们厌倦了难受的航行。当他们得知有一艘装备了四门炮的白军船只靠近时，甚至高兴起来。

战士们对大海非常陌生，他们不相信那种让自己呕吐的自然力，会对船只暗藏杀机。

“让它来！”一个来自坦波夫的战士说，“我们给它点颜色看看！”

“你怎么给它颜色？”政委说，“它可是有大炮！”

“你就看着吧，”坦波夫人宣称，“我们用步枪就能给它们好看！”

战士们习惯了乘坐装甲车手握步枪，以为在海上也能靠步枪打胜仗。

飓风卷起的水柱不时从“沙尼亚”旁边飞过。水柱的后面是深不可测的海底。

忽然，昨天夜里失踪的“火星”号出现在一个水柱后面。它已经完全被毁。海浪摧毁了它的船帆，几乎把它翻了个个儿。可是“火星”号顽强地喘着粗气，在海面上起伏，执着地求生。它想靠近“沙尼亚”，可是巨浪又把它抛入了漩涡。

“火星”号上的全体船员和20名侦察兵站在甲板上，紧紧抓住绳缆。

他们拼命向“沙尼亚”喊着什么，可是暴风撕碎了他们的声音，什么也听不见。他们的脸上毫无表情，眼神绝望。他们像是被涂上了白油彩，死人一般，血色全无。

由于“沙尼亚”的靠近，正在到来的死刑对他们愈加折磨。“火星”号上的人们撕扯着身上公家发给的衣服的残骸，野兽般地吼叫，挥舞着拳头。他们的叫声压过了暴风雨。一个胖胖的战士骑坐在桅杆的桁架上吃着面包，以免白白浪费了口粮。

濒死的人们眼中喷着怒火，在甲板上使劲跺着脚，想引起人们的注意。

普霍夫站在高处，看见了“火星”号。

“他们在那儿发什么疯?”他问政委，“他们要沉了？还是被什么吓到了?”

“应该是船进水了。”政委回答，“应该想办法帮他们!”

底舱里的红军战士们待不住了。他们站在甲板上，也冲着“火星”号叫喊，羞辱着不幸者的惊慌失措。

“沙尼亚”上的全体成员都在为“火星”号上的队员和船员担忧。队长对着船长拼命叫喊，政委也上来帮忙，可是船长一直无法靠近“火星”号。

当“沙尼亚”靠近“火星”号时，对方船上叫喊着说，水已经进了机舱。

从“火星”号上还传来了手风琴声——有人在死神面前拉琴，吓唬一切人类的自然法则。

普霍夫恰好清楚地听见了琴声，竟然不合时宜地高兴了起来。

当“火星”号向着“沙尼亚”跃起的寂静时刻，一个纯净的嗓音，盖过了叫喊声，和着手风琴唱了起来：

我的小苹果
新鲜的苹果
黑海水面上
颠颠又簸簸

“臭流氓！”普霍夫高兴地评说着“火星”号上那个开心的人，又无能为力地吐了口唾沫。

“放小艇！”船长喊道。因为“火星”号的船体已经被淹没，只剩下了甲板。

被艰难放到水里的小艇，第三次翻了船。小艇上的两个水兵也消失得无影无踪。

突然，暴风急速抓起“火星”号，竟把它扔到了“沙尼亚”的上方。

“往下跳啊！”普霍夫比谁都急，大叫起来。

“火星”号上的人们打着哆嗦，面无人色，不顾一切地往下跳——跳到了“沙尼亚”的甲板上。他们摔倒在“沙尼亚”上，像死人一样瘫成一团，伸手想接住他们的人被撞断了胳膊，而普霍夫完全被撞倒在地。这让他很不高兴。

“轻点儿！”他大声地说，“见鬼，你们是去打弗兰格尔的，却连清水都害怕！”

几秒钟后，整艘“火星”号全部转移到了“沙尼亚”上，只有两个人从旁边飞了出去，坠入大海深处。

“火星”号上传来一个东西响亮的哀号，然后它就飞了出去，从内部炸开，变成木屑和铁片。

普霍夫在得救的人群中走来走去，一个个地问：

“是你在船上唱歌吗？”

“不是，唱什么歌啊！”“火星”号上的战士或水兵回答。

“你也不像那个人！”普霍夫不满地说着，继续往前走。

他一个人也没找到——原来，没有人唱过歌，也没有人拉过手风琴。可是普霍夫明明听到了歌声——连歌词都记住了。

夜色降临，暴风还在逞凶，没有要停歇的意思。

“魔鬼，你是从哪儿钻出来的——我倒要看看那个地方！”普霍夫在颠簸的底舱里自言自语地说。

晚上，“沙尼亚”上的军官们商议了很久。“沙尼亚”严重超载，无法在克里米亚靠岸。再加上飓风随时都在开阔的海面上挤压着船只，登陆队无法登岛。可是长时间滞留在海上也非常危险——遭遇的第一艘白军巡逻舰就能让“沙尼亚”沉没。

商议了很久。水兵们不愿意放弃，建议等待风暴过去，那时候能见度会好一些。

“好吧，我们回新罗斯斯克。”侦察兵队长，水兵沙里科夫说，“可是那儿情况如何？第一，主动往回撤，大家要骂娘；第二，还能怎么样——情况会更糟：弗兰格尔毫发无损！”

“你，沙里科夫，忘记了，”政委对他说，“你的‘火星’号现在只剩下了碎木渣，驱逐舰失踪了——应该也在水里，而‘沙尼亚’由于超载，像砖头似的摇摆不定！……好吧，照你说，是不是也该让‘沙尼亚’沉底？……”

“随你的便！”沙里科夫说，“摇摆不定最可耻！”

半夜里做出了决定，应该撤回新罗斯斯克。

深夜，飓风开始减弱，可是大海依旧波涛汹涌。“沙尼亚”拖着自己回家。

在刻赤海峡，岸上的探照灯发现了它，可是白军没有开炮。也许是因为，“沙尼亚”上飘摇着白军旗帜的残片。

清晨，“沙尼亚”在新罗斯斯克下人。

“耻辱啊！”战士们一边收拾东西，一边委屈地说。

“有什么耻辱的！”普霍夫开导他们，“兄弟，大自然比人厉害多了！再说，曲曲弯弯的岸边还停靠着巡洋舰呢！”

“没什么，”水兵沙里科夫不满地说，“没有我们，没有这些小屁孩，别列科普也能打下来！”

事已至此，沙里科夫心里明镜似的，一清二楚。

当天晚上，革命军事委员会下令重新登陆。

队伍在夜里又上了船，“沙尼亚”又冒出了蒸汽。

沙里科夫高兴地在船上走来走去，和每一个人说话。政委意识到了自己的愚蠢，虽然革命军事委员会一点也没有责备他。

“你是工人吗？”沙里科夫问普霍夫。

“当过工人，将要当个潜水员！”普霍夫回答。

“那你为什么不去革命先锋队？”沙里科夫向他建议，“为什么你是个唠唠叨叨的无党派人士，而不是时代的英雄？”

“我有点不相信，沙里科夫同志。”普霍夫解释道，“并且，我们那儿的党委就设在革命前省长家的房子里。”

“革命前的房子又怎样？”沙里科夫对他的话更难以置信，“我就出生在革命前——我认为没关系。”

临近出发，政委离开了：去发紧急电报告知顺利起航。

半小时后他回来了，可是并没有上船，而是站在码头上，笑着喊道：

“上来！”

“你怎么回事，头儿？犯傻了？什么‘上来’？”沙里科夫在船上问他。

“我说，上来！”政委大声说，“别列科普拿下了，弗兰格尔跑了！得到命令——登陆取消！”

沙里科夫和其他人都垂头丧气。

“你又来一次！”一个红军战士说，“本来可以从背后包抄弗兰格尔的——他要逃去坐船，可现在——居然取消！”

“我就说过，在克里米亚，没有这些小屁孩也能行！”沙里科夫又用自己的话做了总结。

“你这个倔脾气！”普霍夫劝沙里科夫，“弗兰格尔跑就跑了吧，你可以随便找个人撒气！”

“唉！”沙里科夫大吼一声，用拳头把柱子砸出了裂缝，嘴里还补充着一些口头材料。

“游过海峡！”普霍夫建议他，“你个子小，探照灯发现不了你！你自己能上岸，登陆就能成功！”

“也行，”沙里科夫本来想说，可是后来改了主意，“水太凉，浪又大——很容易呛水！”

“你等天气变好！”普霍夫说，“把衬裤装满空气，一呛水，你就戳个洞喘口气！”

“别胡说八道，海上的事可没那么简单！”沙里科夫拒绝了。

两天后得知，失踪的驱逐舰抵达了克里米亚岸边，100 名水兵上了岸。

“我早就知道会这样！”沙里科夫难过地说，“驱逐舰上是科内什在指挥，我却碰上了一只旱鸭子！”

3

“普霍夫！战争快结束了！”有一天政委说。

“早该结束了！我们身上穿的只剩些思想，裤子都没得穿了！”

“弗兰格尔时日不多！红军拿下了辛菲罗波尔！”政委说。

“干吗不拿下？”普霍夫一点不惊讶，“那儿空气好，阳光很棒。虱子都烧到苏维埃政权的背上了，它也在往白军堆里钻。”

“关虱子什么事？”政委真生气了，“那可是有觉悟的英雄行为！你，普霍夫，十足就是个唱反调的人！”

“你不懂理论和实践，政委同志！”普霍夫也生气地回答，“你用惯了步枪，而从科学技术角度讲，螺帽必不可少，要不然螺钉就会飞出去。你懂这些乱七八糟的东西吗？”

“那你知道关于组建劳动部队的命令吗？”政委问。

“就是让乡下人摇身一变当上钳工，去工厂里上班？我懂！你早就教会他们要站稳立场了吧？”

“革命军事委员会里的人可不傻！”政委严肃地说，“他们会斟酌是‘同意’还是‘反对’！”

“这个我明白，”普霍夫同意他的话，“他们都是沉着冷静的人。不过乡下人可没那么容易就把技术弄明白！”

“好吧，那么全部科学奇迹和国际帝国主义的珍品是谁生产出来的？”政委争辩道。

“那你觉得，火车头也是乡下人鼓捣出来的？”

“那还能是谁？”

“机器是严肃的东西。造机器需要智慧和学识。那些从事简单劳动的人——不过是些原始的力量。”

“可是，打仗我们还是学会了吧?”政委打击普霍夫说。

“我们擅长烧锅炉!”普霍夫不肯让步，“技术活可是十分细致的!”

大街上，一个连的红军战士步行去浴室，他们一路唱着歌振奋士气。

亲爱的妈妈

送我上路

采了一些

干树皮

“这些鬼东西!”普霍夫大声说，“在好端端的城市里鼓吹贫穷!你们就是唱，妈妈给准备了一些馅饼也好啊!”

时间一刻不停地流走。大炮的使用频率不断降低。由于无事可做，红军后备部队在研究大自然与社会，为长治久安的生活做着准备。

普霍夫的气色变好了，他也不干活。他说，休息是工人的特点。

“普霍夫，你报名参加一个学习小组也好啊，你这样多没劲!”有人对他说。

“学习会弄脏脑子，我想活得清清爽爽!”普霍夫颇有寓意地推辞。也许的确如此，也许他只是开个玩笑。

“普霍夫，你就是行尸走肉，还工人呢！”政委责备地说。

“你在编排我什么？我是个有技术的人！”普霍夫和他吵了起来，争吵内容一直延伸到对革命、所有英雄和革命的追随者都进行了侮辱。当然，是普霍夫在出言不逊，而他的交谈者发表完意见，就丢下普霍夫郁闷地走了。

在新罗斯斯克这个地处偏僻，气候恶劣多变的城市里，从那次夜间登陆算起，普霍夫待了整整四个月。

他在亚速海－黑海航运局海岸基地当高级维修工。新罗斯斯克政府成立这个航运局的目的在于，让北高加索尽快看上去像是一个和平的国家。可是机器破损严重，船只无法开动——北高加索完全无法自认为是一个安宁之邦。

一家阿乌尔墙报甚至把北高加索称为“东方的苏维埃英格兰”，因为有一片海岸和四艘暂时还未开行的船。

每天普霍夫都要仔细检查船上的机器，为它们书写病情报告：“由于连接杆断裂，附件损坏，‘柔情’号船上的重要机件无法使用，也无法解决。名为‘全世界苏维埃’的船只的病因在于：锅炉爆炸，整个炉膛不知所踪——情况无法查明。如果给‘沙尼亚’和‘红色骑士’更换磨损的气缸，加装汽笛，这两艘船可以立刻下水。可是当前，镗磨气缸显然不可思议。因为大地产不出现成的生铁，而由于革命，铁矿石也无人开采。说到镗磨气缸，劳动部队根本一窍不通，因为他们其实就是一群庄稼汉。”

偶尔，普霍夫也会被叫到海岸基地去向政委单独汇报。普霍夫就向他全面介绍基地里的工作方法和工作内容。

“你的维修工们在做些什么?”政委问。

“什么做些什么？随时照看船上的机械设备！”

“可是他们并没有干活！”政委说。

“好吧，没干活！”普霍夫告知，“您没有考虑到大气的危害：各种铁——还别说铜——如果没有人照看，会很快酸蚀、生锈！”

“你可以动动脑筋，也试试看，也许能把船只修好！”政委建议道。

“现在没法动脑筋，政委同志！”普霍夫反驳说。

“为什么没法?”

“吃的东西不够，脑子转不动，口粮太少了！”普霍夫解释。

“普霍夫，你是个不折不扣的骗子！”政委结束了谈话，把目光转向一边。

“您才是骗子，政委同志！”

“为什么?”政委已经在工作，漫不经心地问。

“因为您做的不是东西，而是态度！”普霍夫说。他模模糊糊地记起了一幅标语，上面说，资本不是东西，而是态度。在普霍夫看来，所谓态度，就是什么也不是。

一天，普霍夫在郊外明媚的阳光里散步时想到，人间有多少愚蠢的错误，有多少人漫不经心地对待这些独一无二的事物，譬如生活和整个大自然。

普霍夫双脚紧踏大地。哪怕隔着皮肤，他每走一步都能感觉到大地与赤裸的双脚的亲密接触。这是所有步行者熟悉的享受，普霍夫也不是第一次体验。在大地上行走总是带给他身体的愉悦——他几乎是充满情欲地想象着，脚每挤压一次，土地上就会出现一个窄窄的小洞。他也会回头看看，它们还完好吗？

风纠缠着普霍夫，就像一个巨大的陌生身体伸出的双手。这身体向步行者展示着自己的童贞，却又不给他。普霍夫为这样的幸福热血沸腾。

守身如玉的大地的夫妻之爱唤醒了普霍夫心中主人公的感觉。他以居家的柔情打量着大自然中的一切，在他看来，一切都恰如其分，生机盎然。

普霍夫在高高的杂草间坐下，做起了个人总结。他的思绪飘散开来，已与他的熟练技能和社会出身全无关系。

普霍夫想起已故的妻子，非常伤心。他从没对任何人提起过这事，因此所有人都认为，普霍夫是个感情粗放的人，粗放到可以在棺材上切香肠吃。确有其事，可是普霍夫这么做不是因为他无情，而是因为饿了。后来，当这件痛苦的事情过去之后，细腻的情感开始折磨他。当然，普霍夫关注的是物质的世界法则的力量，甚至从妻子的死中也看到了这些法则的公平性和大致的诚意。大自然的和谐与骄傲的开放性让他非常高兴——也让他十分惊讶。不过，他的心偶尔也会因亲人之死而惊慌战栗，希望向周围的人诉说自己的无助。在这种时候，普霍夫感觉到自己与大自然的不同。他会痛苦地把脸贴紧已被自己的呼吸烤热的大地，洒上自己少有的、不愿流出的泪滴。

这一切都是真诚的，因为一个人无处寻找终点，也无法绘制一个宏大的心灵版图。每个人生活中都有诱惑，因此于他而言，每一天都是创世纪。这也正是他生活的动力。

每当普霍夫凝神思考的时候，身处远方的兹沃雷奇内就会让他感觉亲切。他想，如果能见见他，同他谈谈心该多好啊！

普霍夫觉得很奇怪，没有任何人关注他：人们都是因为工作上的事才会找到他。

有小部分红军战士被批准回家了，他们永远地消失在偏远的乡村，带走了革命的新奇与秘密。他们走后，城市又变回了革命前的孤儿，套上了破旧的常礼服，慢条斯理地该干什么干什么。

“好吧——我也走！”普霍夫决定。他带着草原人的恶意看了看荒凉的群山，山上阡陌纵横，让人生厌。

普霍夫没有告诉领导自己要离开，免得让别人不快，也给自己增加负担。

普霍夫一个人动身，和来这里的时候一样。思乡的愁苦烦扰着他，他不明白，怎样才能在人群中建立起共产国际。因为故乡——只是那片贴心之地，并非整个世界。

从吉霍列茨卡娅站没有火车到罗斯托夫，而是往相反的方向开——到巴库。

普霍夫打算从巴库徒步走回家乡——不需要特别研究地形，斜穿过里海海岸和伏尔加河就到了。他想，这一路粮食丰饶，而他喜欢吃上饱饭。

在路上，在空旷的油罐车上，普霍夫累了，也瘦了。他只吃了一块在新罗斯斯克领到的配给面包，分量还被克扣了一些。

一路上他看见贫困的村庄，贫瘠的荒草，各种活的和死的大自然的库存，都由于严酷的气候和残酷的战争而凋敝。

历史时间和残暴的世界物质中恶的力量共同摧残折磨着人们，可当他们吃饱睡足之后，重又变得面色红润，开始生活，并对自己特殊的事业充满信心。那些带着伤痛记忆死去的人们，也鞭策着活人。为的是不辜负自己的死，不让自己毫无价值地腐烂成灰。

普霍夫看着面前的谷地，听着列车的轰鸣，想象着被打死的人——正化作泥土滋润大地的红军和白军战士。

为了不让任何人白白消失，为了实现血脉的公平，他一直在寻找必要的科学复活死者的方法。

他的妻子死后——因为疾病和饥饿，默默无闻地早亡——普霍夫立刻被这忧伤的谎言和违背法则的事件刺痛。那时他就在考虑——所有革命和人间一切焦虑去向何处，去向世界的哪一个尽头。可是熟识的共产党员们听完普霍夫睿智的想法后，都恶毒地对他微笑，并说：

“你的格局太大了，普霍夫。我们的事业虽小，却严肃得多。”

“我不怪你们，”普霍夫回答，“一个人的一步有一俄尺长，不会比这个更远。可是如果长时间不停地行走，就可以走很远——我是这样理解的。当然，走的时候，就得想着一步，而不是一里，要不然一步也走不好。”

“你瞧，你自己也明白，应该遵循明确的目标。”共产党员们解释说。普霍夫也认为，虽然他们在徒劳无益地毒杀神灵，但他们人都还不错。不是因为普霍夫曾经信神，而是因为人们已经习惯在宗教中安放心灵。可是在革命中却找不到这样的地方。

“你爱自己的阶级吧!”共产党员们对他建议道。

“是应该习惯于这个，”普霍夫下了判断，“不过人们空虚时会很痛苦，心里不舒服，他们就会给你们找麻烦。”

普霍夫在巴库受到很好的款待，因为他在那里遇见了水兵沙里科夫。

“你怎么来了?”沙里科夫问，一边在昂贵的桌子上翻动着大张大张的纸，从上面寻找有用的东西。

“巩固革命成果!”普霍夫立刻宣称。

“兄弟，我正在搞一个里海航运局，只是还没弄出什么名堂!”沙里科夫直截了当地对他说。

“你怎么耍起笔杆子了?拿起榔头，亲自修船去吧!”普霍夫解决了沙里科夫的烦恼。

“你这个怪人，我可是里海舰队的总指挥！那到时候谁来管理整个红军舰队?”

“有什么好管理的?难道人们自己不会干活吗?”普霍夫想都没想就说道。

沙里科夫还是惦记着船上的生活，他一边做着案头工作，一边重重地叹气。他在批示上只表达两种思想：“同意”和“不行”。

普霍夫到沙里科夫家吃饭睡觉。沙里科夫住在施瓦尔茨街上一个寡妇家里。不开会或者没别的要紧事的闲暇夜晚，沙里科夫就给寡妇做凳子，书却看不进去。他说，一看书他就会开始发疯，整夜做噩梦。

“你的身体太脏了——血太多！”普霍夫向他揭示道，“对于脑力工作而言，负担太重。你一定得放点血！”

“往哪儿放?”沙里科夫寻找着救赎方法。

“放到桶里！”普霍夫建议道，“让我来帮你划一刀——蒸汽机都得把多余的气放掉！”

“你别再瞎嚷嚷了！”沙里科夫站得远了一些，“我现在自己都会变消瘦——因为这种平静的生活。你知道，打仗和阶级团结总能让我的身体更强壮，更协调，可是一切过去后，我自己就干瘪了。”

普霍夫在沙里科夫家住了一周左右，吃完了寡妇家所有的存粮，出发回家了。

“你他妈就知道整天瞎晃悠！我来给你找点事儿做！”一天沙里科夫对普霍夫说。沙里科夫建议他去当运油船队的队长，可普霍夫并没有接受。

普霍夫不喜欢巴库。如果换个时机，可能他还会趋之若鹜，可是现在所有机器都一声不响地趴了窝，钻机也只能晒太阳。

风吹着沙子发出嗡嗡的声响，钻进脸上每个毛孔里。这让普霍夫尤其气愤。虽然已经过了炎热的季节——已是10月，可依然燥热难安。

普霍夫决定离开这里。当他从自己的工作岗位来到沙里科夫家时，把这个决定告诉了后者。

“溜达去吧！”沙里科夫同意了，“我给你开一张去共和国任何地方的介绍信，虽然你不过是个苏维埃政府里的手工业者。”

第三天普霍夫出发了。沙里科夫给他开具了去察里津的出差证明——出差目的是招收熟练的无产阶级来巴库工作，以及向工厂订购潜艇，用来同盘踞在别尔辛的英国干涉者作战。

“行吗?”沙里科夫把出差证明递给他，问道。

“这……”普霍夫委屈地说，“那地方见过潜艇吗?兄弟，那儿全是冶金厂!”

“那就——去吧!”沙里科夫放心了。

“行!”普霍夫边走边说，“只要你给了我特别授权书和40轴的火车，我就能吓唬吓唬整个察里津，把一切都搞定!”

“你就按正常程序去吧——会接待你的。”沙里科夫和他告别，在棉花纸公函上写下了：“同意。”公函里报告了护卫舰在海里被漩涡吞没一事。

4

模糊的旅途印象让普霍夫灵魂中响起了叮叮当当的声音。普霍夫如同穿越烟雾般，穿过不幸的人群，到达了察里津。他总是如此：几乎是无意识地在生活中随波逐流，有时甚至忘了自己。

人群嘈杂，铁轨在撞击之下，用力地推开旋转的车轮。空旷的世界在臭烘烘的梦魇中摇摆不定，唧唧尖叫的空气包裹着列车。普霍夫和周遭的一切都坠入风中，如死尸般无助，任人摆布。

旅途观感使普霍夫的意识完全模糊，以至于无力思维。

普霍夫坐车的时候一直大张着嘴——其他人也惊讶得合不拢嘴。

一群特维尔省的女人从土耳其的安塔利亚回来。她们周游世界不是为了猎奇，而是为了生存。无论山水、人文还是星座，都引不起她们的兴趣。她们对游历之地毫无印象，谈起去过的国家也同赶集日的乡镇并无二致。她们只记得安塔利亚海边所有食品的价格，对手工艺品却不感兴趣。

“那儿的绳子怎么卖的?”普霍夫心中暗自想着什么，就问她们当中的一个人。

“亲爱的，在那里你是看不见绳子的——我们把整个市场都走遍了！那儿的羊肝很便宜，千真万确，我可不想骗你!”特维尔女人说。

“你在那里看见十字星座了吗？水兵们说，在那里见到过。”普霍夫打听道，似乎他非常想知道答案似的。

“亲爱的，我没看见十字星，根本就没有——可那儿有很多流星！一抬头，就看见星星飞来飞去。有点吓人，可是挺好看!”女人绘声绘色地描述着自己并没有看见的景象。

“你在那儿换到什么了?”普霍夫问。

“我带了一普特玉米，换了一块粗麻布。”女人哀怨地说完，擤了一把鼻涕，直接甩到了地上。

“你们是怎么跑到别的国家去的?”普霍夫打听道，“你们可没有证件啊!”

“亲爱的，我们可是有文化的人，我们还能不知道怎么办?”特维尔女人简明扼要地回答。

一个残疾人请普霍夫抽过一支英国烟。他从阿根廷去伊万诺沃—沃兹涅先斯克，带着五普特上等硬质小麦。

一年半以前他离开家的时候还身体健康。他打算用面粉换一些小刀，过两周就回家。没想到情况出乎意料：他在阿根廷附近根本没有找到面包——也许，他起了贪心，认为在阿根廷也不会有小刀。在美索不达米亚，他在一次隧道塌方中致残——腿坏了。巴格达的一家医院为他做了截肢手术，他一直带着这条断腿，用布裹着，埋在小麦里，以防它发臭。

“怎么样？没味道吧？”这个来自阿根廷的背袋贩子感觉普霍夫是个好人，向他问道。

“只有一点点！”普霍夫说，“可是不知道是什么味道：吃这样的伙食，所有的肉体都会发出味道。”

瘸子也从来没有发现过大地之美。相反，他同普霍夫聊库尔萨夫卡的一条可以钓鱼的小溪，聊能使马合烟提味的草木樨草。他记得库尔萨夫卡，了解草木樨，可是却忘了大西洋和太平洋，他那若有所思的双眼一次也没有打量过任何一棵棕榈树。

整个世界就这样在他身边呼啸而过，却没有留下任何情感。

“你怎么会这样？”热爱神秘的大自然画卷的普霍夫就此问瘸子。

“操心事把脑子都塞住了。”瘸子回答，“在大海上航行，看见各种假人标本和富裕的国家——真没意思！”

饥饿如此地激发出普通老百姓的智慧：他们可以巧妙地避过所有国家的法律，满世界寻找食物。无名无姓的人们游历了整个地球，却像在家乡的县城里一样，从来发现不了任何令人惊异之处。

对于那些只在俄罗斯漂泊的人，人们不会表现出任何敬意，也不会专门向他们打听什么。这实在是易如反掌，如同一个醉汉在自己的农舍里跌跌撞撞。那时候，每个人的力量都足够强大，不会为任何挤兑感到委屈。没有人抱怨政府，或者抱怨自己的痛苦——每个人都逆来顺受，习以为常了。

在一些大站，列车会接连停好几天，在小站——停三天。男贩子们走到草原上去割别人的草，免得丢了自己的手艺。回到车站，火车还像被黏住一样，原地不动。火车头很长时间都烧不开锅炉，烧开了，柴又没了，重新等待燃料。可是这样一来，锅炉里的水又凉了。

普霍夫犯起了愁。这些时候，他常在草原上行走，趴在水沟边，吸吮一种胆草，里面流出的不是温暖的汁液，而是毒素。在这种毒素，可能还有其他因素的作用下，普霍夫全身长疮，掉头发。同时，他忘记了自己来自何方，去向哪里，自己是谁。

时间在他周围停滞，仿若小动物逃窜，大自然里各种物种艰难爬行的世界末日。一切都笼罩在朦胧的绝望与忍耐的忧伤中。

好在，那时人们还什么都没有意识到，坦然地面对着一切。

普霍夫没有在察里津下车——那里下着雨，地上结起薄冰。伏尔加河上狂风怒吼，房顶上方所有空间都压抑着仇恨与烦闷。

普霍夫来到站前市场上——想用鲤鱼换些备用的衬裤。他感觉有点不舒服。听见公鸡在打鸣——下午四点——一个工匠正和商贩争执秤的精准度问题，另一个人坐在枕木上，拉起了手风琴。城市的纵深处有人在开枪，还有人坐着大车行驶。

“这里潜艇制造厂在哪里？”普霍夫问拉手风琴的工匠。

“你是什么人?”工匠看了他一眼，停住了手中的音乐。

“来自别洛韦日斯卡亚原始森林的猎人!”普霍夫想起了过去看过的一本古书，不经意地宣称。

“我知道!”工匠说完又拉起了忧伤却令人心烦的歌曲，“直走，然后斜穿过去，走到一片谷地，拐进铁匠铺——到那儿再问法国工厂!”

“好吧！接下来不问你我也知道了!”普霍夫谢过，漫不经心地信步走了过去。

他走了大约三小时，没有看一眼城市，感觉到自己困倦潮湿的血液。

有人在乘车，有人在走路——也许，都在干重要的革命工作。普霍夫没有全神贯注地看他们，而是默默地行走，偶尔想到，沙里科夫是个混蛋：强迫别人做些无用功。

在法国工厂的办公室附近，普霍夫拦住一个正边走边吃白面包的机械工。

“这个——你瞧!”普霍夫把沙里科夫给的介绍信递给他。

那人拿起文件深入领会。他看了很久，若有所思，一言不发。普霍夫冻坏了，瘦弱的身体瑟瑟发抖。可是机械工一直看啊看——要么是他不识字，要么就是他对所看的东西产生了浓厚兴趣。

在工厂里，高高的旧栅栏后面是一片寂静凄凉——在那里，冰冷的铁块已经被懒惰的锈迹吞噬。

白天躲进了起风的灰暗夜色里。城市中稀疏的灯光，与高高岸边的星辰交相闪耀。狂风像水一样潺潺作响，普霍夫感觉自己是个孤独无着……迷途的人儿。

机械工，或者，他不是机械工，看完了介绍信全文，甚至仔细看了看信的背面，可是那里字迹全无。

“怎么样？”普霍夫问他，望了望天，“什么时候车间可以接订单？”

机械工用舌头舔了舔介绍信，把它贴在了栅栏上。自己则沿着厂区回家了。

普霍夫看了一眼栅栏上的文件，怕它被风吹破，便把它钉在一颗探出头的钉子上。

普霍夫很快就走回了车站。夜风和一只雨里的小动物毁掉了他的自我感觉。可当他看见火车头冒出的烟时，高兴起来，就像看见了家园。车站大厅在他看来也像是亲切的故乡。

火车在半夜开动了，路线不清，任务不明。

“它往哪儿开？”普霍夫问爬进车厢的人们。

“我们怎么知道它去哪儿？”一个看不清模样的人用柔弱的声音充满疑惑地问，“车在开，我们和它在一起。”

5

火车开了一整夜——叮叮当当，痛苦不堪，把梦魇装进人们没有记忆的头脑里。

在一些僻静的小站，风颤动着车厢顶上的铁皮。普霍夫想到风儿凄苦的生活，不禁同情起它来。他还想起了风磨、现在正狂风肆虐的空荡荡的乡村草棚，和广袤空旷无家可归的大地。

列车继续开行。普霍夫在运行的列车中安静地睡着了，感觉到暖意和平稳的心跳。

列车全速前进，长时间鸣笛，恐吓着黑暗，祈求着安全。笛音久久回旋在平原、分水岭与峡谷中，又被谷地撕扯成另一种可怕的声音。

“普霍夫！”普霍夫在梦中听见一个很轻又很响的声音。

他一下子醒了，说了声：

“啊？”

整节车厢都在沉睡，地板下面传来高速前进的车轮的轰隆声。

“你干吗？”普霍夫又听见一个很轻的声音，可他知道，没有人。

早已遗忘的痛苦在他心里与意识中含混不清地嘟哝着——平静下来之后，普霍夫难过起来，想尽快平息，遗忘这一切，因为无法指望任何人参与其中。他就这样苦恼了许久，完全无视车厢外呼啸而过的空间。他点燃自己心中的绝望，困倦了，便去梦中寻找安慰。

普霍夫睡了很久，一直到第二天中午。太阳炙烤着秋日的土丘，闪耀着火热的金黄和平等的快乐，发出高亢而紧张的音调。

原野里稀稀疏疏地长着些枯瘦顺从的树木。他们心不在焉地摇曳着枝条，在死亡到来之前毫不害臊地赤裸着躯干——免得白白浪费它们的衣服。

下雪前的最后几天，地面上所有生机勃勃的绿色都被置于寒冷、霜冻和漫长暗夜的枪林弹雨之下。可是——预先——吝啬的大自然就脱下了植被，用风把冻得奄奄一息的种子分送了出去。

树叶被雨水紧紧压在泥土里，在那里化作养料，种子也躺进里面得以完好保存。生命就这样精打细算地做着长期储备。看到这样的景象，见证人普霍夫唇边流出了口水，这意味着开心满足。

这趟任务不明的列车上的乘客在晨光中醒来——由于寒冷和梦境的中断。普霍夫醒得比所有人都晚。当他那只麻木的脚开始刺痛时，他跳了起来。

他已经没有东西可吃，于是面对空荡荡的晚季的大自然抽起了烟。在那里，低矮的太阳在欢笑，路边的灌木丛在清晨的寒冷中无助地战栗。清晰的地平线上，远方清澈透明，令人向往。多想跳下火车，用双脚触摸大地，在它坚实的身体中躺一躺。

普霍夫对自己的观察感到很满意。对眼前一切，他使用了一句有分量的表达：

“仁慈!”

“松树!”一个已经三天没吃饭，学识渊博的老头说，“这里应该是沙质土壤。”

“这是哪个省?”普霍夫问他。

“谁知道——是哪个省？反正是个省呗!”老头漠然地回答。

“那你是要去哪里?”普霍夫有点生他的气。

“我和你一起去同一个地方!”老头说，“昨天我们一起上了车——就要一起坐到站。”

“你没认错人吧——你看看我!”普霍夫想让对方注意到自己。

“为什么会认错人？你是唯一一个麻子——别人的皮肤都是光滑的!”老人解释说，说完开始挠腰上的疮。

“好像你长得挺讨人喜欢似的!”普霍夫委屈地说。

“我不讨人喜欢，我的脸长得还行！”老头给自己下了判断。为了表示赞许，还用手抚了抚自己面颊上棕色的短髭。

普霍夫全神贯注地上下打量了老头一眼，一口唾沫吐到外面又弹了起来，然后就再也不理他了。

突然响起了过桥的轰鸣声——车厢里散发出清新的水的气息。

“这是什么河？你知道叫什么吗？”普霍夫问一个巫师模样皮肤黝黑的男人。

“我们不知道。”男人回答，“总有个名字！”

饱受饥饿折磨的普霍夫叹了口气，然后发现，这就是家乡。这条河叫干朔沙河，而干旱的凹地里的村子叫雅思纳梅恰。那里住着一些名为“孵蛋派”的旧教派信徒。从家乡飘来面包的香味和腐烂的青草淡淡的臭味。

普霍夫的声音洪亮起来。他真诚善意地宣布道：

“这里是帕哈林斯克市！这是农学研究所和砖厂！我们一夜间走了400多里！”

“这儿——同志，你知道不，——换东西吗？”一个奄奄一息的老头问。虽然他并没有什么可换的。

“这儿，老爷子，换不了东西！工人们一点吃的东西都没有了！这儿的工人们都消失了！”普霍夫告知，他紧了紧肚子上的裤带，好像是要把没有行李的自己捆紧。

老旧的灰色火车站还是普霍夫童年时的模样。那时的它吸引着他去环游世界。周围是煤炭、石油燃烧的味道，以及火车站这种神秘不安的空间里常有的味道。

变得赤贫的人们躺在柏油站台上，满怀期待地注视着靠站的空车厢。机车库里，刚打完盹的火车头发出呼哧呼哧的喘息。铁轨上调车机车不安地开来开去，挂上成串的车厢，驶向陌生的地方。

普霍夫在车站大厅里慢慢地走着，带着许久之前孩童的好奇和一种忧伤的满足读着那些还是战前贴出来的旧海报：

“马克一科尔米克”牌蒸汽脱谷机

带过热器的“沃尔夫”锅驼机

“济慈”香肠店

伏尔加河“飞机”轮船公司

“若阿尚与K[6]”轮船发动机

“标致”牌自行车

格尔曼安全旅行剃须刀

……

各种有意思的广告招贴。

普霍夫还是个小孩子的时候，经常专门来火车站看招贴——同时既羡慕又惆怅地目送远行的列车，他自己却哪儿也没去过。那时他的生活很单纯，可是后来就完全变了样。

普霍夫走下车站的台阶，来到了城市的街道上。他把明亮的空气装进自己空洞饥饿的身子，便消失在街角的房子后面。

抵达的列车把很多人留在帕哈林斯克。每个人又出发去了一个陌生的地方——死亡或得救。

6

“兹沃雷奇内！别佳！”钳工伊科尼科夫声音低沉地喊道。

“你干吗？”兹沃雷奇内问，停了下来。

“可以吗？我拿点儿板子？”

“什么板子？”

“就这些——六块薄木板！”伊科尼科夫小声说。

这是在帕哈林斯克铁路工厂的车轮车间。车间里铺满灰尘和铁屑，悄无声息。偶尔有班组在车床和液压机旁忙碌，调试机器用来打磨轮边，上轴。陈年的污垢和烟尘像马合烟一样飘旋在屋梁上，散发出潮气和机油的味道。死气沉沉的秋日光线支离破碎地映照在机器上。

原来生长在工厂旁边的牛防风、牛蒡，现在都已经随着岁月干枯了。高强度工作后业已报废的火车头堆满了整个院子。废铁堆成的野山并非大自然的景观，而是在诉说着已经毁灭的技术艺术。先进的机械设备上那些精巧的构件，精确的机身展示着当年傲人的张力与能量。沙皇战争时期的军列、铁路上的国内战争、紧急运粮路线上的草原大跃进——火车头见证并亲历了这一切。而现在它们却躺在与机器并不相称的乡村的枯草中，死亡般沉睡。

“你用这些木板来做什么？”兹沃雷奇内问伊科尼科夫。

“做棺材——儿子死了！……”伊科尼科夫回答。

“儿子已经是大人了？”

“17 岁了！”

“他怎么死的?”

“得了伤寒!”

伊科尼科夫转过身，用久经风霜干瘦的手捂住脸。兹沃雷奇内从没见过这样的场面，他感到羞耻、痛惜和尴尬。伊科尼科夫一辈子历经磨难、勤恳工作、默默无闻，现在却悲伤无助地捂住自己的脸。

“我给他吃，给他喝，供他长大!”伊科尼科夫自言自语地嘟囔着，几乎哭出来。

兹沃雷奇内走出车间，往办公室走。

办公室距离很远——在电站附近。一路上兹沃雷奇内只是机械地迈步，脑子里一片空白。

“液压机快修好了吧?”厂里的政委问他。

“明天晚上我们再试试!”兹沃雷奇内心不在焉地报告说。

“怎么样，钳工们都还好吧?”政委问。

“没事儿。午饭后走了两个——身体虚弱流鼻血。应该吃点早饭，可他们每人家里都有孩子——他们把饭都给孩子们吃了，自己饿着肚子来上班……”

“不像话，兹沃雷奇内！昨天我去了革委会——红军的口粮被削减了……我也知道，应该做点什么!”

政委沉着脸，疲惫地往模糊肮脏的窗外看，什么也没看见。

“今天开了支部会。阿弗宁！你知道吗?”兹沃雷奇内对政委说。

“知道!”政委回答，“你去电气车间了吗?”

“没有！那里怎么了？”

“昨天工人们试用了一台大型发电机——把线圈烧坏了。见鬼，才修了两个月！”

“没什么大不了的——有地方短路了。很快就能弄好！”兹沃雷奇内认为，“我们现在既没有煤，又没有电。这才要命！”

“对，这是最大的麻烦！”政委含糊地说。他忍不住微笑了一下：也许他有所期待，或者仅仅是出于自己坚强的性格。

伊科尼科夫走了进来。

“我要拿一些那种薄木板！”

“拿吧，拿吧！”兹沃雷奇内对他说。

“你为什么要给他木板，头儿？”阿弗宁不满地问。

“你别问了，他拿去做棺材。儿子死了！”

“啊，我不知道！”阿弗宁不好意思地说，“那还应该再给他帮点儿忙！”

“怎么帮？”兹沃雷奇内问，“啊？帮什么忙？都是瞎胡闹！应该给他面包——可是我们自己的口粮也被削减了——甚至不够按人头分！你自己也清楚。”

谈完话，兹沃雷奇内直接回了家。天完全黑了，白嘴鸦在荒地上飞来飞去地觅食。兹沃雷奇内习惯性地饿了。他知道家里有热土豆，至于革命的烦心事——暂时可以抛到脑后。

兹沃雷奇内在外屋的门垫上蹭靴子的时候，听见有外人在房间里和他妻子嘟哝着什么。

兹沃雷奇内心想，现在一盆土豆不够吃了，便走进了房间。普霍夫正坐在那儿，被自己讲给兹沃雷奇内妻子听的笑话逗得哈哈大笑。

“你好，主人！”普霍夫先开口。

“你好，福马·叶戈雷奇！你打哪儿来？”

“从里海来，上你们家吃点鸡肉！你喜欢吃鸡——我现在也胃口大开！”

“我们现在在守斋期，福马·叶戈雷奇！我们现在吃饭都是有一顿没一顿！”

“全省性的饥荒！”普霍夫总结道，“没有面包，连土也吃。也就是说——像傻瓜一样活着！”

“老婆，给他拿点儿熟土豆！”兹沃雷奇内说，“要不然他闭不了嘴！”

普霍夫脱下靴子，把裹脚布挂到炉子上烤干，从头发里掏出谷草和草屑，在屋子里完全坐定下来。他吃完土豆，又吃了一些土豆皮，恢复了精神。

“兹沃雷奇内！”普霍夫说，“你为什么是武装力量？”说着指了指炕边的步枪。

“我参加了特别行动队。”兹沃雷奇内解释道。他想起了什么，叹了口气。

“特别行动队？”普霍夫问，“去抢农民的粮食？”

“特别行动队！专门针对敌人的突发反革命行动！”兹沃雷奇内正义凛然地解释了这件不光彩的事情。

“你现在还是里面的人？”普霍夫洞悉了一切。

“对，因为——我有点同情革命！”

“你是怎么同情革命的——多领了些面包还是拿了布匹？”普霍夫猜测道。

兹沃雷奇内一下子震怒起来。普霍夫想，这下子不会请他吃晚饭了。兹沃雷奇内的妻子用炉钩在炉子里刮着什么。她本来就是个凶狠、吝啬，对什么都不感兴趣的女人。

兹沃雷奇内开始向普霍夫明确阐述自己的立场：

“我们了解这些小资产阶级的流言蜚语！难道你没看见，革命是意志坚定的事实！”

普霍夫似乎是在听，还满怀敬意地看着兹沃雷奇内的嘴。心里却在想，他就是个傻瓜。

兹沃雷奇内火冒三丈，说话间接近了世界革命的目的。

“现在我本人是党员，工厂的支部书记！你懂我的意思吗？”兹沃雷奇内结束了讲话，喝水去了。

“原来，你现在掌握着政权喽？”普霍夫说。

“和政权有什么关系！”兹沃雷奇内还没喝完水就转过身来，“你怎么什么都不懂？共产主义——不是政权，而是神圣的义务！”

普霍夫就此打住了，以免惹恼主人们，失去栖身之处。

晚上兹沃雷奇内去了支部，普霍夫则在箱子上躺了下来。点亮的煤油灯噼噼啪啪地响着。普霍夫听着这声音，猜不透是来自哪里。他想吃东西，又不敢开口要——就饿着肚子抽了一会儿烟。

普霍夫记得，兹沃雷奇内应该有一个儿子——以前有过。

“你们把孩子送走了吗？还是他住在亲戚家？”普霍夫向女主人打听。

女主人摇摇头，用围裙遮住了眼睛——这是痛苦的表现。

普霍夫住了口，陷入沉思。虽然他知道，女人的痛苦就是犯傻。

“为什么别奇卡要往党里钻？”普霍夫想道，“孩子死了——虽然算不上很大的痛苦，可对于父亲来说却很伤心。他没地方可去，他家女人又心似毒蝎。这样，他就往里钻了！”

女主人淡忘了伤心事之后，便让他去劈柴。他去了，在一堆枝杈很多的木柴里忙活了半天。干完活他全身无力，暗想——由于吃不饱饭，自己变得多么虚弱！

院子里的风顽强地刮着——同旧时光里别无二致。对于这个混蛋来说，不存在任何革命事件。可是普霍夫相信，随着时间推移，风也会被科学技术驯服。

11 点，兹沃雷奇内回来了。三个人一起喝了不加糖的南瓜茶，每人吃了两块土豆便准备睡觉。

普霍夫夜里睡在箱子上，兹沃雷奇内和妻子爬上了炉子上面的炕。普霍夫对此有些惊讶——过去他不喜欢和妻子一起睡：憋闷、拥挤，臭虫叮咬——可这个人才刚到秋天就睡到炉子上去了。

可是这到底是别人家的事。当屋子里安静下来后，他问兹沃雷奇内：

“别佳，你还没睡吧？”

“没有。怎么了？”

“我得干点活儿！我怎么能在你这里吃闲饭！”

“行啦，我们来安排——明天再说！”兹沃雷奇内从上面说道。他打了个大哈欠，脸上的皮肤全都张开了。

“翘起尾巴来了，鬼东西，入党了！”普霍夫想着，进入了梦乡，在梦里张大了嘴。

第二天普霍夫被录用到液压机上当钳工——他又来到机器旁边，来到了故乡。

两个钳工都是老熟人，普霍夫分别向他们讲述了自己的故事——恰好是没有发生在他身上的事。至于事情原本是怎样的，普霍夫自己也忘了。

“你现在应该去当个领袖，干吗还来干活?”一个钳工对普霍夫说。

“领袖太多了，火车头却没有！我可不想吃闲饭！”普霍夫觉悟很高地回答。

“没用的，火车头一装好，大炮就给你打烂！”一个钳工对劳动的价值将信将疑。

“让他打——总有能抵挡住炮弹的！”普霍夫确信。

“最好让他们往土地里打：大地更软，更不值钱！”钳工坚持己见，“凭什么白白损坏技术产品?”

“为了让一切能够循环往复！”普霍夫对这个外行解释说，“你领口粮——造火车头，火车头用坏了——你就重新领一份口粮，又重新开始生产！要不然吃下去的伙食都没处消耗！”

普霍夫在兹沃雷奇内家又住了一周左右，后来搬到了自己的住宅里。

有了家，他高兴起来，可是很快又犯起了愁，每天都去兹沃雷奇内家串门。

“你怎么回事?”兹沃雷奇内问他。

“那儿没意思，不是住宅，就是一块儿公家的地盘!”普霍夫回答他，又聊了些在黑海时的事，为的是喝茶的时候不至于无话可说。

“我们那儿有个沙里科夫，就爱胡说八道，还是个水兵。我的煤不够烧了，就让我们从克里米亚撤回来。那时克里米亚盘踞着白军，为了不让他们逃跑，英国人开着大型军舰监视他们……我顺利到达了新罗斯斯克，发出信号，让船给我送吃的来——我饿了。是好事，可是有点扯淡。城里白天黑夜地打枪——不是局势危险，而是野蛮无耻。我一直坐着，饥肠辘辘，脑子一片空白。突然，沙里科夫坐船过来了。他说，你为什么提前来了?我告诉他，我饿了，煤也烧完了。他——吃得脑满肠肥的——一把抓住我扔进了海里。‘游吧，’他叫喊着，‘去弗兰格尔那里去登陆吧。’我开始很害怕，后来在水里适应了，换着气地游。夜里，我游到了克里米亚。我爬上了敌人占领的岸上，躺在灌木丛里，后来又躲在沙地里睡着了。早上我被冻醒，浑身冻僵了。白天我在太阳底下暖和了一会儿，又游了回来——回到了新罗斯斯克。这时我是真着急了，因为饿得比昨天还难受……”

“游到了?”兹沃雷奇内问。

“毫发无损!”普霍夫说道，“在大海里游泳很轻松，只要没有暴风雨——那就吓人了……”

“沙里科夫对你说什么了？”兹沃雷奇内问。

“沙里科夫说——好样的，我推荐你当红军英雄！他问，看见敌人了吗？我给他说，那儿——辛菲罗波尔革命委员会——一个敌人也没有，我白在沙地里待了一晚上。他说，不可能！我说，不可能，那你亲自再去看看！那时消息传得很慢——电报线路不足，材料也生了锈。对，过了一整天苏维埃政权就拿下了整个克里米亚。我就知道会是这样。于是沙里科夫任命我当了矿业部门的负责人。”

“红军英雄当上了吗？”兹沃雷奇内惊讶地问。

“当然当上了。你往下听。表彰我的无私忘我、无处不在、深谋远略——奖章上就是这么写的。可是我很快就在吉霍列茨卡娅用它换了粮食。”

喝完茶，普霍夫还不想离开。可是兹沃雷奇内已经开始打瞌睡、叹气——普霍夫不好再拖延，便告辞出门，在门边才讲完了最后一个故事。

夜里，普霍夫在寂静中溜达，用新鲜的眼睛环顾城市。他想：多么丰富的财产啊！似乎他这辈子第一次看见城市。每个全新的日子，他都感觉到一个前所未见的早晨，都会像面对充满智慧的罕见发明一样仔细打量。可是傍晚他工作累了，心脏就变得呆滞，生活也发出腐臭的味道。

从兹沃雷奇内家回来，普霍夫连炉子都不想烧，裹上了自己的全部衣服。这栋房子住的人并不多：还有一家人。他们家与普霍夫的房间中间隔着好几个空房间。如果普霍夫睡不着，他就把台灯放到床边的凳子上，阅读一些兹沃雷奇内给他的宣传品。

当普霍夫什么也看不懂的时候，他就想，这是傻瓜或者过去的教堂诵经员写的。他看得索然无味，一会儿就睡着了。

他无法做梦，因为梦刚一开始，他就马上猜到这是骗局，并大声说：这是梦，魔鬼！——就醒了。然后一直睡不着，咒骂从阅读中得知的唯心主义的残渣余孽。

一次，他和兹沃雷奇内一起下班。城市熄灭在缓慢到来的黑暗中，教堂的钟声在死气沉沉的世界上空轻声哭诉。普霍夫感觉到自己身体肮脏，想着他住宅里的愁苦，沉重的双脚步履艰难。

兹沃雷奇内冲着房子挥了挥手，风趣地说：

“共同性！现在在城里逛就像在自家院子里溜达似的。”

“我知道，”普霍夫不同意，“你的——我的——财产！原来都是有主人的，现在都没有归属了！”

“你这个怪人！”兹沃雷奇内笑了，“共同财产——就是说，是你的财产，但却不是掠夺来的，而是通过成熟理性的方式得来。房子就在那儿——你住在里面并爱惜它，而不是像资产阶级那样胡作非为，把门给烧掉。兄弟，革命就是关心！”

“关心什么，如果一切都是共同财产。在我看来——那就是别人的！资本家把自己的房子看作血脉，我们又是怎样做的？”

“资本家之所以那么看，之所以那么贪婪地爱惜他们抢来的东西，是因为他们知道，自己制造不出来！而我们能制造出房屋、机器——可以说，是用鲜血铸成的——所以我们就像爱惜鲜血一样爱惜它们：我们知道它们的价值！可是我们对待财产并不小气——我们还能再生产出来。而资本家们却对自己那点破烂儿心疼得浑身发抖!”

“你的脑仁儿转得不错，我看出来了!”普霍夫这话说得不像出自他之口，“也许你连吃饭都不会了？还记得你在除雪车上怎么吃饭的吗？”

“和吃饭有啥关系？”兹沃雷奇内委屈地说，“当然，大脑喜欢丰盛的餐食，要不然就没法思考!”

他们就此分手，看不见彼此。普霍夫走到自己那栋楼前突然想起，这个住处名叫家园。

“见鬼吧！还家园？既没有女人，也没有炊烟!”

7

正当普霍夫冷得躺在床上辗转反侧之时，在甜蜜潮湿的朝霞中，窗框上的玻璃裂了一条缝。一声响亮的炮声在城市上空炸响。

在普霍夫脑海中，这动静来自一场关于新罗斯斯克南部战争的梦境。可是他马上揭穿了自己幻想的真面目：你是一场梦，魔鬼！——便睁开了眼睛。炮声又响了起来，仿佛房子都被打进了土里。

“让你瞎吵吵!”普霍夫不赞同正在发生的事件，打算点亮灯来检验自然法则。灯点亮了，可是马上就被第三声炮击震熄——可能炮弹就在园子里爆炸了。

普霍夫穿上衣服。

“哪个畜生用炮弹来蹚这潭浑水!”他百思不得其解。

在街上，普霍夫感到烟雾弥漫，炎热难耐。机枪在空气中留下了明显的痕迹。普霍夫喜欢机枪：与机器相似，都需要冷却。

霰弹击中了省工业委员会大楼——冒出浓烟。

“他们往城里打霰弹，说明他们没有炮弹。”普霍夫设想着。他知道，攻打这里需要手榴弹。

街上空无一人，惊惶不安，情况不明。

突然，教堂钟声轻轻响起。普霍夫身体一震，停下脚步，仔细倾听这断断续续的钟声。

教堂位于一座小丘上，俯瞰着城市与河谷后面的草原。在街道透出的光线中，普霍夫发现了远处晨雾笼罩的寂静草场。

从教堂到工厂有一俄里。普霍夫快步走完了这段距离，他没有注意到愈演愈烈的战斗，很快就对之熟视无睹了。

在工厂里他没有看见一个人。火车站的轨道上停着一列装甲列车，正在往朝霞的方向射击——那里有一座桥。

大门口站着政委阿弗宁和另外两个人。阿弗宁在抽烟，另外两个人在试枪栓，并把步枪整齐地排成一排。

“普霍夫，想要杆枪吗?”阿弗宁问。

“怎么不想!”

“随便拿一杆!”

普霍夫拿起一杆枪来检查机械状况。

“没油了？枪栓有点紧!”

“没有——这里哪儿需要油?”阿弗宁拒绝了。

“你们这些好战分子！把弹夹给我!”

普霍夫拿到弹夹后，又要手榴弹。他说，不能没有手榴弹。这是陆地战争——我在黑海打仗的时候，那边都给配发手榴弹。

于是给了他手榴弹。

“你拿这个有什么用，我们本来就没多少！”阿弗宁说。

“没有这个不行。水兵们走投无路的时候，都是用这个家伙！”

“乱弹琴，乱弹琴！”

“去哪里？”

“去桥那边，小树林后面——那里有我们的人。”

装备了武器的普霍夫慢慢沿着铁路走。经过装甲列车时，他发现那里有几个水兵。

他爬上踏板，敲了敲装甲车门。特制的车门封闭得严严实实。一个水兵从小孔中探出头来。

“你干吗，猫头鹰？”

“沙里科夫在这里吗？”

“不在。”

“给我开门，我要给你下命令。”

“好，快进来。”

金属车厢里闷热难耐，偶尔吹来一丝穿堂风。三英寸炮的炮闩散发出油脂的臭味，不过装备的技术状况还不错。炮舱里的水兵机枪手不停地往原野里、砖房后面扫射，还不时用手试一试枪筒是否过热。

一个水兵的头儿走到普霍夫面前。

“兄弟，你这儿情况怎么样？说几句。”

“在远处，朋友，瞄准教堂的钟楼那边。他们在那边有个观察点。”

“行，费奇卡！瞄准钟楼：瞄准镜上是110，炮筒上是90——干掉它！”

水兵拿起望远镜，开始检查炮弹的效果。

普霍夫平静地走开了。他一边沿着铁路旁的沙石路基行走，一边在空气里自说自话。在灌木丛掩映的僻静的蓝色谷地里，正在进行一场战役。铁路桥后面，炮兵正匆忙作业，用炮弹炸毁谷地。桥的背后也许还停着敌人的装甲列车。

重炮兵——六英寸炮——从远处炮击城市。城市早就饱受其苦。

路基的斜坡上满是枯草，当不远处的装甲车从桥背后投来炮弹时，它们也随之战栗。

火车站里是红军的炮兵，桥背后是白军。相距五俄里。炮弹在普霍夫头上飕飕飞过，他不时看看它们。一些炮弹飞到了桥背后，一些往反方向飞，可是并没有相遇。

工人们卧在谷地的灌木丛里——有人活着，有的已经死了。活人少一些，可是他们不停地往河对岸开枪：为自己，也为死去的人。

普霍夫也卧倒仔细观察。他看见了货车车厢，铁路小站的小屋和铁轨上堆的一些废品。工人们与白军之间隔着一条小河和河谷，距离只有1.5俄里。

“我们的人在朝什么开枪？”普霍夫心想，“我们这是被吓得瞎打。”

他身边的火车副司机科瓦科夫停止了射击，看了看普霍夫。

“你怎么了?”普霍夫问完，朝车站小屋旁一个移动的目标开了一枪。

“肚子疼——在潮湿的地上打了两小时。”

“你们开枪打谁呢?”

“打白军啊——你不知道吗?”

“打哪些白军?红军又在哪里?”

“红军在城市的那头，钳制住一支骑兵军。这是柳波斯拉夫斯基将军率领的——他的骑兵军一来——暗无天日。”

“为什么我们以前什么都不知道?”

“怎么不知道?兄弟，这支骑兵军——今天在我们这里，明天就去奥廖尔了。”

“怪事!”普霍夫丧气地说，“我们趴在这儿射击，肚子都打疼了，可是一个人也打不死。他们的装甲车早就瞄准了——会把我们打成碎片。”

“你打算做什么：要打败他们!”科瓦科夫回答。

“胡说八道：死亡是无法抵挡的!”普霍夫做了最终解释，便不再开枪。

弹片在低空啸叫着，飞行中突然停下，凶狠地把自己撕成碎片。这些碎片刺进工人们的头颅和身体里。他们便仰面躺下，永远地死去了。死亡来得如此平静，以至于让人感到，用科学方法复活死者的信念正确无疑。于是可以认为，人并非永远地死去，只是死亡会持续很长一段时间。

普霍夫很讨厌这件事。他不相信人死之后，绚烂的生命还能再次归来。如果真是那样，那他知道，现在恰恰应该是工人们获胜。因为他们可以制造火车头，以及其他科学的东西。而资本家们则只会消耗它们。

工人们的枪声变得稀疏，河面上空硝烟弥漫。科瓦科夫坐下来，不理会战争，在衣兜里到处找马合烟。普霍夫耐心地等着他找，也想向他要支烟抽。

“我们这儿没有卫生员，没有大夫，没有药——虚假的经济生产!”科瓦科夫看着一个正说着胡话瑟瑟发抖的伤员说。

伤员想爬到科瓦科夫身边。他睁了一下眼睛，可是不堪眼睑的重负，又闭上了。

科瓦科夫看了一眼他那毛发稀疏的脑袋：

“朋友，你想干什么?”

伤员想说点什么，用奇怪的声音小声嘟哝着。

“什么?”科瓦科夫问。他自己也难受起来。

伤员爬到他身边，抬起脏兮兮湿漉漉，大汗淋漓的头。科瓦科夫对着他俯下身子。

“快往我耳朵里钉一颗钉子……”伤员说完就无力地倒下了。

科瓦科夫擦了擦他的耳朵，在他旁边躺下，似乎是在保护着他免受痛苦和新的伤害。

弹片射入了距离普霍夫仅几丈远的土地里，沙砾和泥土打到他的脸上。

阿弗宁突然从背后走过来，也躺了下来。

“普霍夫，你在这儿？他们的装甲车上没有炮弹，我们马上去车站进攻。”

“别犯傻——谁打听到他们没有炮弹的？为什么我们的装甲车瞄准了目标都打不赢，早就应该能打掉他们的……”

阿弗宁没来得及回答，就弓着身子跑到了开阔处。

一分钟后，整支铁路工人队伍改换了阵地——穿过谷地，跑到了奶牛场。在那里的草棚后面卧倒。

普霍夫又看见了阿弗宁。他站在仓库的石壁背后，同两个手里拿着大圆面包的钳工商量着什么。

普霍夫走到阿弗宁面前，想告诉他食物的必要性。可是在路上，他考虑的是另一件事。从仓库那边能看见白军的战线、桥梁和装甲车。战线从帕哈林斯克市的斜坡一直向白军装甲车停靠的小站延伸。

普霍夫等到阿弗宁结束了同钳工们的谈话，向他解释说，既然正面努力无法赶跑白军，应该考虑采取点儿计谋。

“你看见从城里向小站延伸的斜坡了吗？”

“看见了！”阿弗宁说。

“啊哈，——看见了！你早就应该看见！”普霍夫气呼呼地说，“兹沃雷奇内在哪里？”

“在这里。你找他干吗？”

城里炮声如暴风雨般呼啸，还能听见一大群人连续不停地叫喊。

“这是什么声音？”阿弗宁向那边转过身，“是白军闯进来了？应该是在驱赶我们的人。”

普霍夫仔细倾听。人声沉寂下来，炮弹却依然在城市上空喧嚣，并坠落摧毁各种或厚重或脆弱的建筑物。

五分钟后，普霍夫和兹沃雷奇内进了城——来到火车站。

“那里有没有什么重车?”兹沃雷奇内问。

“有——铸造车间里停着十节装着沙的平板车厢!”普霍夫说。

“可是没有火车头——我们现在去哪儿?”兹沃雷奇内又怀疑了。

“我们徒手把它们推出来，头儿！然后推上主道，滚动起来——就放掉。它们自己跑上五俄里之后，白军的装甲车就只剩下残片喽!”

“工人们在哪儿——光咱俩用手推不动!”

“找咱们装甲车上的水兵帮忙。我们一节一节车厢地推出来，然后把它们连接起来，让它们一起冲下坡。”

“装甲车不一定会放水兵们出来，”兹沃雷奇内无论如何也不同意，“装甲车有两个打击任务：对付炮兵，守桥……”

“会放的，那儿都是些机灵人!”普霍夫确信。

阿弗宁后悔同意了普霍夫的想法。他原以为，普霍夫不过是想离队，才凭空想出了重车的事儿——阿弗宁没看见过车间里停着什么装沙的平板车。

中午时分，战斗平息了。白军装甲车偶尔往河谷里放几枪，搜寻着红军。我方的装甲车完全沉默了。

“那些水兵们，”阿弗宁想，“这个普霍夫在逗他们玩呢。”

可是他的眼睛没有离开战线，给工人们说了普霍夫的想法。

“怎么样？十节满载的平板车厢能撞毁白军的装甲车吗？”阿弗宁问。

“如果速度起来了，很明显——能撞毁！”曾当过皇家列车司机的瓦列日金说。

一点半，他第一个听见了车轮往战线飞驰的声音。他对阿弗宁吼道：

“看那边！”

阿弗宁跑出仓库，蹲下来环视整条铁路。一列没有火车头的列车从低洼处风驰电掣地飞驰而来，瞬间就飞奔着上了桥，飞快的速度让桥身为之战栗。

阿弗宁忘记了呼吸，兴奋得眼眶湿润。一瞬间，列车消失在小站里的车厢深处，顿时腾起了蔽日的沙尘。紧接着响起了钢铁剧烈碰撞断裂的声音，急促刺耳。

“太棒了！”阿弗宁立刻平静下来说道。他冲在队伍前面跑向小站。

在沙地和一畦畦挖出来的土豆上奔跑举步维艰。一定是心中怀有巨大的动力才能完成这样的举动。

队伍在桥上迈进——每个人都以为白军装甲车已经被撞得粉身碎骨。

队伍绕过了堆栈，走到铁路中间。第四道停着完好无损的装甲车，主道上乱七八糟地堆着饲料、沙土和车厢的残骸。

队伍向装甲车扑了上去。装甲车噤若寒蝉，吓得像得了瘟疫一般，曾经的英勇变成了走投无路。可是突然间，沉默的机枪开始对着铁路工人们扫射。每个人都躺倒在铁轨上、道砟上、列车运行时落下的锈迹斑斑的螺栓上。每个人那被紧张心跳挤压出来的血液都来不及凝结，死亡之后，尸体还长时间地带着余温。生命不是被杀死，而是被撕裂，像是被从山上扔了下来。

三颗子弹打中了阿弗宁的心脏，可是他还意识清醒地躺着。他看见了蓝色的空气和其间子弹的细流。他可以单独追踪每一颗子弹的路径——他以这样的敏锐和机警，思考着正在发生的状况。

“我快不行了——我的队友们早就死了！”阿弗宁心想。他希望割下自己的头，使之离开被子弹击中的心脏——好保持清醒的意识。

世界一片寂静，如同一艘蓝色的小船，慢慢驶离阿弗宁的视线：天空消失了，装甲车不见了，明亮的空气熄灭了，只剩下了脑袋旁边的铁轨。意识全都集中到一个点，可是这个点却被挤压得模模糊糊。意识被压缩得越厉害，它却越是炫目地钻进记忆的最后一刻。终于，意识只看得见自己那消融的边缘，缩得越来越窄，变成了自己的对立面。

阿弗宁睁着双眼，发白的眼眸中流淌着肮脏的空气的影子——双眼就像透明的岩石，映射出被人类变成孤儿的世界。

阿弗宁身边，科瓦科夫安静地躺在血泊中，如同锈蚀一般。

白军军官列奥尼德·马耶夫斯基从装甲车上来到这里。他年轻，聪明，战争开始前写过诗，研究过宗教史。

他在阿弗宁尸体旁停下脚步。躺着的这个人看上去高大、肮脏又强壮。

马耶夫斯基已经厌倦了战争。他对人类社会并不相信——图书馆对他更有吸引力。

“难道他们是对的？”他问自己和死者，“不，没有人正确：人类只剩下孤独。我们世世代代相互折磨，——也就是说，人们应该各奔东西，结束历史。”

马耶夫斯基直到生命最后一天也不明白，了结自己比结束历史容易得多。

傍晚，水兵们的装甲车开进了小站，开始捣毁白军。没有记忆的疯狂的水兵们几乎全军覆没——倒在了铁路工人们的尸体之上，白军也没有一个人逃脱。马耶夫斯基在车厢里饮弹自尽。他如此绝望，以至于在自己的枪声响起之前就已经死去。渎神者带给他的最后一个不幸是，一个后来到来的水兵，冷漠地换上了他的军服。

夜里，两辆列车并排停着，里面躺着睡着的或者已经死去的人们。活着的人们疲惫不堪，这甚至超过了他们对安危的担忧——寂静的小站里，没有一个站岗的哨兵。

早上，两列装甲列车开进城去，帮助消灭白军骑兵。虚弱的红军战士们已经在城里与他们艰苦奋战了两昼夜。

8

普霍夫在城里闲逛。火扑灭了，某处的不动产毁于一旦，可是人们都保住了性命。

普霍夫像主人公似的打量着城市，晚上他对兹沃雷奇内说：

“打仗对我们很吃亏——该结束了！”

兹沃雷奇内感到自己是帮凶，便忍住没有在普霍夫面前发脾气。普霍夫却自命不凡，还说什么，装甲车从来不会停在第四道，总是停在主道——这是白军不懂运行规则。

不管怎么说，我们干了蠢事，引起了严重的后果！

“你见鬼去吧！”兹沃雷奇内如是评价普霍夫，“你总是不考虑后果，头脑发热——真该毙了你！”

“又来了——毙了我！告诉你，战争是拼智慧，不是打架。我打过弗兰格尔，没有怕过英国人。可是一群骑马的人就把你们全城都吓傻了。”

“什么骑马的人？”震怒的兹沃雷奇内恶狠狠地问，“骑兵军——你觉得就是些骑马的人？”

“没有什么骑兵军！不过是一帮骑马的匪徒！还捏造出什么柳波斯拉夫斯基将军——这是坦波夫省的首领。装甲列车是他们在巴拉硕夫抢的——就这么回事。他们大概 500 人……”

“他们当中怎么会有白军军官？”

“再给你说一次——你想错了！他们现在到处晃荡——寻找新的战争！我还不了解他们？他们是有思想的人。”

“这么说在你看来，是土匪在袭击我们？”

“对，是土匪！你还以为——是一支军队？军队在南方都已经被消灭了。”

“那他们的大炮是哪儿来的？”兹沃雷奇内不相信普霍夫的话。

“怪人！给我一张盖章的介绍信——我走村串乡一周就能给你搞来 100 门大炮。”

普霍夫在家不吃不喝——本也没有什么吃喝的东西——苦苦思索。大自然已经被严寒掌控，向严冬投降了。

工厂开工之后，厂里不想让普霍夫去上班。他们说，你这个狗日的，爱去哪儿去哪儿！普霍夫想要证明，他那次攻打白军的不幸行动——错在考虑不周，并非卑鄙行径。所以暂时还在工厂里享受热腾腾的早餐。

后来支部做出决定：普霍夫不是叛徒，不过是个脑子有问题的农民，便把他安置在原来的岗位上。可是要求普霍夫报名参加晚间政治学习班。普霍夫虽然并不相信这个思想组织，但还是报了名。他在支部里说：人就是个混蛋，你要他不再相信过去的神，可他却偏偏要给你建一座革命教堂！

“你会达到自己的目的，普霍夫！会有人治得了你！”支部书记严肃地对他说。

“治不了我什么！”普霍夫回答，“所有的生活方略我都能感觉到。”

他一个人过冬——遭了很多罪：不仅是工作上，还有家务方面的。普霍夫不再去找兹沃雷奇内：愚蠢之人，抓住革命就像抓住了神，虔诚得流口水！而革命——很简单，消灭白军——生产各种东西。

可是兹沃雷奇内自作聪明：同卡尔·马克思商量机车车轮的生产问题，自己却被夜间的学习和政治工作弄得形容枯槁——反而忘记了如何生产车轮。普霍夫暗地里想，不能像以前那样活得毫无益处。现在到来的是一种理性的生活，容不得任何东西玷污它。现在要明哲保身很难，可是人变得更有用处了。不过，一旦脱离了总的进程——就会被算作革命的成本，像铁路上的那辆重车一样。

普霍夫的脑袋在枕头上辗转反侧，心潮澎湃。他不知道这狂跳的心在意识中占据着怎样的位置。

普霍夫的这个冬天过得很慢，就像在一口深井中爬行。车间里的工作让他感到疲惫——不是因为工作繁重，而是因为心中烦闷。

材料短缺，电站工作时断时续——还出现过长时间停工。

普霍夫交到一个朋友——阿法纳西·别列沃西科夫，装配车间的组长。可是后者结婚了，有家事要忙。普霍夫又成了孤身一人。于是他明白了，已婚之人——对于朋友和社会而言——都是次品[①]。

“阿法纳斯[②]，你现在不是一个完好的人，你是个次品!”普霍夫遗憾地说。

“嘿，福马，你也有麻子：就连木头也不会孤零零地立着，都会和另一根木头在一起!”

可是普霍夫已经习惯了自己的房间。他认为，当他上班的时候，墙壁和屋里的家什都会挂念他。

冬天里天气稍微暖和一点之后，普霍夫想起了沙里科夫：真诚的小伙子——也许他已经把潜艇生产出来了，也许还没有?

普霍夫用了两个晚上给他写信。写到了所有的事：一举击溃白军装甲车的运沙车进攻；故意与所有人作对，夏天在巴扎广场上建

---

① 俄语里“婚姻”与“次品”是同一个词。——译者注。
② 阿法纳西的小名。——译者注。

起的共产主义教堂；自己在远方对海洋生活的思念；等等。还写到，察里津造不了潜艇，工匠们已经忘记了该如何下手，也缺少瓦垄铁皮。现在普霍夫决定，一收到沙里科夫邮寄过来的委任状就动身去巴库。巴库有很多石油机械，应该让它们运转起来。因为俄罗斯有很多柴油机，海上也有很多闲置的发动机需要石油。再说，海上作业比陆地上难得多，海上登陆也比用运沙车进攻高明得多。

普霍夫写字的时候，手痉挛了三次：从新罗斯斯克登岸之后他就没写过什么东西，已经不习惯写字了。

“写信可是件细致活儿！”在书写的间歇普霍夫这样认为。于是他就想到什么写什么。

他在信封上标明：

巴库——里海舰队

水兵沙里科夫收

创作完成之后，他休息了一整夜。早上去邮局把信寄出。

“投进邮筒！”一个官员告诉他，“你这是平信！”

“邮筒里的信没人取，我从来就没见过！请帮我亲手寄出！”普霍夫请求道。

“怎么会没人取？”官员委屈地说，“你路过时不是取信的时间，所以你没看见过。”

于是普霍夫把信塞进了邮筒，又仔细把邮筒打量了一番：

“鬼东西，才不会有人取呢——周围都生锈了！”

普霍夫虽然在支部报了名，却并没有去上政治学习班。

“同志，你为什么不去上课？还得来请你？”一天，新任支部书记莫克罗夫严厉地问他（由于在运沙车事件中帮助普霍夫，兹沃雷奇内被撤换了）。

“我为什么要去？——我从书里全能学到！”普霍夫辩解道，心里惦记着遥远的巴库。

一个月后，沙里科夫的回信寄到。

“尽快出发，”沙里科夫写道，“石油开采事务繁多，脑子够用的人手缺乏。到处都是混蛋，没有人在苏维埃俄罗斯内部踏实工作。所有人都在担心英国人——他们会拖我们的后腿。就让他们拖吧，我们单靠前腿也能前进。至于委任状，我无法给你出具——这事由书记负责，章也在他手里。不过我把他抓起来了。你去吧——会有饭吃的。”

普霍夫看完信，研究了一下邮戳：的确是巴库，就心满意足地躺下睡觉了。

辞退普霍夫来得心甘情愿又干脆利落。对于工人们而言，他就是个不清不楚的人。不是敌人，却是一阵从革命之帆旁边刮过的风。

9

不是所有人都能顺利到达巴库，可是普霍夫做到了：他搭上了一节从莫斯科开往巴库的直达快车的空车厢。

大自然已经不再让普霍夫惊奇：景色年复一年，周而复始，感情却随着年岁变得麻木，纷繁世界也变得熟视无睹。他就像邮局里那个官员一样，不用双手来接收大自然的信函，而是把他们塞进遗忘丛生的心中那暗无天日的邮筒里，邮筒还鲜有开启。而从前，整个大自然于他而言都是加急电报。

罗斯托夫上空有燕子在飞翔——这是普霍夫年轻时喜欢的鸟。现在他却想：如果天上还有其他东西在飞，我才看不见你们呢。你们这些老鸟！

他就这样坐到了终点。

“来了？”沙里科夫从一堆文件中抬起眼睛。

“是！”普霍夫表明了自己的身份，郑重其事地说。

那一年，许多来自偏远的家乡，在革命中找不到方向的工匠都被苏联的石油工业招入麾下。

每一天都有钻探工、采油工、机械工以及各种从事相同工种的人来到这里。

尽管长时间忍饥挨饿，可是人们都精力充沛、身强体健，仿佛是饱餐了另一种食物。

现在，沙里科夫是石油工业的管理人员——负责工作人员招募的政委。他在做招募工作时充满智慧和信任。一个相貌普通，身材结实的人走进办公室说道：

“我在苏拉哈内当了十年采油工。现在还想干自己的老本行！”

“革命的时候你在哪里？”沙里科夫询问。

“什么在哪里？当时这里无事可做！”

“你在哪儿找饭吃？躲在洞穴里当逃兵，女人给你送吃的来？”

“同志，你说的是什么话！我是红色游击队员，风餐露宿！”

沙里科夫仔细打量他，那人站在那里有点发窘。

“好吧，给你开个单子去第二钻井队，到那儿去问波得施瓦罗夫，他清楚情况。”

普霍夫坐在办公室里观察了很久。他有些惊讶，石油又不是人们生产出来的，而是现成的从地底下取出来，为什么还那么多麻烦事。

“哪里是冲积层，挖斗在哪里——知道这些就够了!”他对沙里科夫说，“你却把所有内幕都设计完了!”

“怪人，不这样行吗？工业，兄弟，必须采取恰当的措施。”沙里科夫用他自己也并不熟悉的言辞回答道。

“这个人说话变得文质彬彬了，”普霍夫暗想，“他靠的不是自己的聪明才智：很快世界上的一切就会开始重组。这不是好事。”

沙里科夫安排普霍夫当上了石油发动机机械工——负责把石油从油井里抽取到油库里。对于普霍夫来说，这是最喜欢做的事：聪慧的机器昼夜运转——如同充满活力、不知疲倦、忠心耿耿的心脏一般。工作中，普霍夫会偶尔走出机房，观察南方的骄阳。曾几何时，正是它在地心炼制出了石油。

“继续炼油吧!”普霍夫听着自己那紧张运转的机器发出的舞曲，对着天上说。

普霍夫没有住处，就睡在机器工棚的工具间里。夜班工人上班时机器的轰鸣对他毫无影响。他心中总是感到温暖——这仅靠内心的平静是无法得到的。好的思想不是产生于安逸之中，而是产生于与人交往共事之间——以后也将如此。因此普霍夫不需要为自己个人提供的服务。

“我这个人变得简单了!”他对每一个想让他走进婚姻殿堂的人如是说。

的确有那样的人：那时的社会思想并不发达，工人便凭空想出些乐子来犒赏自己。

有时，沙里科夫坐车来视察像船一样的钻塔。如果有工人提出请求，他总是马上答应。

“沙里科夫同志，开个证明让我买块布吧——我女人来了，衣服在乡下穿破了!”

“行！如果你拿去倒卖——我就开除你！无产阶级是诚实的人!”于是就开了证明，尽量工整地签上名，好让看到他姓名的人说：沙里科夫同志是个有知识的人!

好几周过去了，食物都是保证供应。普霍夫吃得发了福。他只抱怨一件事，有点出老相了。也不像以前那样，心里常出现些不经意的念头。

生活轻松愉悦，普霍夫过得不知不觉心平气和。沙里科夫是谁？——是自己的朋友。地上的石油和油井是谁的？——是我们的，我们建造的。大自然是什么？——是穷人的财富。再也不用操心财产，惧怕上级。

有一次，沙里科夫一来就对普霍夫说，路上他一直在考虑这件事：

“普霍夫，你想当个共产党员吗?”

“共产党员是什么?”

“你这个混蛋！共产党员——这是有智慧、懂科学的人。而资产阶级——是历史的傻瓜!”

“那我不想。”

“为什么不想?”

“我就是个天生的傻瓜!”普霍夫宣称。他懂得用特别自然的方式吸引别人对自己的关注，总是不假思索地给出答案。

“你这个坏蛋!”沙里科夫笑了，坐上车继续视察工作去了。

来到巴库之后，普霍夫就永远地过上了好日子。早早起床，欣赏晨曦、钻塔，听轮船的汽笛，思考问题。有时，他想起自己那饱受生活折磨过早离世的妻子，会有些伤感，可也无济于事。

一天，他从巴库去油田，在沙里科夫家过夜。沙里科夫被俘的哥哥回家了，于是举行了一场欢宴。黑夜刚刚过去，在这清朗的早晨，世界无边无际，舒爽怡人。普霍夫心情愉悦，信步前行。远处的炼油厂里机器轰鸣，夜班工人正在夜以继日地工作。

清晨来临，每个人都清楚发生着什么：有人在大张旗鼓地庆祝，有人在迷糊的睡梦中呢喃。

普霍夫被生活琐事占据的心灵，不经意间对与全世界的物质孤独对抗的人们产生了同情。革命——就是人们最好的命运，没有什么比这更加正确。虽然艰难，剧痛，可是又会一下子变得轻松——就像生孩子一样。

普霍夫第二次——青春逝去之后——重新看到了生活的美好和动静皆宜的大自然的狂暴。

普霍夫心满意足地走着，像许久以前那样感觉到一切都与自己那样亲近。他渐渐猜到了最重要和最痛苦的东西。他甚至停了下来，垂下眼睛——心灵中不经意的思想又重新回来了。绝望的大自然变成了人和革命的勇气。他的疑虑也隐藏其间。

心中异样的感觉让普霍夫驻足，他辨认出了故乡的温暖，仿佛离开了无用的妻子回到了童年母亲的怀抱。他沿着自己的路线往钻井走去，幸福的身体轻松无比。

普霍夫自己也不知道——他到底是消失了，还是重生了。

清晨的光线与温暖在世界上空展开，渐渐变成了人的力量。

普霍夫在机房里遇见了等他来接班的机械工。后者有点犯困，打着盹，每分钟都在深奥的梦境中迷失自己，又从那里回到现实。

普霍夫像是闻到了沁人心脾的芬芳，把发动机的气体吸入身体。他感觉到自己生活的每一个深处——直到最隐秘的脉动。

“美好的清晨！”他对机械工说。

那人伸了个懒腰，走到外面，漫不经心地检查了一下：

“完全是个革命的清晨。”

驿　镇

1

米利翁娜雅街在镇里已经有 50 年了。街上有一栋木门摇摇欲坠的房子。房门不是两扇，而是一整块小贩用来钉挂钩的破木板。一棵早已枯死的大树由于岁月和遗忘，似乎已经变成了土壤，长满青苔。送水的人每周开启一次大门，比主人叮嘱得更小心翼翼。大门左边的柱子上是三块锈迹斑斑的招牌，都已经同样古旧：

“扎 · 瓦 · 阿斯塔霍夫，192 号。”

姓名的上方有一个画着干草叉和桶的徽记，表示房主应该用这些工具来灭火。另一块牌子简明扼要：“俄罗斯第一保险公司，1827 年”，表明房子买过保险。第三块牌子用来招徕顾客“本房屋出售”。可是到了第 25 年都无人就此事与扎 · 瓦 · 阿斯塔霍夫洽谈。铁质的招牌已经锈蚀，而房主也忘了，当初为什么要挂上它。

扎哈尔 · 瓦西里耶维奇 · 阿斯塔霍夫的祖父是沙皇的马车夫。那是叶卡捷琳娜二世时期，草原空旷可怖。一些与世无争、脾气古怪、吃苦耐劳的人从北方迁居到这里，本想自由地耕种粮食，可是此地一无所有，劳动艰苦，于是他们很快抛荒了土地。女皇很少打扰这些居民，虽然他们中有人犯过罪，不少穷人还在北方家乡告过自己的地主。在女皇看来，这片草原位于南边的大海与莫斯科之间，是通往她向往的温暖国度的必经之路，此处的居民可以在未开垦的草原上运送物资和官员。有一些草原居民迅速适应了女皇的需求——养殖良马，办起了铁匠铺、大车店，沿途开起了小旅馆——做起了公家的营生。

其他居民，尤其是那些胆大、虔诚的，去到了远离皇家路线的草原深处，不参与挣公家的钱。他们在那里过着离群索居的生活，年复一年自食其力，不见公家的人。后来女皇也把他们忘掉了。

而那些贪恋轻松愉快生活的人，留在了新开辟的草原之路上，驾起了马车，或者忙活小旅店和大车店的生意。来自最北边和西边那些不种庄稼，以手工业为生的地方的人，在路边搭起了铁炉铁砧，当起了铁匠。草原上偶尔有皇家的大人物路过时，他们都会得到满意的服务。

当古老的驿镇还只是路边一个驿站时，这里生活过三个特别的男人：阿斯塔霍夫的祖父，捷斯林的祖父和谢别基尔尼科夫的祖父。他们疯狂而又充满醋意地热爱马匹、女人，对路过的将军和官员们低三下四。他们已经在考虑建自己的马场，只是这个发财的时机还没到来。

当他们载着彼得堡来的贵客飞奔时，总是使出浑身力气抽打其中的一匹马。他们知道，皇室的人是不会生气的。要是有一匹马倒下，他们还会给一点赏钱。

商人很少往这个方向来，他们更景仰东边或西边那些历史悠久的河流，却并不敬重草原上的疾驰。堆积如山的货物也总是走便宜的水运。

轻松的日子一转眼就过去了四年。后来官员们不大打赏了。即使给钱，也少得可怜。

他们说："我们按皇家的规矩打赏，你要怪就怪女皇吧。"马车夫们敢怒不敢言。之后，官员们就再也不给钱了。

"你们在国家的土地上，"他们说，"白吃白喝，——感谢女皇吧！要不然就从这里滚到波捷姆金去！你拉我们不是干活，而是休闲和光荣的义务！懂吗?"

马车夫们明白了，于是去到草原东部的僻静处，干起了神圣的农耕。从此，草原上的马车夫行业消失了。

可是也不是所有马车夫都洗手不干了——有的人舍不得离开草原之路，就留了下来。他们相信不可能总是白干活，指望熟识的过路客人能给些赏钱。此外，他们靠路边的小旅店和大车店揽些生意，漫天要价。

当草原上剩下的马车夫屈指可数时，俄罗斯南部的政务就出现了问题：事务在身的官员们滞留在草原上，无法按期到达目的地。女皇得报称，草原上的人贫穷又散漫，最好对他们划片管理——草原道路广阔，这样他们就不会忙乱无序。女皇决定将草原分片划给每一个勤劳肯干的车夫。编制赏地名册的工作交给了别尔格拉文院士。那段时间，他正好从彼得堡出发去俄罗斯平原进行科学考察，需要多次从草原经过，有机会与所有车夫见面。

别尔格拉文年老体弱。当他来到阿斯塔霍夫的祖父家时，累得一下子躺到了床上，一躺就是两周。他对马车夫阿斯塔霍夫说：

“我的朋友，你一个人骑着马去草原上地势平坦的高处看看，地上有没有什么像你肚子上的肚脐眼一样，打了结或者接缝处之类的地方，找到就来告诉我！”

一开始，阿斯塔霍夫出于害怕，骑着马在草原上四处寻找大地的肚脐眼。他甚至有些惊讶，为什么之前没有看见过。可是后来他不去了，整天躺在远处的洼地里睡觉。每天晚上科学家都会问他：

“我的朋友，什么也没找到吗？它应该很大，像树桩或者小丘——满是伤疤和缝隙。缝隙里还应该有固体岩浆！你别忘了仔细观察——然后讲给我听！”

“什么也没发现，阁下！只有平坦的草原和针茅！肚脐眼应该是在某个地方。我猜想，不在谷地里！没有肚脐眼大地会裂开的——不可能没有缝隙！”

“对！对！”科学家高兴起来，“当然，有一个大地之锁。可是它在哪儿呢，我的朋友？”

“可能在宽谷里，阁下？”阿斯塔霍夫谦恭地对科学家说。

“怪人，怪人，你说些什么呀！难道你的肚脐眼长在腋下？啊？你说什么呀，你自己想想吧！”

“我想想，大人！别激动，您休息吧！”阿斯塔霍夫说。第二天一早他又去了洼地。他已经向老人们打听过，大地的肚脐眼在哪里？可是谁也没见过。

“说不定在草原深处。你能去到那里吗？”

阿斯塔霍夫不愿意折磨自己的马——他告诉科学家，他要上远方的草原高地去三天。实际上他去了40里之外的一个库玛哥萨克家里做客。

“怎么样，我的朋友?”三天后科学家问，“找到肚脐眼了吗?”

“找到了，大人!”阿斯塔霍夫叹了口气平静地说，“在草原深处崎岖不平的地方有一个冒出来的东西，全被虫蛀了，都是血，是一块块缝起来的！看上去很旧，有年头了，是用动物的尸体做成的!”

科学家向阿斯塔霍夫打听了一个星期，把整整一叠纸写满了诗篇。离开时，科学家把纸送给了阿斯塔霍夫，还让他在草原上自己挑选了40俄亩土地。

其他马车夫也分别从科学家那里得到了东西。可是车夫们既不喜欢土地，也不热衷干活，就把土地便宜租给了新来的庄稼汉们。

后来女皇驾崩，这里的道路修得宽敞了，还建起了邮局，驿镇永远地保留了下来。镇子里代代相传的只有土地——他们仍然租给农民耕种，以及马车夫的名号，虽然他们早就一匹马也没有了。

镇里人的生活是靠农民们交的地租，偶尔干些手艺活来贴补家用，自己也节省着过日子。

2

在这个六月天里，扎哈尔·瓦西里耶维奇·阿斯塔霍夫和自己家的帮工菲拉特一起修补院子里的篱笆。

好一个菲拉特卡[1]，

全镇修补都靠他。

过节的时候，姑娘们叽叽喳喳地唱：

亲爱的，菲拉特，

不打呼噜，不驼背，

事儿也总是做得对，

他倒是喜欢大姑娘，

可惜寡妇都瞧不上。

她们唱也是白唱，菲拉特对姑娘们不感兴趣。他不记得自己的出生，靠在镇里打零工过活。他会修补水桶和栅栏，在铁匠铺帮工，给牧羊人替班，帮去市场的女主人照看婴儿，帮人去教堂给生病的人点烛祈祷，看守菜园，粉刷房顶，在僻静的牛蒡地里挖粪坑，填埋污物。

还有一件事是菲拉特能做，可是一个人做不了的——结婚。夏天当铁匠，冬天当皮匠的马卡尔在这件事上没少指点他：

“瞧你，菲利亚[2]，你会一直挨冻的：女人就是你的半辈子！别跟自己过不去，你都30岁了，就生不出个小犹太崽儿?”

---

① 菲拉特的小名。——译者注

② 菲拉特的小名。——译者注

菲拉特从来不生气，说话带着鼻音，人们觉得这是他傻气的标志：

“我没办法，马卡尔·米特洛法诺维奇！我能养活自己再有个地方住就不错了！再说镇子里也没有傻姑娘愿意找上我！”

“胡说八道！”马卡尔说，“你傻啊？男人值钱的不是外在，而是身体里面的水儿！所有女人都懂这一点，你却不懂！”

“我身体里有什么水儿，马卡尔·米特洛法诺维奇？我就是经常想拉尿，其他什么都感觉不到！”

“你这个傻瓜，菲拉特！”马卡尔悻悻地打住，开始干活。

菲拉特干什么活都很麻利，在马卡尔·米特洛法诺维奇的铁匠铺里也是劲头十足。马卡尔·米特洛法诺维奇总是在和顾客们聊天，而菲拉特一个人忙活。

今天菲拉特是在给扎哈尔·瓦西里耶维奇帮工。七月的天气晴朗酷热：正是粮食和草料生长的好时节。扎·瓦·阿斯塔霍夫家的园子在院子的正后面，周围都是别家的园子。园子里种着 40 多棵树——苹果树、梨树和两棵槭树。树间长着牛蒡、荨麻、醋栗、树莓和美丽迷人却没有香味的锦葵。

“抽支烟吧，菲拉特！”扎哈尔·瓦西里耶维奇喊道，“你瞧，今天天儿多好啊，就像在过圣三一节！”

虽然菲拉特并不抽烟，但他还是顺从地从栅栏上爬下来，走到扎哈尔·瓦西里耶维奇跟前。扎哈尔·瓦西里耶维奇耳朵有点背，时不时地问一句：“啊？”可是菲拉特什么都没有说。于是扎哈尔·瓦西里耶维奇就用一双白色的眼睛看着他，以弄清是否需要回答。

扎哈尔·瓦西里耶维奇抽着烟，菲拉特站在一旁。菲拉特从来不主动和人说话，只是作答。扎哈尔·瓦西里耶维奇想的说的总是围绕一个话题——自己强烈的性欲。可是菲拉特不为所动。现在扎哈尔·瓦西里耶维奇又在和菲拉特说这事。

菲拉特听完想起了马卡尔·米特洛法诺维奇——他每周日晚上都会给家人读很多书，家人和菲拉特就津津有味地听着别人的话。

"马卡里①·米特洛法诺维奇在书里读到，人在女人身上看见的东西，在世界上是看不见的。"

"胡说八道!"扎哈尔·瓦西里耶维奇惊讶地反驳。

"扎哈尔·瓦西里耶维奇，我不懂，可是书上就是这么写的!"菲拉特并不和他抬杠，可是心里却暗自相信书里的话是对的。

又修补了两小时篱笆，干活的人们准备吃饭。

驿镇所在的黑土草原，夏季漫长而美丽。它不会让大地颗粒无收，而是展现出自己全部的善，让其直到冬天还能充分繁殖。黑土地强大的肥力使牛蒡和刺实植物长得过于茂盛，咬人的夜虫也繁殖迅速。

那年的七月非常闷热，人们都喜欢喝点格瓦斯和清淡的稀粥。扎哈尔·瓦西里耶维奇家的女主人在院子里摆好了午餐。餐桌掩映在丁香的浓荫中。扎哈尔·瓦西里耶维奇等不及妻子过来，就迫不及待地走到桌子跟前。而菲拉特自觉地站在远处。

---

① 马卡尔的大名。——译者注

扎哈尔·瓦西里耶维奇看见碗里的牛奶上覆盖着一层膜，以为是凉的。他抓起勺子不假思索地一股脑灌了下去。这第一道食物进嘴后，他吐了出来，又突然飞快地爬过栅栏，往邻居家去了。菲拉特窘在那里，好像是他犯了错似的，躲得离餐桌更远了。女主人走出来问道：

“扎哈尔在哪儿？”

“跑到邻居家去了！”

“是谁把牛奶粥弄洒了？是你吗？你真是够了，等不及了？还烫着呢！”

“我没动，”菲拉特说，“是东家吃了。”

可是东家不见了，他过了好一会儿才回来。他绕着长长的街道两侧兜了一大圈，才走进自家大门。菲拉特已经饥肠辘辘，但他还是忍着。女主人抓住一只正咯咯叫着要抱窝的母鸡，放到水槽里，轻轻用长棍敲打它，让母鸡别干傻事，开始生蛋。

这时扎哈尔·瓦西里耶维奇平静地走了进来，温和地说：

“咱们吃饭吧——大家肚子里都着火了！”

吃得最少，最谨小慎微的是菲拉特。他知道自己是个外人，如果吃多了，大家都不会原谅他，下一次也不会再找他干活了。

耳背的扎哈尔·瓦西里耶维奇一边吃饭一边会习惯性地不时问一声：“啊？”

可是吃饭的人都默不作声地吧嗒着嘴，没有人搭话。当女主人递过来牛肉时，菲拉特仔细看看自己这一块，用手指在上面掂了一下。

“你在干吗?”扎哈尔·瓦西里耶维奇问。

“上面有头发!”菲拉特回答，为自己的洁癖有些不好意思。

“吃的东西你还嫌弃!”东家说，“你把它吞下去——到了肚子里就没事儿了!”

这时扎哈尔·瓦西里耶维奇好心地看了一眼妻子：没关系，小事儿!

女主人瞥了一眼菲拉特那块肉上的头发，气呼呼地说：

“可能是你那双脏手沾上去的吧——我才没有那么长的头发呢!”

扎哈尔·瓦西里耶维奇狼吞虎咽地吃着粥，像胃口大开的野兽。

“呵呵呵，菲拉特!瞧你，被一根头发吓住了——你女人身上多得是!你就在菜汤里找上一辈子吧!”

菲拉特不好意思地笑了。为了不让两位东家生气，他早就咽下了那根头发。

“扎哈鲁什卡①，现在粥完全煮好了吧?”妻子故意亲切地问道，好让丈夫尽快忘掉那根不干净的头发。

为了体现出粥的价值，东家开始细嚼慢咽，并给出了一个中等评价：“粥，还行!”

这时篱笆门打开，走进来一个上了年纪的人——双手拿着缰绳，却没有牵马。

扎哈尔·瓦西里耶维奇没有放松自己吃饭的工作，待来人走到

① 扎哈尔的小名。——译者注

餐桌前问道：

“你干吗，彭季？”

来人没有吭声，摘下冬帽，为某个人画了个十字祝福，不慌不忙地说：

“您好！祝您好胃口！”说完就不开腔了。菲拉特看着他，不知道他会说些什么。

“你好！”东家问候了客人，打了个嗝，放下勺子。“我吃得太饱了！彭季，你是来说粪坑的事儿？现在不用了：前几天菲拉特用手给铺上牛蒡了！呵呵，菲拉特干重活儿很厉害！”

手拿缰绳的客人站了一会儿，没有马上离开。

“就是说，现在不需要了？”

“不用了，彭季。菲拉特全干好了！”东家回答。

“好吧，扎哈尔·瓦西里耶维奇，如果还有事——别忘了叫我们！”

“没问题，彭季！不过得把桶装满点儿，粪勺也带个大点儿的来。要不然马卡尔又该说你了！”

“没那回事儿，扎哈尔·瓦西里耶维奇！我不会给你少装的！再见！”

“上帝保佑，彭季！别把东西都撒在路上了——我打小就记得你的德行！”

可是彭季没有听见这临别赠言：他手里的缰绳激怒了一条狗——他刚一离开餐桌，院子里的沃尔丘克突然叫了起来。

来人名叫潘捷列伊蒙·加夫里洛维奇——镇里污物清理车队的

老板，镇子里最有钱也最谦恭的一个人。

人们出于对他的尊敬，把他简称为彭季。彭季从七岁就开始干这一桩营生，与工人们同吃一块面包，多年来夜里从不睡觉，只是随车队从镇子去远处僻静的粪坑途中，靠在粪车的前梁上打个盹儿。

“你也可以当个淘粪工啊——多好挣钱啊！”扎哈尔·瓦西里耶维奇吃完饭对菲拉特说着，陷入了沉思——似乎自己也可以不妨干干这事。菲拉特以前的确这么打算过，可是需要100卢布购置马匹和粪车粪桶，便放弃了。如果不用穿衣服裤子，说不定过上15年菲拉特还能攒够100卢布，除此之外便别无他法。

去年马卡尔在灯下算了两夜的账后，对菲拉特说：

“不，兄弟，这需要很多钱。如果你吃不上白食，而是得自己花钱吃饭……那么，你要么一年半完全不能吃饭，要么挨上五年的饿——你自己挑吧！这样你才能买得起一匹马和一辆粪车！”

一直干到傍晚，蚊子们已经开始彰显威力，扎哈尔·瓦西里耶维奇和菲拉特才补好后院的栅栏。空气中传来牛粪的味道和翻耕过的土地的酸味，刚从低矮的农舍中出来的人却感觉清香怡人——扎哈尔·瓦西里耶维奇有了晚餐的好胃口。

他们还是在那片丁香树下吃了晚餐。嗅觉灵敏的夜把邻居们的声音传到了四面八方，传得人所尽知，也让院子里所有的秘密气味都散发出来。扎哈尔·瓦西里耶维奇喝着新鲜的牛奶，享受着惬意的生活和即将到来的美梦。菲拉特没有喝牛奶，只就着黄瓜吃了一点面包——他听到邻居捷斯林的声音，让明天把画板送过来。这样的事每天都在发生，大家都知道，也都充耳不闻了。可是扎哈尔·

瓦西里耶维奇的妻子说：

“瓦西里·普罗霍雷奇又开始瞎嚷嚷了！你睡哪儿——和我睡还是睡外屋？”

扎哈尔·瓦西里耶维奇回答说，睡外屋——天热用不着起来撒尿。

捷斯林给教堂画圣像画。他信神，却不相信自己具有天才的生命创造力。因此用来画圣像画的画板，他并不是马上拿来作画，而是先三次放到自己妻子的肚子跟前，三次念诵：

散发生命之息，

散发树木之味，

散发少女之味……

不知为什么捷斯林一定要在晴朗的夜里做这件事，而阴雨天就把画板留着，在妻子给它们开好光之前绝对不会用笔在上面乱画。没有邻居看见过他的作品：捷斯林通过一个在教堂圣器收藏室里工作的熟人把它们卖到了边远的乡村和北方的隐修院。这样也好，镇里的祈祷者们就用不着对着那些来自女人肚皮下面的伪圣像祈祷了。

晚饭后，全体居民一定会到屋外的长凳上坐一会儿。菲拉特和男女东家也走了出来。女东家的肚子大了起来，扎哈尔·瓦西里耶维奇在十月底就会迎来一个孩子。他说，他死后房子无人托付，说阿斯塔霍夫这个姓是叶卡捷琳娜女皇路过此处时所赐。有两年时间，扎哈尔·瓦西里耶维奇一直在担心，若自己没有子嗣，就会受到沙皇的惩罚——直到妻子怀上孩子，他才放下心来，有了居家的乐趣。菲拉特不知道这到底是真的，还是扎哈尔·瓦西里耶维奇吹牛，不过他什么也没问。

长凳上已经坐了一个年岁不大，却长得壮实的男孩。认识他的人不多：瓦洛奇卡，街那头一个铁路宪兵的儿子。

“挪挪地儿，少爷。”扎哈尔·瓦西里耶维奇说道。

那人没有挪地儿，却站了起来，骂了一句就走开了：

“喝多了吧？丑八怪还出门！”

于是三人坐下，扎哈尔·瓦西里耶维奇说话结巴声音又大，可他毫不在意，和妻子说起用浆果做果酱的事儿。

“你，娜斯嘉，多弄点樱桃，要不然就搞不到了——价格变了！樱桃不能久放！”

“我想少买一点儿马林果——我们做少了，不够冬天吃——你喝个够，给你管够！”

“做马林果酱还来得及——你别错过了醋栗！”

“知道，知道，我已经向一个农民订货了——周五就送来！”

“你把牛奶放到地窖里了没？要不然会酸的！”

“酸不了。我马上就去睡觉了，就拿过去。”

“明天去买半磅煤油——床上又有臭虫了！”

菲拉特坐着，呼吸着——他没有一点儿储蓄，——如果两周没有活儿干，他可能两手空空地死去。可他却从来不明白这一点，于是一不小心活了近 30 年。

捷斯林也坐着，不过是坐在土台上。他们家没有长凳。

天完全黑了——刚走出捷斯林家那个老太太的脸已经看不清楚。捷斯林家对面也坐着人，在暮色中聊着天。捷斯林家的老太太对他们说：

“尼基季什娜，你好！”

从对面长凳上一个驼背的嘴里传来唱歌般的回答：

“你好，你好，别拉盖·伊万娜！”

然后两个老太太都住了嘴，因为所有话早就说完了：相识 40 年，做了 30 年邻居。

蟋蟀唱着夜曲，街道变得更为舒适宜人，人们的内心平静安逸。远处不时传来列车的喧嚣，可是却唤不起任何人的情感、回忆。因为没有人坐过火车。镇里一半的人每年一次的旅行都是徒步完成的：随着宗教行列从附近的约阿基莫夫斯基 Иоакимовский 修道院走到圣瓦尔瓦拉河边——在草原上行进 80 俄里。还有人坐大车旅行——去附近的村子里过节。客人们在那里暴饮暴食些粗制滥造却分量巨大的食物，有时还会因此而亡。

镇子的花园里似有什么在轻声絮语，让人不安。深夜的花园阴森可怖，尽管那里空气清新，可是夏天却没有镇里的居民在里面睡过觉。白天树木葱绿婆娑，夜里那令人浮想联翩的浓荫发出的沙沙声却让人恐惧。

“该睡觉了！”扎哈尔·瓦西里耶维奇宣布。他站起身，准备结束这一天。

菲拉特在农舍旁的院子里躺下——他为在扎哈尔·瓦西里耶维奇家过夜铺好了草堆。

镇里每一栋房子都醒着——所有人都睡了，或者轻声祈祷着进入梦乡。

菲拉特望着朦胧的星辰，终于想明白，它们不会来到眼前，对他也不会有什么帮助——于是他顺从地睡着了，直到新的一天，更好的一天。

3

雇工伊格纳特·科尼亚金的旧农舍位于驿镇边上，堆放着各种生活垃圾的地方。大家都叫他斯瓦特。农舍只有一个房间和一个住户。

“结婚吧！”人丁兴旺的驿镇固执地号召每一个单身汉，对斯瓦特也是如此，“别再一个人单着啦！”

“我才不要结婚呢！”斯瓦特打断教唆者的话，“我是个重要的人——我拿女人的后代有啥用？”

斯瓦特是个外来人，不是本地人。他在镇里的垃圾场旁搞到一处简陋的农舍。在他之前，那里住过一些拖家带口的乞丐，可是斯瓦特把他们赶走了。乞丐们消失得无影无踪，镇里也一下子没有了讨饭的人。

斯瓦特的本领一下子吸引了镇子里品德高尚的房主，他们再也不怕把牛奶放到外屋里了。以前乞丐们到处游荡，偷喝主人们为午饭准备的牛奶，偷吃不是为他们准备的食物。这样的秩序当然不好，主人们在每个院子里都养了狗，可是狗也渐渐和乞丐们熟悉了，不再对着他们狂吠。

正在这时，斯瓦特出现了。他把乞丐们赶出了聚居地，他们只得在冬天来临前迁徙到遥远的南方城市。

变成斯瓦特庄园的垃圾场，在镇里赫赫有名。斯瓦特住的农舍破烂不堪——没有窗框，没有壁炉，没有天花板，只有墙壁和稀疏的铁屋顶。房主是一个不知名字的光棍，早就死了。镇长给这栋无主的不动产定价为 8 卢布 43 戈比，而只有价值 10 卢布以上的财产才能充公——所以这栋房子就没有主人，后来被乞丐们占领了。斯瓦特虽然赶走了乞丐们，但是因一件事对他们很是尊敬——他们把房子变成了可以住人的样子。

"这不是出于他们的智慧，而是冬天的暴风雪所迫！"他这样对自己解释乞丐们的爱整洁。

可是迁居的人们并不是马上离开的。差不多有两个月每天夜里他们都会往窗户里扔石头，用火烧木门。可是斯瓦特一个人挺住了这些围攻。早上，当乞丐们进攻累了，在附近的垃圾堆里睡着了时，斯瓦特展开了反攻。他并不报复这些一贫如洗的人们，只是让他们改正因自己的愚蠢行为犯下的错。

"科柳什尼克！"斯瓦特走近一个熟睡中的乞丐——他弄清了所有人的名字。"赔钱——你把窗框弄坏了！"

科柳什尼克马上猜到是怎么回事，所以怎么也醒不来。他的老婆早就醒了，吓得直眨眼，丈夫却躺着装睡，不时还嘟囔几个毫不相干的词儿。斯瓦特站在那里，耐心地等科柳什尼克赔他钱。乞丐一会儿睁开眼，一会儿闭上眼——像是什么也没听懂。这时斯瓦特操起一块儿砖头默不作声地对着乞丐的头扔过去，扔得熟练精准，砖头只是煽动了耳边的空气，却丝毫没有碰到脑袋。

“拿钱，撒旦！”斯瓦特大声咆哮着。

乞丐的妻子尖叫着，跳起来从裙子的隐蔽处掏出一个卢布。斯瓦特接过这笔应得的钱，不再行动，走到草堆里搜寻下一个欠债人。

也许斯瓦特以前曾是个神枪手，或者乡村集市上的魔术师，才能如此巧妙又毫发无损地击中要害。

教训完乞丐们，斯瓦特又干起前无古人的事：在垃圾堆里寻宝。只有不了解情况的外来人才会想出这一招。驿镇人过得非常节俭，就连杯子都是完好无损地代代相传。弄坏了东西的孩子们会受到暴打，他们气势汹汹，似乎弄坏了东西就是要了他们的命似的。镇里人一代代将这样的习惯保持了下来。镇里人不是靠挣钱，而是靠省钱过日子。可是斯瓦特并不知道这一点，还指望能从垃圾堆里刨出些有用的东西卖钱或者填肚子。

翻找了一周的垃圾之后，斯瓦特猜到了，他要么离开此地，要么被饿死——垃圾堆里没有一丁点儿值钱的东西。不过斯瓦特并不死心，用双手继续翻找垃圾，研究着每一件垃圾的价值。可是骨头都被啃得像火烧过一样干净，细得好似鸡骨头，连专门捡骨头和破布的人都瞧不上。显然，这些骨头都是被捡破烂儿的人再三挑拣后才被扔进垃圾堆的。

破布头拿在手里千疮百孔，显然已经做不成任何东西了。斯瓦特手里那些无法辨认的残骸，对他也毫无吸引力。

有风的日子，所有被遗忘的粪便都被刮起来，落到住人的地方。斯瓦特却还不消停，他向一个寡妇要来一个巨大的长方形筛子——

扬谷机上用的——把垃圾场里的东西一个个地筛一遍。留在筛网里的东西他直接拿回家，放在角落里，晚上来细细研究。第一天晚上没有得到任何安慰：战利品是一块块冥顽不化的粪便，用破了的纤维块，四分之一块鞋掌，两格铁皮锯齿，帽子上的流苏，两块石头，结着干果的树枝，碎玻璃瓶，扫帚穗儿，鸟窝，还有各种各样不值钱的东西。

斯瓦特坐着沉思了半宿，天快亮时终于绝望地低下了头。

“我要做一顶帽子——秋天快到了！”他自言自语地说，“也许会有办法的！镇里人都不做帽子，城里卖得又太贵。我用旧毡靴做一顶便宜的，只要戴上暖和就行！”

白天斯瓦特去城里——卖掉了靴子和上衣——伴着教堂的晚钟回到了镇上。他肩上扛着一个袋子，双手握着打狗棒，兜里揣着 4 卢布和两个 10 戈比的硬币。

“收毡靴啦！穿过的，旧的，补过的都——收啦！”斯瓦特换了一种声音吆喝着，东张西望地四处打量窗户和栅栏。

斯瓦特唱歌似的吆喝着，转悠了差不多两个小时，还是一无所获：什么也没有收到。只有一次一个女人穿着内衣裙，双手满是肥皂泡，从门里探出头来：

“打碎的熨斗收不？”

“不收！”斯瓦特说。

“那你收什么？”

“毡靴！”

“谁会卖给你啊，眼看冬天要到了！哼，没用的歪嘴儿！你把我的熨斗买去，还能把炉子的风挡修修！”

“那个我用不上！”斯瓦特说，“你去洗你的裤衩子吧，别在这儿教训我！我是个文化人儿，能化人儿，浓化人儿[①]……收毡靴啦！穿过的，旧的，补过的都——收啦！”

女人瞪大一双被吓得木呆的眼睛盯着这个无赖，然后砰的一下关上了栅栏门。

“刚收完庄稼——冬天早着呢！”斯瓦特想，“这儿的老百姓担心个啥——走着瞧呗！”

菲拉特和扎哈尔·瓦西里耶维奇这时已经补好了篱笆。可是为了让帮工干满一整天，不辜负他家的晚饭，扎哈尔·瓦西里耶维奇又找到了活儿。

“菲拉特，把篱笆整整，别让它乱七八糟的。然后去趟马卡尔家把桶取回来——他把提环做好了。”

菲拉特走过去整理篱笆，把里面那些立起的长枝条扶正，去掉一些多余的枝条。这么整理过后，篱笆变得平平整整，每一根枝条的位置都恰如其分。干完活儿，菲拉特穿上毡靴，以免篱笆扎伤他那早已伤痕累累的双脚，往马卡尔家走去。

这时候，斯瓦特已经收到了一双毡靴底子，正心满意足地走着。他那结实匀称的身体和不为人知的生活与这样的步态十分相称。初次成功的喜悦让斯瓦特的吆喝声更加响亮。

菲拉特和他擦肩而过——他没当过兵，平时也没见过什么严厉、

① 后面两个词是对“文化人儿”一词的语音重叠。——译者注

精确、强大的东西。

“菲拉特，把毡靴脱下来！”斯瓦特马上提议，并开始在脑子里盘算价钱。

“干吗，伊格纳特·波尔菲雷奇？我脚上有伤，走路会起泡的！”

“你怎么那么瘦？”斯瓦特严肃地问，说着把袋子放到了地上，“吃不饱，还是你身体不好？”

“是的，伊格纳特·波尔菲雷奇，我晚上没劲儿，早上起不来……”

“要多吃肉！晚上睡觉做梦吗？”斯瓦特又问，忧伤而若有所思地打量着菲拉特。

“伊格纳特·波尔菲雷奇，我不做梦。我没什么可想的，肉都是东家们吃的——他们说，贵得很——就给我吃点蔬菜！”

“混蛋！”斯瓦特语气中没有恶意，只有痛苦，“光吃菜人没有力气！傻瓜，那儿在流血！”

“哪儿？”菲拉特问。他的眼睛因别人的同情变得湿润。

“还能在哪儿？在战场上！你听说过打仗的事儿吗，还是这儿有小鬼守着？”

“听说过，伊格纳特·波尔菲雷奇！我身体有缺陷——给我发了证明的，我带着呢——怕丢。很少从我们镇子里征兵：男人们有的去铁路上当学徒了，有的是拿白票[1]的。”

“我知道，这里住的都是些马车夫——叶卡捷琳娜时期的地主！

[1] 免服军役的证明。——译者注

一到秋天，农民们就会给他们交租子。”

“说得没错，伊格纳特·波尔菲雷奇，秋天的时候大车大车地给他们送过去！”

“行啦，让他们见鬼去吧！”斯瓦特结束了谈话。沉默一会儿后，他给驿镇人下了个简明扼要的定义：“农民们肠子上的寄生虫——这就是你的东家们！”

菲拉特没听明白，可是表示了同意——他从不认为自己是个聪明人。

“你性格温和，就是人蠢——也不算特别蠢！”斯瓦特安慰了菲拉特。

“伊格纳特·波尔菲雷奇，我一辈子就是靠这双手吃饭——脑子总是在休息，它都转不动了！”菲拉特承认。

“没事儿，菲拉特，就让脑子歇着吧，说不定哪天它又开始想事儿了！”斯瓦特发自内心地感到痛心，大声地长出了一口气。“你现在在哪家干活儿？”

“刚把扎哈尔·瓦西里耶维奇家院子里的篱笆补好，明天上各家转转找活儿干！”

“你上我这儿来缝帽子，然后我们再看！”

“你会吗？”菲拉特有点怀疑。

“没问题。你会吗？”

“我也没问题！”菲拉特高兴起来，终于上马卡尔家取水桶去了。而斯瓦特继续在镇子里打听毡靴的事儿。

两个人坐在斯瓦特屋里的地上，用毡靴鞋帮做冬帽。他们已经忙活了差不多一周时间，只做好了四顶帽子。午饭就吃些面包、黄瓜和白菜，他们却非常满足。只是这荒凉的垃圾场和心中浓重的忧郁让斯瓦特感到，仿佛太阳永远失去了光辉——他盯着窗户检查了一下，太阳躲到云中，又出来了——光明重现。

“混蛋，挺过来了！”斯瓦特说的是太阳，“这个坏蛋，照耀着一切生命——什么也不珍惜：猪狗不如！”

他们每天晚上也不休息——斯瓦特要赶在圣母升天节赶集的时候拿去卖点小钱，给自己和菲拉特添置衣服。

天还没亮，斯瓦特第一个睡醒并说：

“菲拉特，醒醒，太阳照着腿了，心里皱纹都长出来了！从口袋里拿出面包，咱们吃点，阿门！”

镇子还在酣梦中，房屋上空升腾起了雾气，这是大地频繁细微的呼吸，驱散白日人间的毒物。

斯瓦特喜欢睡前在门廊里站站，看看这夜里的世界。他看见大地巨大的身体里，心脏不再轰鸣炽热，而在黑暗中继续跳动，直到清晨。斯瓦特喜欢这日复一日司空见惯的事件。

他们睡得很沉——由于劳累和生活的重负。

4

菲拉特和斯瓦特好得胜似亲兄弟。只要斯瓦特不赶他走，他愿意一辈子在这里帮工做帽子。

可是镇子里没了菲拉特，好多事都乱套了：人们这时才发现，菲拉特是唯一一个什么活儿都能干的不可或缺的工匠。再也找不到一个这么听话能干还便宜的人了。女主人们纷纷来垃圾场找菲拉特，敲着窗户说：

“菲拉图什卡[①]，你倒是走了：房顶在撒尿，栅栏都塌到茶炊里去了！”

善良的菲拉特从不会拒绝任何人。

“我能修好——我去一趟，米特列夫娜！星期天在家里等我。”

斯瓦特对菲拉特的好说话有些气恼：

“你干吗那么听这些娘们的话？她们哪次不是给你吃点蔬菜就把你打发了？蠢蛋！”

有一次扎哈尔·瓦西里耶维奇来了，看了一眼做帽子的活儿说：

“来一趟吧，菲拉特，老婆怀上了两个——我不知道怎么办呢！”说完就走了，耳背的他没有听见菲拉特的回答。

“上这个人家里一趟！”斯瓦特说，“这人是真有难处！”

星期日菲拉特出现在扎哈尔·瓦西里耶维奇家里。面色苍白奄奄一息的女主人躺在木床上。那张床上有臭虫，平时是不睡人的。菲拉特开始可怜起女主人来，他默默地看着她那张瘦小清秀的脸。

“是你吗，菲拉特？”女主人痛苦地小声问，“你来了？”

“来了，纳斯塔西亚·谢苗诺夫娜……也许，您需要人帮忙……”

“唉，我什么都不需要，菲拉特。你问问扎哈尔！”

---

① 菲拉特的小名。——译者注

菲拉特为自己帮不上忙感到拘谨和尴尬，走出了房间。他心里痛惜不安，好像他就是折磨纳斯塔西亚·谢苗诺夫娜的罪魁祸首似的。神经痛使他周身酸痛，他被一种少年时曾体验过的莫名其妙的羞耻感撕扯得十分痛苦。他从未找过女人，可是假若有一个哪怕是麻脸的姑娘能疼他，用自己母亲般的柔情去爱他，他一定会异常忠诚炙热地爱上她。他会在她庇护般的爱抚下失去自我，至死不渝地爱她。可是这样的事还从未发生过——菲拉特此刻正为别人婚姻的秘密而不安和战栗着。

扎哈尔·瓦西里耶维奇和颜悦色地走过来小声指挥他：

“菲拉特，打些水来晚上用！……别忘了晚上喂鸡！”

那一天菲拉特主动观察着一切。他在喧嚣的忙乱中总感到轻松自在：干起活儿来就把心中所有的私事难事忘光了。关于这一点斯瓦特曾说：

“我们兄弟觉得干活是最开心的事儿！不是为了挣口饭吃——虽然饭是必须得吃的，可是人开心最重要！干起活儿来，兄弟，心灵就睡着了，不知不觉就得到安慰了。”

现在菲拉特忐忑不安地扫完了院子，干完了所有他能想到的活儿。扎哈尔·瓦西里耶维奇很少出来——他一直待在堂屋里，坐在妻子身边。这让菲拉特莫名地有些高兴。“坐着吧，兄弟，”他想，“灰尘都打扫干净了，我一个人能行。我是一个人，可你们是一对儿：别让老婆生气！”

直到半夜菲拉特还在院子里溜达。周围寂静有序，被严寒笼罩，只有一只抱窝的母鸡在鸡窝里的鸡蛋上面咯咯直叫。

有什么东西惊扰了菲拉特，并让他保持警醒，可是房内并没有声音传来——可能是纳斯塔西亚·谢苗诺夫娜醒了，由于生产流血失去的力气有些恢复。

菲拉特困极了，把自己的旧外衣铺在院子里的丁香树下，弓起身子睡了。可是他睡得非常警醒，总是听见头上方的动静和夜的颤动。镇子里的僻静处传来狗的狂吠，远处的另一只狗做出了回应——它们哀怨孤寂的叫声被淹没在浓郁的夜色中。菲拉特透过正慢慢消逝的意识缝隙听着犬吠，那声音是如此细微、忧伤，仿佛来自一个恍惚逝去的世界。这声音安抚了菲拉特，他没有醒来。丁香的枝条在菲拉特眼前颤动。夜密密层层，凝结着浑浊的空气：枝条兀自摇曳着——由于树木的生命力和内部的不安。

菲拉特在浓密的朝霞中醒来——隔着外屋都能听见堂屋里传来纳斯塔西亚·谢苗诺夫娜的孩子出生后第一声啼哭。菲拉特注意到一声奇怪伤心的叫喊，立刻站起身穿过院子走了过去。

婴儿的啼哭很快停了下来——纳斯塔西亚·谢苗诺夫娜用母亲的方法安抚了他。扎哈尔·瓦西里耶维奇面无表情地走了出来，一张脸饱受折磨。

“菲拉特，”他说道，“坐上茶壶——需要热水，然后去趟集市和药店！”

菲拉特很高兴自己能为纳斯塔西亚·谢苗诺夫娜做些有用的事，这将是美好的一天。他以一种特有的灵活开始劈柴。

镇里人也起来了，在外面溜达，寻找各种生活用品。他们还打着哈欠，揉着眼睛，明媚的阳光照得他们睁不开眼。在早晨的晴朗时分，每个人胸中都充满喜悦。可是晚些时候，10点左右，喜悦就被烦心的家务事和各种操心事引发的怒气排挤开了。扎哈尔·瓦西里耶维奇把洗礼定在第三天，可是中午起就不让菲拉特干活了，因为来了两个干亲家母①帮忙干家务。

菲拉特拿起上衣，用绳子把后跟绑在毡靴上就去垃圾场找斯瓦特了。纳斯塔西亚·谢苗诺夫娜坐在堂屋里逗着自己的双胞胎，充满关切的女人们站在临街的窗边小声聊着这件事。

如果斯瓦特和菲拉特不抱团取暖，冬天会很难过。而对于镇子里的人来说，冬天漫长难挨：男人们上了战场，妻子们独守空房。不过人口减员也不太严重：镇子附近这十来年一直在修一条铁路——这让人们免除了兵役之苦。

扎哈尔·瓦西里耶维奇也到铁路上当上了盖顶棚的工人，一大早就带着饭去上班。看上去，劳动使他疲惫不堪，他的脸变得消瘦，历经风霜。

“伊格纳特·波尔菲雷奇，为什么您不上战场？你瞧格拉特基家的小儿子，那么干瘦都被征去了！”有一天菲拉特问斯瓦特。

“嘿，兄弟，你说什么呢！”斯瓦特狡猾地笑了，“我是后备人选：我头上有挫伤——脑子有点轻微不正常！”

菲拉特又说：

“啊——啊？您看上去是个聪明人啊，伊格纳特·波尔菲雷奇！”

① 孩子的教母。——译者注

“所以我才和你用破布做帽子——给别人头上的虱子取暖啊！我要是个傻子，我早就为皇帝和国家躺在战壕里了！”

菲拉特再次张大了嘴，可是不知道下面该问什么。

晚上睡觉时，斯瓦特盖着毯子主动说起：

“菲拉特，我是自己离开战场的！那里让人伤心，自己的生命变得一钱不值。不过你别对任何人说！”

“我怎么会！伊格纳特·波尔菲雷奇！”菲拉特吓了一跳，急忙回答，“我犯得着吗？只是您可别说告诉过我！要不然第一个就怀疑我！”

“我怎么会自己说自己瞎话，你榆木脑袋？”他大声地责怪菲拉特，点着了熄灭的烟卷。

这场谈话被人淡忘了。

5

冬天，暮色在中午就早早降临了。被人遗忘的白雪悄无声息地覆盖在平原上。驿镇不声不响地过着日子。斯瓦特和菲拉特仍和过去一样自顾自地做着帽子，尽管他们感觉到，做帽子的活儿快到头了，以后做什么——茫然无知。

“伊格纳特·波尔菲雷奇，咱们去当守夜人吧——当更夫！多有意思啊——夜里看门，白天休息！不过，只要普罗霍尔和萨维利不死，就不会要我们的——他们当了很多年更夫了，镇长喜欢他俩！”

“不，菲拉特！”斯瓦特宣布，“我才不当什么更夫呢。我宁愿白天拿根歪木棍敲空桶玩儿，也不去看大门！我堂堂男子汉，你当我是个老头子？我们还是再等等吧！”

做帽子的工作还在进行，也卖出去一些。买主通常是远方的农民。可是眼看春天临近，买帽子都是来年的事儿了。斯瓦特和菲拉特辛辛苦苦，节衣缩食也没能挣下什么钱。照此下去，他们做完帽子之后只能去打家劫舍了。

一天，来了一个陌生男子，站在门外问：

“带檐儿的便帽你们做吗？”

“做！”斯瓦特想留住顾客，立刻回答。

“能把帽檐儿弄得发亮吗？”

“如果你在我们这儿买上 100 顶，我们就能把它上光！”斯瓦特说道。

男子狡黠地笑了，老练地看了一眼两个帽子工匠，在凳子上坐了下来。他摘下自己那顶帽檐已经褪色的便帽，拉长了声音说：

“见鬼了！难道你们现在能搞到亮漆——从前倒是一车皮一车皮地从德国运来！你们教训谁呢，蠢货？我做了一辈子便帽！现在把我当傻瓜耍？我就是戴着帽子都知道里面长啥样！”

神秘来人怒气冲冲，坐不住便站起来巡视斯瓦特和菲拉特做帽子的材料。

“这些也叫材料？这是瞎胡闹！你们是怎么想的？你们用什么来保护人的脑袋，啊？这是毡靴——是用来藏脚指头保暖的，你们就用这个来装饰脑袋？见鬼！”

斯瓦特一下子猜到了客人的来历：

“我说朋友，你是不是从前线回来，头上受了伤？”

来人稍微缓和了语气：

“是从那儿来……毒气熏坏了脑子！让我回来等死。反正帽檐不发光我就没法干活——雾蒙蒙的帽檐没法让人头上产生光环！这怎么行!”

“我们现在要吃饭了!”斯瓦特说，“大兵，坐下吃饭吧!”

“你请我吃，那就吃吧!”客人同意了，“只是给我拿点牛奶来——我要蘸面包吃。我在家的时候那样吃过，想得要命……”

“给你牛奶!”斯瓦特好心地款待他，“牛奶有的是！你从车站走着回家?”

“当然是走!”客人毫不在意地轻声说道，“当兵的哪儿来的钱?没钱谁会载我?”

一天一夜过去了，新的一天也变旧了，客人鞋也没脱，习惯了这里的生活，忘记了离开。他挨着菲拉特坐下来，熟练地剪裁毡靴上的布料。斯瓦特没有制止这个好人，只是限制了他的饭量。的确，客人吃得狼吞虎咽，胃口好得不管不顾，这样菲拉特就吃不到多少东西了。

“悠着点儿吃，大胃王!”斯瓦特对客人说，“这儿吃饭的人可不止你一个！你瞧，粥都被你一个人吃光了!”

客人稍稍克制了一下自己，可是后来又忘乎所以了，吃得颧骨绷紧，头上冒汗。

“你既然这么能吃，就应该能多干点活儿吧?”斯瓦特问。

“那当然!”客人肯定地说，“全身直挺挺地站着——在前线七天没合眼，难受死了！我和一个战友一会儿就吃完了一斗土豆!”

“干缝纫活儿你坐得住吧？”斯瓦特问。

“这对我就是小事一桩！”客人宣称，“我可以一动不动地坐上好几个星期，只要面包就放在旁边！”

镇子里响起了轻柔的晚祷钟声，三个朋友干活都干到困得不行。为了驱赶倦意，斯瓦特不时地和客人搭话：

“你为什么要留在我们这儿？难道你没有亲人吗？”

客人猛地一下醒过神来，回答说：

“我本来有老婆，还有丈母娘：老婆睡觉的时候把孩子憋死了，自己也用毛巾把自个儿勒死了。丈母娘现在正在教堂门口讨饭呢。我现在就剩自个儿伤心了：我想要个儿子，可老婆一时半会儿还找不到。”

“你要儿子干什么？”斯瓦特有点吃惊，“你自己都没饭吃——还想生个受难者？”

“那还能怎么样？”客人完全没明白，“我现在日子不好过，谁都不好过——一会儿打仗，一会儿是烦心事儿，没有一点顺心的。儿子记不住小时候的事，等他长大，一切就好了。”

斯瓦特不相信。

“谁知道呀！说不定到时候他还会残废得更厉害呢！”

“我告诉你，不会！”客人恶狠狠地争辩着，从地上站了起来，“难以想象！我只是没说，可我的心痛苦地在流血！我整个人都伤心得生了锈——不知道我该怎么办！你以为，我高兴在你这儿坐在地上做帽子吗，蠢货！……我上过前线——那里死人是常事，你却说什么我儿子会残废得更厉害！难道我会把他交给某个混蛋！难道我会让他去受那种苦？你这个野蛮的叛徒，十足的傻瓜！如果出了这种事儿，我用一口烂牙都要把他喉咙给撕开——随便他是哪个王八蛋！随便什么时候！”

斯瓦特坐在那儿，面带微笑，对自己戳到了客人的痛处甚是满意。客人叹了口气，组织起因愤怒而凌乱的词汇，再开战火：

“狗杂种，早产儿，妖精！编出什么皇帝、信仰，从国家上层下命令来折磨老百姓，为的就是证明他们的瞎想是正确的！还会冒出一个人——在糨糊脑袋里梳理别人的瞎想，继续把人民往死里整。就是为了让所有人都相信一种真理。你们这些可恶的三位一体的混蛋！”

客人吐了口唾沫，用磨坏了的奥地利靴子的靴头在上面踩了一下。

斯瓦特吐着烟圈，满意得整个人都容光焕发：

“说得对，朋友，没错！你就在我们这儿白吃白喝吧——我还不知道，你是这样的人！”

菲拉特也很喜欢这个新朋友，发自内心地说：

“战场上的人都思念家里的亲人……妻子和儿子比谁都心疼他……”

做客的士兵注意到了菲拉特，从他的话中开启了自己的新思路：

“皇帝和有钱人都不懂，世界上没有单个儿的人。那是一群群的儿子、母亲。每个人对另一个人都很珍贵。所有人都是有血脉紧紧相连，要拆散他们——还不如毙了他们……可是从上头看下来——就是一个个一模一样的人，谁对谁都不重要！这群狗崽子，难道能任由心爱的人被人从身边夺走？以后用什么偿还啊？”

客人说着，手指激动地颤动，仿佛在用双手让一个个温暖的家庭重新团聚，用浓得化不开的血液把亲人们黏合在一起。最后他平静了下来，小声说：

“甚至很多人还会认为——这是灾难中的灾难……”

“瞧你，朋友！”斯瓦特勉强地笑了一下，“我想，我们需要找理智来当个帮手。”

客人想了想又说：

“能有个帮手当然好，要不然人就变得贪婪——这就是痛苦！人在奔跑，可是心中却有阡陌纵横，折磨着他！然后人们就会回来哭泣……”

“留下吧！”斯瓦特最后说，“咱们仨一起过——你不会把我们吃穷的！”

来客马上开始脱靴子，像在家一样长出了一口气。他第一次环视了整个屋子，发现它是那么舒服。他连续几天没合眼，已经困得不行了。

“喂！”客人睡着后，斯瓦特说，“顺利的人总是会想，我们生下来就是吃，可是他活着却是在受苦，脑子里还不停地嘟囔……”

菲拉特边打瞌睡边想着这位客人：“他埋葬儿子和妻子时该有多难过啊！好在，他已经没有任何亲人了。”想着，忍不住睡着了。

黑夜变短了一些，可是帽子工匠们的需求却在变长——没有买主了。阳光下，积雪开始融化，被上年堆积的粪便染黄。有时日头比夏日更耀眼——洁白的冰雪反射出灿烂的阳光——乍暖还寒时节，空气清冽，沁人心脾。

镇子里的生活悄无声息——战争榨干了马车夫们的好日子。这种时候，人们不指望新春能带来什么好消息。

扎哈尔·瓦西里耶维奇兢兢业业地在铁路上干活儿，生怕被辞退发配上前线。他的两个儿子慢慢长大了，可是父亲对他们的爱很粗暴，从来不宠溺他们，也不和他们亲昵。

纳斯塔西亚·谢苗诺夫娜则常常为这对头胎的双生子犯愁。孩子的腹泻让她胆战心惊，于是便常常用药物来折磨他们。

马卡尔的工作是打造马具，他满心欢喜地为夏天铁匠铺里的活儿做着准备，提前享受着夏日的美好。其他人也活得明明白白，每个人都期待着能过得更好，更轻松。

白日变长天气变暖让斯瓦特很是欣喜，可他又有点忧伤，羡慕那些一动不动死去的东西：它们不知饮食之忧，它们生活平静，无忧无虑。

“夏天饿不死人！”客人米沙得知斯瓦特的心事后说道，“可以打鸽子，抓鱼，挖野菜——这不就有菜汤和鱼汤了吗，里面的干货就是第二道菜！”

可是斯瓦特还是打发菲拉特回镇上干他之前的营生了。

“虽然我同情你，温顺的人儿，也和你交上了朋友，可是你自己也看见了，三个人的日子不好过，米沙又没处可去！”

“那，好吧！”菲拉特说，“我去各家看看——找个地方待！伊格纳特·波尔菲雷奇，我下次会来找您聊天的！”

6

土壤变得蓬松，湿润的大地睡眼惺忪，春天无声无息地来了。菲拉特满心欢喜，他有了一个熟人——伊格纳特·波尔菲雷奇，有了一个位于垃圾场边随时可以去的家。

他在马卡尔家安顿了下来——工作是做完四个马颈箍并看守铁匠铺。马卡尔自己去铁路沿线换些烧铁炉子的煤。镇里很多人都说搞不到生活必需品。可是无论是斯瓦特、菲拉特还是米沙从来就没有什么需要却买不到的东西。只有在镇里，菲拉特才明白了战争意味着什么，领教了战争那吸干一切导致民不聊生的威力。

潮湿和年久失修让镇子褪去了颜色，像一个没吃饱饭的人，用塌陷的窗户忧郁地张望。狗们都变瘦了，夜里不再吠叫。一切都坠入深渊。就连菲拉特都看不下去了，他已经打算接受最简陋的饭食当酬劳。可是马卡尔还是给他留下了足够的食物。冬天里马卡尔帮农民们干了不少活儿，饭还是不缺的。

马卡尔很久都没回来，菲拉特闲得无聊——他早就把马颈箍做好了。每天他都去找斯瓦特和米沙：那边的日子过得很糟，他们就靠菲拉特带来的残羹剩饭过活。

可是菲拉特带给他们的并不是残羹剩饭，而是自己在马卡尔家的几乎全部食物，自己只留下了一片面包和四个土豆。

“你已经吃饱了吧?”斯瓦特问，“瞧，我们都没得吃，可你还吃不完!”

“不是吃不完!”菲拉特有些不好意思，“现在没活儿干，只是喘喘气用不了吃太多。”

斯瓦特生气了：

“你说——喘气！你看看米沙：他也只需要喘喘气，可是现在就是有一头牛他也吃得下！”

“吃得下！”躺在床上的米沙坚定地说，又饿得叹了口气。

一天，菲拉特从梦中惊醒。他睡在铁匠铺的角落里，这里光线很暗，倒让他感觉安全。圆木砌成的墙外，夜色笼罩着小镇，把它隐藏在世外，不受任何惊扰，直至清晨来临。睡意正酣的马车夫们不时翻个身。扎哈尔·瓦西里耶维奇在修补篱笆时就给菲拉特讲过，纳斯塔西亚·谢苗诺夫娜夜里是如何翻身，让他一下子飞到地上的。

“我家娜斯嘉还不算太胖，那些有胖老婆的——可有得受！”扎哈尔·瓦西里耶维奇笑道。

可是现在万籁俱寂，听不见谁家丈夫被胖老婆翻身挤下床的声响。

忽然菲拉特打了个寒战，欠起身，然后听见——一声又一声——尖利急促的枪声，还有远处惊恐的喧嚣。

惊慌失措的菲拉特从没有见过小镇之外的景象，只记得童年时自己和母亲住过的村庄。菲拉特干活时无暇回忆和惦记别人，于是慢慢地不知不觉中没有了思考的习惯。后来，当他再想要思考时，已经没什么可想的了：无所事事让他的脑子永远失去了思索的能力。

因此，此刻的菲拉特被莫名的枪声吓得浑身战栗。他听说过战争，可是即使通过米沙的描述他也无法想象战争的场面。

枪声静了下来，却传来人们清晰的叫喊。菲拉特猜到，火车站出事了，于是走到了外面。

天上没有星星，菲拉特专注地仰望天空。专注地凝望夜空是源自菲拉特的一个多年的梦想——他想要发现有一颗星星飞离原地。坠落的星辰从童年起就让菲拉特兴奋，可是他长这么大还从没有见过有一颗星星从天空坠落。

早上马卡尔回来了——煤没有搞到，忧心忡忡：

“皇帝早就没了——逃兵们在铁路上暴动了…… 我们束手无策——什么也不知道。人们从车站拖走了枕木，还有火车头，说是要卖给劳动组合……”

这个消息在菲拉特听来是如此遥远，以至于他并没有像马卡尔那样目瞪口呆，而只是带有小小的好奇。他模模糊糊地感觉到，篱笆、水桶、马颈箍等东西永远留在了小镇里，将会有另一个人来修理它们。

晚上安排好事情，菲拉特去找斯瓦特，在路上遇见了他和米沙。米沙心情愉快，拿着一整个面包，斯瓦特则显得心事重重。

“我们走了，菲拉特！”斯瓦特忧伤地说，“既然小镇不需要我们，那就再见了。”

“这些狗崽子！”米沙威胁道，“该死的下流胚，抢了我们的地，过得安安稳稳，没有人需要你了——走吧，去游荡吧！”

菲拉特把他们送到火车站，与他们告别：

“伊格纳特·波尔菲雷奇，也许，您还会再回来看看？”

菲拉特伤心失落地看着即将离去的两人，不知该如何排解自己这离别的忧伤。

斯瓦特也动了情，有些讪讪的。在道路尽头他拥抱了菲拉特，并用扎人的胡须在菲拉特粗糙干燥的嘴唇上吻了一下。这嘴唇只在童年时被妈妈吻过。菲拉特吓了一跳，情不自禁流下的泪水让他很不习惯。他伤心地皱起了眉。

“别再儿女情长啦！”米沙阴沉着脸推了一把斯瓦特，“你干吗让人家伤心——他会找到另外的人的！你看他都成个泪人儿了！”

菲拉特没有马上回马卡尔家，而是伤心地绕到了垃圾场旁。伊格纳特·波尔菲雷奇的农舍现在空荡荡的，一片宁静。可是菲拉特感觉，这里的墙壁和窗户都在思念离开的人们——孤独而伤心。空无一人的农舍散发着离人的气息，仍然那么鲜活、亲切。菲拉特站了一会儿，摸了摸门把手——每天斯瓦特都会抓住它；望了望原野——伊格纳特·波尔菲雷奇也看见过它；躺到了地上——整个阴郁的冬天他们都睡在这里——心中挥之不去的绝望让他转过了身。

菲拉特每天都去自己那个位于垃圾场边上的家，从远处用牵挂、柔情的目光注视着它。他傻乎乎地等待着门打开，伊格纳特·波尔菲雷奇抽着烟从里面走出来对他说：

“进来吧，菲拉特，干吗站在风里！我随时都高兴看见你，温顺的人儿！”

夜里车站时而会传出枪声，时而又没有。镇里人都在储备食物，紧急从农民手中征收去年欠缴的粮食。扎哈尔·瓦西里耶维奇亲自去了乡下自己佃户家命令道：

“普罗霍尔，世道很乱，你欠我40普特麦子。趁道路还没有泥泞，赶快送来！要不然很快就化冻了，到福马周[①]之前路都干不了！”

“扎哈尔·瓦西里耶维奇，我不知道该怎么办！”普罗霍尔有点怀疑，话语中又不失谦恭，“听说要把土地免费分给农民，欠缴的事情可以再缓缓！”

扎哈尔·瓦西里耶维奇心头大怒。他不停地眨着眼，听见自己的血液发出愤怒的尖叫。可是他语气平静地对农民冷嘲热讽：

“新政权不比旧的笨，普罗霍尔！你也不想想——他们撤换掉傻瓜，把地主扶持上位——现在土地在他们手里攥得更牢了！那是对的：你也不会把自己的租地白白送给邻居！革命——就是一种自由，和财产没关系——原来怎么样，现在还那样！”

“租地——小事一桩！”普罗霍尔若有所思地回答，“我说的不是这个。有个当兵的吓我说，让我千万不要付地租，否则新政府一完蛋，又要开始打仗……”

“战争不会停止的！”扎哈尔·瓦西里耶维奇宣布，“战争一直要打到德国人完蛋的那一天！关于土地没有新的法令，普罗霍尔，你想都别想！赶紧收麦子，要不然明年我就把地租给别村的人了——反正都一样……”

“这是您的事儿，扎哈尔·瓦西里耶维奇！收麦子的事耽误不

---

① 复活节之后的一周。——译者注

了。我装好车就送去镇里……人家说什么我们就听什么，谁也不知道他是谁，以后怎么样，谁也不知道！明天我去趟火车站，再问问那个当兵的！”

“拉倒吧，普罗霍尔，你还去问！你的这双脚又不是公家的，脑袋也是自己的——别人才不心疼呢！”最后，扎哈尔·瓦西里耶维奇气呼呼地告辞了。

镇里的马车夫们闹了起来。过了一天，镇长召集开会，将民怨纳入了法制的轨道：

“从前线开小差的错误行为愈演愈烈：祖国的敌人轻而易举地进入了东正教的腹地！当有人气焰嚣张，甚至妄图掠夺别人土地的时候，东正教徒们，现在应该做些什么！依我看，法律中没有这样的条款！为了阻止厚颜无耻的自治委员会，我们现在应该致函给省里的所有官员，让他们了解正在发生的事情，大家在这封信后面清楚地签上全名！”

菲拉特没干活，也无心干活——伊格纳特·波尔菲雷奇走后他对一切都失去了兴趣。由于时局混乱，马卡尔那里无事可做，他很快就辞退了菲拉特。他说，你自己也看见了，没有什么可做的了。两个人待坐在家里也不好——你去别家看看吧！

7

镇子中央有一栋两层楼的旧房子。旁边是一口井，井边有一个圆形的茅草棚——马的监狱。在那座监狱中，马整天在狭小的空间里拖着木质的绳架一趟趟地转圈。绳架上绕着绳子，把水桶从井里拉上来。水倒进一个大水槽，从水槽流进一个个小盆。来镇里赶集的农民们花一戈比饮一匹马，人则可以免费喝。

两层楼里住着水井的主人斯皮利东·马特维奇·苏霍鲁科夫、妻子玛尔法·阿列克谢耶夫娜和两个儿子。

菲拉特离开前在马卡尔家饱餐了一顿。他走到井边喝水，可水槽里并没有水流出来。斯皮利东·马特维奇站在黑乎乎的草棚门口，恶狠狠地盯着来人：

“不挖井还想喝水？叫花子！过来！”

菲拉特走了过去。

“你往哪儿走？”斯皮利东·马特维奇问。

“出来找活儿干！”菲拉特回答。

斯皮利东·马特维奇心软了下来。

“孩子，你在这里转悠，就是白费劲！来吧，帮我看马——我的帮工去村里参加暴动了！”

菲拉特和一匹眼睛都睁不开的瘦马一起待在了漆黑的草棚里。

“你招呼着让它转圈走起来！”斯皮利东·马特维奇说，“你盯着外面——别让人白喝水——拉车的收一戈比，其他人收两戈比。”

马开始绕圈了，紧紧的绳架把它纤细的血管勒出了血。它偶尔会奄奄一息地停下脚步：这时菲拉特就会冲着它吆喝，它就又开始拉动绳架。

黑暗的时分流淌着，菲拉特被这逼仄无望的忧愁折磨得筋疲力尽。他走到外面，听着水从装满的桶里倒进水槽的碰撞声，打量着空无一人的街道。春光明媚的宽阔原野清晰可见，可是那里却荒无人烟。菲拉特伤心地想起了伊格纳特·波尔菲雷奇，可是从井中车水的马的命运更是暗无天日——这让菲拉特感觉到些许轻松。

菲拉特被安置在杂物间里过夜，和东家的卧室只隔一堵墙。已经不习惯在室内睡觉的菲拉特感到憋闷。他害怕天花板——他感觉只要一闭上眼，天花板就会往下掉。

渐渐地——快到夏天时——草木发芽，孕育起了花苞。花园忽然间变得拥挤，迅速地被绿叶遮盖。土壤躁动不安地苏醒了，似乎是想生出一个特殊的永恒的生命。月色闪烁，如同逝去的爱人坟头上的火光，如同人们聚散无常的道路上方的路灯。

菲拉特心痛地赶着自己的马，在黑漆漆的窝棚里沉思。马已经和他熟悉起来，不用吆喝就自己转圈。因此菲拉特整天独自坐着——无事可干，只是偶尔从买水人那里收几个戈比。慵懒或无所事事的人心里总是会产生犹如贫瘠野地上的荒草那般的忧伤，菲拉特也是如此。可是在他那蒙上了无所事事的薄冰的脑袋中，想象和回忆是如此模糊、喧嚣、令人惊恐——如同冰山受到挤压之后的第一次移动。菲拉特一动脑子，他就听见了自己心中的轰鸣。

有时菲拉特觉得，如果自己能像别人一样正常地思考，就更容易战胜那莫名的呼唤造成的心理折磨。傍晚，这呼唤会变成一个清晰的声音，说着一些无人能懂的生僻词儿。脑子里不是在思考，而是摩擦得咯咯作响——清醒的意识源泉总是受到打击，却又不屈服于混乱情绪的进攻。于是菲拉特就走到马跟前，身子后仰，帮它拖动绳架。十圈转下来，他头晕想吐，喝了些凉水。他喜欢喝很多水，水的清新洁净使他心灵平静。菲拉特能感觉到自己的心灵，就像能感觉到咽喉里那个小小的凸起。当他因为孤独，因为思念伊格纳特·波尔菲雷奇感到害怕时，他就会抚摩自己的喉咙。

瓦西卡——斯皮利东·马特维奇八岁的儿子，一个让人讨厌的聪明男孩，常跑到草棚里来。菲拉特爱抚地摸他的头，和他说话。瓦西卡也说话，不过他的话有些特别：

“菲拉特，妈妈又坐尿盆儿了，父亲又骂她了……”

“喏，瓦西，让她坐吧。可能她不舒服，或者怕外面风大。”菲拉特解释说。

“才不是呢，菲拉特，她是故意的！就是不让父亲喘口气：她就是那么不听话，真的！”

菲拉特开始转移话题，说起斯瓦特和大兵米沙的事。可是男孩听完后又想起来：

“昨天母亲把装粥的锅撒了，父亲把她扔开，就像扔掉肚子上的虫子……母亲还叫喊，说碰到她的颜料了，真的！父亲说：‘把屋顶粉刷了，娼妓！’可是母亲并没有爬上屋顶，而是躺到床上去哭！在我们家她总是这么讨厌！”

菲拉特听到男孩的话很难过，他暗想：“我们现在一共三个了——马，我和男孩的母亲。”忧伤痛苦分成了三份——每个人承受得就少一点。

有一次瓦西卡一早就来了，喊道：

“菲拉特！去看看——妈妈又坐到外屋去了，父亲在院子里把粥全吃光了，一点没给我们剩下！”

菲拉特安慰着男孩，可是自己也不好受。

吃完饭菲拉特去了主人家——他需要向斯皮利东·马特维奇要钱买条新的吊桶绳。

他听到外屋传来瓦西卡放肆的叫喊和他母亲低声下气的声音——大概是想取悦儿子却没有成功。

“把蜡烛给我，害传染病的女人！”瓦西卡像个大人一样咆哮，“我在给谁说话呢？给不给——我要等多久？我现在就把茶炊扔地上，下流的畜生！”

母亲战战兢兢地快速低语道：

“瓦西，别这样，瓦西！我马上给你找蜡烛——你昨天自己把蜡烛都点光了……我去买面包，顺便给你买根新蜡烛……”

“我告诉你，是你把蜡烛藏起来了——该死的恶魔！”瓦西卡哑着嗓子叫喊着，把一个东西弄得轰隆作响，应该是茶炊。

“瓦西，我这里没有蜡烛——我给你买……”

“我说的是——马上给我！要不然——有你好看……”

随后听见铜器的轰隆声，水汩汩地流出来。瓦西卡把茶炊摔到了地上。

“我叫你给我，你一直不给。”平静下来的瓦西卡解释了事情的缘由。

菲拉特小心地打开门走进厨房，他感觉到自己怦怦直跳的心和脸上害臊的神情。

凳子上坐着一个正在哭泣的年轻女人，用衣角擦拭着泪水。

瓦西卡气呼呼地看着滚烫的开水，没有立刻注意到菲拉特。当他看见菲拉特时，对母亲说：

“哼！你干了些什么！我要告诉父亲——茶炊是镀锡的，你却把它扔地上！只要父亲一来——他会教训你的！”

女人默默地流泪。菲拉特被母子俩吓得忘了自己来的目的。女人那双空洞洞的黑眼睛匆匆瞥了他一眼，就重新藏到了睫毛下。她瘦弱而美丽——肤色黝黑，饱经风霜，一张还保存着眼睛、嘴、鼻子、耳朵的脸依然如画般美丽。难以置信，经历了生产、孩子、丈夫，以及命运的残酷打击之后，这是如何做到的。

另一个孩子比瓦西卡小一点，坐在角落里同母亲一起安静地流着眼泪。菲拉特发现，他长得更像母亲——面庞黝黑、温顺，惊惶不安，似乎随时准备着挨打。

显然，斯皮利东·马特维奇不在家——菲拉特一言不发地出了门。

过节的时候菲拉特要么上马卡尔家，要么就去原野上待着。马卡尔说过，革命就像下雨，在某个地方下一阵儿就过去了，不关驿镇的事儿。到后来就变得无声无息：也许是一切都结束了，也可能是倾盆大雨下到了别的地方。

“我们无所谓！”马卡尔说，“财产不够大家分，面包很快也会没有了，到时候一切自然就消停了！”

“人们还去火车站吗？”菲拉特问。

“去，菲拉特！干吗不去——仗都打到老百姓家里来了！有什么办法，不能无休无止地打仗——人民太遭罪了，现在不能再打扰他们啦！”

菲拉特久久地坐在马卡尔身边饶有兴致地听着，直到马卡尔打着哈欠命令道：

“你走了吧，菲拉特，咱俩今天该休息了，要不然我就没力气了！”

菲拉特走了，一直沉默到下一个节日。

夏日的绿光变成了蓝光——成熟和肥沃的盛典的光芒。菲拉特一边观察一边想，正午这高远的天空很快就会下降，夏天就会老去，变成棕色，然后会变成黄色和金色——那是白发苍苍的大自然的颜色。那时小镇里的人又都缩回家里，下午4点就会关门闭户点亮煤油灯。

驿镇计算着收割的日子，猜测着——佃农们会不会送来租子。斯皮利东·马特维奇本是个恶狠狠的人，对待妻子凶神恶煞，可是站在井边同邻居们聊天时，却颇有深谋远略。

马车夫们甚至是专门来他这里——打听他对于自己的土地的看法。

“我现在没有地！”斯皮利东·马特维奇说，“都给农民们拿去了，为战争还账……”

“可是现在还没有出台新的法令，斯皮利东·马特维奇！”一个马车夫对自己和旁人说，“他们野蛮地抢走，这是违法的！”

斯皮利东·马特维奇脸色阴沉地打量着说话人的脑袋，那上面只剩下了一圈头发。他对愚蠢的人总是怀着深深的怨气。

“你头上掉毛应该不是因为聪明，而是因为作了孽，伊利涅·弗罗雷奇！有沙皇的威力震慑的时候，野蛮行为才会收敛。可是现在什么情况，见鬼，我们哪里还有什么沙皇的威力！那些人就连火车头都想拖回自己村子，更别说土地了——土地是头等重要的东西!”

“那意思是，马车夫们死到临头了?”伊利涅·弗罗雷奇顺从地问。

斯皮利东·马特维奇的神情严肃得让人伤心。

“死倒还不至于，伊利涅。我想，法院将会是我们的，不是他们的。”

“那租子是该等着今年收呢，还是明年?”

“千万别等!”斯皮利东·马特维奇说，“想都别想，没有一个佃户会交租子，你自己寻思吧!”

菲拉特听着，开始明白了革命的简单道理——就是分土地。他早就发现了马车夫群体中蕴蓄的恼怒、憋屈和恐惧。可是，恐惧与日俱增，恼怒却渐渐消失，变成了逆来顺受的痛苦。因为情形在农民当中正好相反：憋屈壮大成了愤怒的力量，力量引发了与地主的战争——纵火与恐吓。

马车夫们认为驿镇在劫难逃。可是后来他们就明白了，他们不过是小地主，即使没有他们的存在，农民们也会有很多麻烦。

菲拉特开始集中精力四处张望，虽然他并不指望能看见什么让自己轻松的东西。他知道，没有哪一家的大门会主动向他敞开，当严冬肆虐——他会过得比去年更糟：那时好歹还有伊格纳特·波尔菲雷奇。可是菲拉特暗自感到了一种力量：他希望，如果他走出小镇，就不会像从前那样挨饿。日复一日地为生活担惊受怕，年复一年的逆来顺受，在自己身上生根发芽。这第一个愿望的波澜让他的心越来越温暖。他的愿望是什么——菲拉特并不知道。有时他想出现在人群中，聊聊这个世界，谈谈他自己对它的猜想；有时又想上路，永远忘掉驿镇，忘掉这三十年浑浑噩噩的生活和心中无法言说的渴望。这渴望或许掌控着所有人并将他们引向命运的黑暗。

菲拉特不能像常人那样马上思考——他会无缘无故地先有感觉，然后感觉聚集到大脑中，撼动并改变大脑那脆弱的装置。刚开始时，感觉会粗暴地摇晃思想，使思想长得巨大，无法顺利地表达出来。大脑适应不了这种混沌的感觉，菲拉特的生活就失去了平衡。

菲拉特很少去伊格纳特·波尔菲雷奇家：那里又住上了新的乞丐和流浪汉，他们把垃圾场弄得更加肮脏不堪。不过，菲拉特心中对朋友的思念变成了忧伤的回忆，几乎不再让人痛苦。那房子不再只是对过去的回忆，也召唤着他去寻找远去的朋友。这栋房子给菲拉特带来希望与喜悦，让他在小镇的时光没有那么难挨，仿佛只是苦日子的最后几天。

8

秋天在树叶上播撒下了温柔的印迹。秋天大地干爽，云淡风轻。收割后的原野显得凉爽空旷，原野上方荡漾着看不见的蜘蛛网。天空像一个大碗，被一张张贪婪的大嘴舔得干干净净，蔚蓝的碗底熠熠闪光。世上发生着各种各样或感人或触目惊心的事，绝不重样却同样让人惊讶。每天都有人从大地的深处或低洼处重新开启头顶这个世界，并被洋溢着希望的血脉滋养。

相对于冬天到来前对思考的恐惧，菲拉特更喜欢秋天。他感觉天更高，空气更好，呼吸更畅快。今年他听到了一些马车夫们的诉苦，洞悉到一个熟悉又崭新的秋天。而马车夫们与其说是在诉苦，不如说是在相互交流世上发生的事。他们依然相信，革命不过是愚蠢的童话，并没有感到害怕。

起初他们说，新出台的法令中铁定，土地会归还给马车夫们，和德国人也重新开打了。后来这就被淡忘了，世界上某个地方悄无声息地起了波澜，不过小镇对此一无所知。

一大群马车夫去车站向扳道工打听——是不是该拆掉铁路，把火车站的所有财产都分给人民。扳道工说，应该再等等。不过一旦明确了日期，他就会跑到镇上来通知大家，到时候千万别错过了。马车夫们每两人抬着一根枕木回家了，这样的战利品让老婆们很是高兴。当他们白拿到一样东西的时候，总是特别心满意足，哪怕这东西毫无用处。买东西他们可不喜欢——总是觉得贵。这由来已久的习惯已经在他们的性格中扎了根。要知道一整年的食物都不用花钱，是佃农们交上来的地租，房子是自己的。可衣服就是痛苦和家庭纠纷之源，因为衣服虽不用经常买，可也得花钱。

有一个礼拜日，老太太们做完日祷后聚集在教堂门前的台阶上，为镇子外面的事情伤心。她们提前准备好了斋饭，和神父约好游行去约阿基莫夫斯基修道院。菲拉特在镇子边上溜达——代东家向一个马车夫收债，可是没有收到——马车夫是个鳏夫，不愿意把房子给丈母娘，便出了家。菲拉特看见一群疯疯癫癫的老太太，被她们吓了一跳，以为自己碰上了什么倒霉事。老太太们边走边喃喃自语，撒下一些湿乎乎的头发。她们脚上满是沙土，于是撩起裙子以免弄脏，露出冰冷的瘦骨嶙峋的腿。神父走在最前面，脸没有冲着他的同路人：他年纪不大，却受到了生活的惊吓。老太太们走到了镇里的洼地，消失在灌木丛后面。菲拉特看了看自制软底鞋留下的脚印，不知怎的就想到了阁楼上那些年迈的马车夫为自己精心准备的棺材。可是女人们，无论年纪多大，都不会为自己预先订制棺材，而是穿着旧时的婚裙死去。

从战场上活下来的大兵车夫们都回到了家。他们对革命的说法各不相同：有人说，这是犹太人起义并威胁所有人，为的是独自留在世界上并完全掌控世界；有人说，这就是劫富济贫，趁城里还有东西，应该离开镇子去城里抢夺财产。

上了年纪的马车夫们劝人们祷告，并引用精确预言了今日情形的《圣经》说，应该虔诚地祈祷，直到流出来的是血而不是汗——那样人就会变成神。

“你试试吧，祷告直到流血！”斯皮利东·马特维奇狡黠地暗自想到了什么，对一个布道者说，“我们等着瞧，生命消失的时候，是不是会变成你的神！”

“我会试的，试了心里就会舒服一点！”老车夫震怒地回答，“你看看自己的内心——你现在过的什么日子：饿不死，吃不饱，人们互相埋怨，给皇帝泼脏水，对神灵也将信将疑……你看看——你头顶的苍天也在颤抖啊！”

斯皮利东·马特维奇看了看苍天：

“苍天一点儿也没颤抖：你以为神仙有时间管这些闲事儿？得了

吧，多大的事儿啊——神仙只关心你一个人！”

“我不是感觉自己多重要，可是我有灵魂——这是属于上帝的财产！”老人情绪激动地说。

“可别把这财产给任何人看见——小心让哪个农民或者无业游民给抢走了：你知道现在是什么世道吗？”

菲拉特看出来，斯皮利东·马特维奇一家过上了穷日子。他曾是镇里最聪明的人，与世无争，也从来不靠别人。战争开始前，他开着一家大商店，家底殷实。可是后来店铺和住房一起被烧毁了。斯皮利东·马特维奇挺了过来，卖了一半的地，很快又盖了房子，买了井。听说他第一个妻子生的女儿在火灾中窒息而死，于是他主动放弃了灭火，认为失去了女儿，财产也就没有了意义。那一年起，他的心开始消沉——对人变得刻薄冷漠。

斯皮利东·马特维奇爱现在的妻子——菲拉特看见过他对她不经意流露出的关心——可是他总是控制不住自己的性子，经常突如其来不由分说地揍她，其实也在折磨和煎熬自己。原因不是妻子犯了什么错，而是内心深处的痛苦已变成一种病态。斯皮利东·马特维奇自己也知道，妻子善良美丽。有时揍完她之后，他会来到草棚，抚摩着马，往地上掉眼泪。如果菲拉特在旁边，斯皮利东·马特维奇会把他赶走：

“你——菲拉特，出去，来了一大群农民，别漏收了谁的钱！”

菲拉特出门看见一个穿着士兵服装的穷人，正从饮马的水槽里用手舀水喝。

夏天转瞬即逝，乌云后面的天空暗淡下来。

一天夜里，当大地仿佛沉入了暗黑的井底，草原的边缘响起了炮声。小镇同时醒来，点亮灯，每个女主人都把惊魂未定的家人招呼在自己身边。

快到早上，枪声平息了，陌生的草原蒙上了晚间的雾气。这一天，驿镇人只吃了一顿饭。未来变得可怖，所有人都心惊胆战地等着它的到来并开始节省食品。

晚上一队哥萨克骑兵拖着四门大炮从驿镇经过。有哥萨克在菲拉特的井边饮马。斯皮利东·马特维奇卖烟给他们时打听到，哥萨克们本是要回家，可是卢涅维茨克市苏维埃不许他们带着武器离开，要求解除他们的武装，被哥萨克们拒绝。于是市苏维埃派出队伍和哥萨克们打了一仗。现在哥萨克们绕道去顿河——穿过干谷和分水岭，不走建立起了苏维埃的人群密集的河谷地带。

“这些苏维埃是从哪些人里选出来的？”斯皮利东·马特维奇问。

“谁看见过！”哥萨克漫不经心地说完便上了马，“听说是些雇农和外来人——都是些别处来的混蛋！”

“像他那样的吗？”斯皮利东·马特维奇指着菲拉特问。后者身上的衣服由于穿得太久都绽开了口。

哥萨克骑在马上回头看了一眼：

“对——就是那样的穷光蛋。”

过了一会儿，教堂钟声经久不息地响起，召唤所有伤心的人，久经生活考验的人，闭起眼睛面对绝望内心的人来做晚祷。蜡烛和哀伤叹息形成的灰白色烟雾穿过教堂门口的台阶升腾消失。乞丐们站在两侧抢地盘，算计着法事结束的时间。盲人唱诗班忧郁的歌声飘到外面，同枯死的树木的沙沙声交织在一起。有时是一个盲人女歌手独自唱诵——恭顺的祈祷变成了无法安慰的绝望，连乞丐们都停止了叫骂，乖乖地安静下来。

仪式结束后人们马上忘了这一切，开始张罗晚餐。一个精明的女人一走下教堂门口的台阶就责备丈夫说：

"瞧你们男人，就会向女人诉苦！你们倒是拿起枪，拿起矛——去村里给那帮农民讲讲道理！要不然他们把你们的房子都抢走了！你们就会祈祷上帝，像个女人家！"

可是丈夫没开腔，还哼着歌。这让妻子很生气。

"够了，亲爱的蠢货！"妻子变了脸色，一路气呼呼地走到家。回家后马车夫迅速躺上了床，转过身对着墙，数着奔跑的臭虫。

斯皮利东·马特维奇很少上教堂，即使去也是因为喜欢听唱诗班的歌声。而菲拉特从不去教堂——他的解释是没有衣服穿。

外面变冷了——当马干活儿时，菲拉特在草棚里待不住：那条近乎透明，被汗渍坏了的裤子再也没法改了，上衣也破成了冰冷的花瓣。可是菲拉特看见东家一整天只能从这口井挣到 30 戈比左右——农民们完全不来镇里了，便也不好意思要钱来缝补衣服。他知道，要是斯皮利东·马特维奇赶他走，他就完了：现在没有人招帮工——由于土地收入的损失，所有马车夫都变穷了。

一天早上菲拉特起了床，从厨房走到院子里——他感到整个世界都变样了：落下了蓬松的初雪。大地银装素裹，死一般的安详洁净。恭顺已久的树木垂下了枝条，小心翼翼地承接着白雪，空音回响的空气凝固不动。菲拉特用脚掌在雪地里留下记号后回到了厨房。

清晨，透明而美好。此刻能感觉到血管里血液的流动，而那些因自己的过错伤害到别人的尘封记忆变得异常清晰。即便是独处，也会感到羞愧炙烤着皮肤。

菲拉特想起了已被遗忘的母亲。她住在乡下，逃命去找儿子时死在了路上。可是儿子对母亲却爱莫能助——那时他正在夜牧马，在各个东家家里吃着百家饭。而一个夏天的所有工钱——10 卢布——直到秋天才拿到。好心人把母亲从路边送回了村里，没有棺材，直接挖坑埋葬了。那以后菲拉特再也没有回过自己的村子——15 年来他从没得过连续 3 天的空闲，也没有一件能在村里见人的衣服。现在村里人已经完全忘了他，而除了伊格纳特 · 波尔菲雷奇那里外，也没有一个地方让菲拉特牵挂。

在这个初雪的日子，斯皮利东 · 马特维奇说，要把马卖掉——卖井水挣不到钱，草料却很贵。菲拉特得自己找新地方。他暂时还可以住在厨房里，不过不管饭——现在不比过去了。

菲拉特没有说话。东家离开后，他碰了碰自己的身体——身体里那活下去的愿望总是带给他不幸——怎么也回不过神来。

东家自己牵着马去了村里——傍晚一个人回来了。菲拉特沿着马车水的轨迹走了一圈，有一种感觉立刻攫住了他。这感觉与伊格纳特 · 波尔菲雷奇离开后，他在垃圾场旁的空房子里独处时一模一样。

菲拉特不吃不喝地又过了一夜。早上去找马卡尔。铁匠铺十分冷清，门有一半淹埋在雪里。马卡尔在屋里自言自语地搓着绳子。菲拉特听见他说：绳子不像柳树——冬天都能生长……

马卡尔看见菲拉特，不等他开口便说：

“好人家都活不下去了，你这样的穷人，就该直接躺到雪地里，数日子等着世界末日吧！”

菲拉特转身往门口走，突然生气地边走边说：

“有的人躺到雪地里是等死，可是雪对于我来说——是一条路……”

“那就躺上去吧——还能帮你暖身子呢！”马卡尔没好气地结束了谈话，把气发到了绳子上，“你这个狗东西，就会断，拖东西的时候就没用！”

菲拉特感觉到身体里有了一种力量，仿佛他有了家，家里还有餐食和妻子。他已经不再惧怕饥饿，也不再为自己衣不蔽体而害臊。“我一无是处，过得如此潦倒，”菲拉特心想，“我降生到这个世界，不是有意为之，而是出于偶然。为此，现在就让所有人都忍受我吧，我也不会再感到痛苦。”

走到扎·瓦·阿斯塔霍夫家时，菲拉特找到主人诉说了自己的需求。扎哈尔·瓦西里耶维奇用两只聋耳朵听明白了菲拉特的意思：

“听说，昨天墓地的看门人死了——今天日祷没人打钟了，你去看看吧！”

扎哈尔·瓦西里耶维奇的妻子在洗碗，听见了丈夫的建议：

“得了吧，还看门呢——教堂的助祭自己爬上去打钟了——你耳朵聋没听见！尼基季什娜说，看门人也找到了——鞋匠帕什卡。”

“啊？哪个帕什卡？”扎哈尔·瓦西里耶维奇问，专注地眨着眼。

“就是那个帕什卡！他姐姐是利普卡！”纳斯塔西亚·谢苗诺夫娜嚷道，“去年他把母亲从坟里挖出来，找到了头发和骨头！现在想起来了？”

“啊！”扎哈尔·瓦西里耶维奇说，“帕什卡？让菲拉特去敲钟声音更响！”

9

白天还没结束，只是乌云笼罩天色昏暗。稀稀疏疏地飘起了轻柔的雪花。穿堂风让某处的窗户忧伤地吱吱嘎嘎响了起来。菲拉特想，这扇窗户的日子也不好过。

菲拉特无家可归，只好饿着肚子回斯皮利东·马特维奇家的厨房过夜。

菲拉特想，时间还早，躺下也睡不着，便去了垃圾场。

伊格纳特·波尔菲雷奇的农舍同去年一样茕茕孑立。只是通往农舍的雪地上踩出了很多条小路：乞丐们去做日祷和晚祷。

菲拉特在远处站住了：乞丐们不会让他进屋。白雪覆盖着一大堆小镇的财产，背后是暮色苍茫的草原。

远处——一个孤独的男子驾着雪橇沿着旧日的草原之路回自己的村子，身影在暮色中若隐若现。菲拉特多想和他一起乘上雪橇，回到炊烟袅袅的温暖村庄，喝一碗粥，在闷热的床上醒来，忘却昨日。可是男子已经消失在远处，看见了自己家窗户里的灯光。

菲拉特发现有人想在屋里点火，可是没有成功——可能是因为木油用完了，又买不到煤油。房门打开，传出躁动的乞丐们嗡嗡的声音，走出来一个人，手里拿着点燃的烟卷。是他在抽烟照亮了窗户。此人艰难地在雪地上挪动着残疾的双脚，整个身子俯向地面。走到菲拉特跟前时，他叹了口气说：

"这人，去趟镇子里买点面包吧——我给你一小块油脂——我的脚走不动!"

菲拉特高兴地跑去了。乞丐蹲了下来，好让自己的脚舒服一点，开始等他。

菲拉特拿着面包回来时，乞丐招呼他进了屋。

"进来暖和暖和吧。我用小刀切一半面包给你，你一个人站在那儿干吗?"

屋里比外边光线更暗，散发出肮脏的身体上穿得发馊的旧衣服的臭味。地上凳子上坐着躺着十来个人，每个人说话声音各不相同——菲拉特一个人也没看清。

乞丐们相互揭发各人的私藏，说着谁今天搞到了多少钱。

"你不用给我说，娼妇，我亲眼看见她给了你 5 戈比!"

"我找了她 4 戈比，大脸蛙!"

"才没有呢，你就别撒谎了!"女人转身走了。

"你这个红头发的恶心女人！我连一个 5 戈比的硬币都没有——你可以来找找!"

"你怎么有面包吃，甜虫？连 5 戈比都没有，我的妈呀!"

"住嘴，臭虱子！我只要叫一声，就送你去见阎王!"

一个女人站了起来，声音听上去是个年轻健康的女人。可是马上传来一个吱吱嘎嘎的洪亮的男声：

“喂，你们，又吵起来了？消停点儿吧！等天亮了，我亲自来收拾你们！”

“米哈尔·弗罗雷奇，都是菲姆卡的错！她骂我是甜虫，说我吃了一年的甜面包！”刚才那个清新的声音抱怨道。

“菲姆卡！”米哈尔·弗罗雷奇嗡嗡地说，“别惹瓦利亚，她不是甜虫：她拉泡屎——一车都运不完！”

乞丐们哈哈大笑起来，仿佛是一群幸福的人。

菲拉特站在门边听见了被瓦利亚叫作米哈尔·弗罗雷奇的那个人的声音。可是米哈尔·弗罗雷奇没再说话。

突然菲拉特的整个灵魂爆发了，他脑子一片空白，喊了出来：

“伊格纳特·波尔菲雷奇！”

乞丐们立刻安静了。

“这儿来了个什么混蛋？”安静中听见米哈尔·弗罗雷奇在问。

米沙走到菲拉特身边点燃了蜡烛：

“是你吗，菲拉特！什么伊格纳特·波尔菲雷奇？”

菲拉特双脚瘫软，听见了自己空虚的身体中巨大的心脏跳动的声音。他倚着墙轻声说：

“您还记得吗，我们仨一起在这里过冬？”

“啊！你说的是伊格纳季亚？”米沙想起来，“有这么一个人，可是不知躲哪儿去了，没和我一起。”

“他现在还活着吗？”菲拉特怯怯地问。

“如果没躺在什么地方，那就是个大活人站着呢。他有什么特别的吗？”

米沙不愿意多说，菲拉特也不好意思多问。很快米沙躺到了墙角的地上，把胳膊放到脑袋下面打起了瞌睡。菲拉特不知道自己该怎么办，就吃起那个老乞丐给的面包。

“和我们一起躺下吧，年轻人！”瓦利亚邀请道，“外面的寒气都进来啦！关上门，躺下吧！明天我们又要厚着脸皮去讨生活。唉，生活——真他妈蠢……”

瓦利亚又骂了几句才安静下来。菲拉特侧着身子在米沙旁边躺下便一觉沉睡到天亮。

米沙起得比乞丐们早，不过菲拉特也已经醒了。

“你去哪儿，米沙？”

“我有事，菲拉特。我昨天来的，没地方过夜，就来了老地方。今天我要赶远路。”

“去哪儿？”菲拉特问。

“去卢涅维茨克。伊格纳特·波尔菲雷奇在那里等我……立宪民主党人在负隅顽抗——我好不容易向省里要到了增援。”

米沙专心地收拾着背包。他掩上大衣对菲拉特说：

“你也去吗？伊格纳特·波尔菲雷奇惦记着你……不知我们还能不能见到他们——哥萨克拿下了整个草原。哪怕多一支队伍也好啊——省里答应今天就派人过去增援。也许他们是瞎说呢，这帮蠢货！他们都自顾不暇……”

米沙走到菲拉特面前，整理好他身上皱巴巴的上衣，想起了昨天的事：

“昨天我本来不想和你说话，我在想，我们什么地方能用上你。夜里醒来，看见你在睡觉，有点可怜你。我想，让他去吧——要不然这个人就完了。”

米沙回头看了一眼过夜的地方，确认没有东西落下后就动身了。菲拉特跟在他身后，忘了关门。

瓦利亚马上感觉到冷，醒了过来：

“门没关——真见鬼！”

满腹疑虑的马卡尔

在普通劳动群众中有两位国家成员：精神正常的农民马卡尔·加鲁什金和更为杰出的——列夫·丘莫沃依[1]同志。后者是全村最聪明的人，凭借其聪明才智，领导人民开展了直线奔向共同富裕运动。不过，当列夫·丘莫沃依从旁边经过时，全体村民都会这样议论他：

“瞧，咱们的领袖迈步出发了——明天就等着某项措施的实施吧……脑袋瓜好使，可惜两手空空。他就靠这点小聪明活着……”

像任何一个农民一样，马卡尔也更喜欢干些手艺活儿，而不是种地。他不关心收成，却对杂耍表演很上心。因为根据丘莫沃依同志的结论，他脑袋里空空如也。

一次，未经丘莫沃依同志允许，马卡尔擅自组织了一场杂耍表演——一个靠风力带动转圈的自制旋转木马。人群就像密密层层的乌云一样，把马卡尔的旋转木马团团围住，期待着来一场暴风吹动木马。可是暴风姗姗来迟，人们站在那里无所事事。正好在那个时

① 丘莫沃依意为“精神不正常的”。——译者注

候，丘莫沃依的小马驹跑到了牧场上，在水塘边迷了路。如果人们心绪平静，他们就能迅速抓住丘莫沃依的小马驹，不让丘莫沃依遭受亏空。可是马卡尔把老百姓弄得兴奋异常，这就导致丘莫沃依遭受了损失。

丘莫沃依没能自己追上小马驹，就来到正默默惦念暴风的马卡尔跟前对他说：

“你把人都吸引到这儿来了，没人去帮我追马驹……”

马卡尔从沉思中回过神来，因为他猜到了答案。他不会思考，一双巧手之上，脑袋却空空如也，可他却总是能马上猜出答案。

“别伤心，”马卡尔对丘莫沃依同志说，“我给你做一辆自动车。”

“什么?”丘莫沃依问。他不知道两手空空怎么做得出一辆自动车。

“用环箍和绳子来做。”马卡尔不假思索地回答道。他已经感觉到了未来的绳子和环箍的张力与转动。

“那就赶快做!”丘莫沃依说，“否则我要告你非法表演，追究你的法律责任!”

马卡尔考虑的倒不是罚款——他不会思考。他在回忆在哪儿看见过铁，可是想不起来。因为整个村子都是用初级材料建成的：黏土、稻草、木材和麻绳。

暴风最终还是没有来，木马也没有转动起来。马卡尔回到院子里。

在家里他郁闷地喝下一杯水，感觉到那水里有股涩味儿。

“为什么没有铁，应该就是这个原因。”马卡尔猜到了答案，“我们把它混在水里一起喝下去了。”

夜里，马卡尔爬进一口枯井，在井里待了一晚上，在潮湿的沙子下面寻找铁。第二天，几个农民奉丘莫沃依之命，把马卡尔从井里拖了出来。丘莫沃依害怕在社会主义建设的前线发生公民死亡事件。马卡尔两只手都拿着棕色的铁矿石块，农民们费了好大力气才把他拖出来，对他沉重的身体骂骂咧咧。丘莫沃依同志承诺，由于马卡尔扰乱社会秩序，要对他追加罚款。

可是马卡尔没有理睬他。一周之后，马卡尔等自家女人在炉子里烤完面包后，在炉子里用铁矿石炼出了铁。谁也不知道他是怎样炼出铁来的，马卡尔运用了自己灵巧的双手和默默无闻的大脑。又过了一天，马卡尔做出了一个铁质的车轮，后来又做出一个。可是每一个都无法自动行走，需要用手来旋转。

丘莫沃依来到马卡尔家问他：

“代替小马驹的自动车做出来了？”

“还没有。”马卡尔说，“我原本以为它们应该能自己转，可是它们转不动。”

“你为什么骗我，你这个榆木脑袋！”丘莫沃依公事公办地提高了声音，“那你就给我做一头小马驹出来！”

“我没有肉，要不然我就能做出来。”马卡尔拒绝了。

“你是怎么用黏土炼出铁来的？”丘莫沃依想起来问道。

“不知道，”马卡尔说，“我没记性。”

丘莫沃依立刻生气了：

“你要干吗，隐瞒开设国民经济实体的事实，该死的个体户！你不是人——你是单干户！我要罚你的款，让你学会动脑子！”

马卡尔服软了：

“丘莫沃依同志，我不会动脑子。我是个简简单单的人。”

“那就管好你的手，不懂的东西别乱做！”丘莫沃依同志对马卡尔责备道。

“丘莫沃依同志，要是我能有您那样的头脑，我也会动脑子。”马卡尔觉悟道。

“说到点子上了！”丘莫沃依肯定地说，“可是那样的脑子全村才一个，你就得听我的！”

丘莫沃依重罚了马卡尔，以至于后者不得不上莫斯科干些手艺活儿来挣钱缴纳罚款。而马卡尔的旋转木马和家业都留给了热心的丘莫沃依同志帮忙照管。

马卡尔坐火车还是 9 年前的事。那是在 1919 年，那次他搭的免费车。因为马卡尔一看样子就是个雇农，所以人家连证件都没问他要。“继续坐吧，”无产阶级警卫队员总是这样对他说，“你一穷二白，和我们心贴心。”

这一次，马卡尔同 9 年前一样，问都没人问就坐上了火车。火车上乘客很少，门开得很大，让他感觉新奇。不过马卡尔并没有坐进车厢中央，而是坐到了车厢的连接处。他想看看车轮是如何运转的。车轮转动起来，列车驶向了国家的中央——莫斯科。

列车跑得比任何马匹都快。草原向着列车迎面跑来，怎么也跑不完。

“他们在折磨机器，”马卡尔心痛车轮，“千真万确，世界如此宽广辽阔，真是应有尽有。”

马卡尔的双手安静地放着，它们自由的智慧力量进入到他空荡荡的脑袋里，他开始了思考。马卡尔坐在车厢连接器上，力所能及地思考着。可是他没坐多久，就走过来一个没有带枪的警卫队员向他查票。马卡尔没有车票，因为他认为强大的苏维埃政权已经建立，现在所有需要坐车的人都可以免费乘车。查票的警卫队员让犯了错的马卡尔在第一个小站就下车，那里有个小卖部，马卡尔不至于在两站之间偏僻的地方饿死。马卡尔看出来，虽然把他赶下了车，可是还告诉他有小卖部，这是政府在关心他。于是他向车长表示了感谢。

马卡尔并没有在第一个小站下车，虽然列车停了站，从邮政车厢卸下了信封和明信片。马卡尔想到了一个技术问题。为了让列车能开得更远，他留在了车上。

“东西越重，”马卡尔在心里比较着石头与鸿毛，“把它们扔出去的时候，飞得越远。在这趟列车上，我就是一块多余的砖，能帮助列车一路疾驰到莫斯科。”

马卡尔不想惹查票的警卫生气，就爬到了车厢下面，机械装置的深处，躺在上面休息。飞速前进的车轮那令人激动的声音，平静安稳的感觉与铁轨上沙石的景致让马卡尔睡着了，进入了梦乡。他仿佛离开了大地，在冷风中飞翔。这种奢侈的体验让他同情起地面上的人们来。

“谢廖什卡，这个轴颈那么烫！”

马卡尔被这句话惊醒，抓住了自己的脖子[①]：他的身体和所有内脏还安然无恙吧？

“没事！”谢廖什卡从远处叫喊了一声，“离莫斯科不远了，烧不坏的！”

列车停站了。工人们在检查车轴，嘴里小声地骂骂咧咧。

马卡尔从车厢下面爬出来，看见了远处整个国家的中心——首都莫斯科。

“现在我走路都能到！”马卡尔认为，“可是没了我这额外的重量，列车就不一定到得了了！”

马卡尔走向矗立着高塔、教堂和威武建筑的方向——科学技术之城，好让自己生活在殿堂与领袖们智慧大脑的荫蔽之中。

马卡尔把自己从列车上卸下来之后，便向着隐约可见的莫斯科——他向往的中心城市进发。为了不迷路，马卡尔沿着铁轨行走，一路密集的站台让他眼花缭乱。一处站台旁边生长着一片松树和枞树林，树林里有很多木屋。树木长得稀稀拉拉，树下扔着糖纸、酒瓶、香肠的外皮和各种废品。在人的压迫下，这里寸草不生，树木也饱受折磨长势堪忧。马卡尔对大自然的这种状况不太明白：

“要么是这里住着特别坏的坏蛋，连植物遇到他们都没有活路。这太让人伤心了：人在一片荒漠中生息繁衍！这儿哪儿有科学技术？”

---

① “轴颈”和“脖子”是同一个词。——译者注

马卡尔痛惜地看了一眼自己的胸脯，继续往前走。站台上堆着车上卸下来的空牛奶桶，装满牛奶的已经被送进车厢。马卡尔若有所思地停住了脚步。

“又不讲技术!”马卡尔对这一现象大声发表了评论，“把牛奶装在容器里运输——这是正确的：城里也有孩子，等着喝牛奶。可是空桶为什么也要用车来运输？这是白白浪费技术，都是大容量容器啊!”

马卡尔走到管理空桶的奶业部门负责人面前，建议他修建一条从此处直达莫斯科的牛奶管道，以免让火车来回运送空牛奶桶。

奶业部门负责人听完马卡尔的话——他尊重群众，可是他建议马卡尔去找莫斯科，最聪明的人都坐在那里，他们负责所有的修缮工作。

马卡尔生气了：

“是你在运牛奶，不是他们！他们只管喝，看不见对技术的浪费!”

负责人解释：

“我只管上货，我是执行者，发明不出管道!”

于是马卡尔满怀疑虑地扔下他走了，一直走到莫斯科。

到莫斯科已是上午。数万人在大街上疾走穿行，就像农民在收割庄稼。

“他们要干什么?”马卡尔站在人潮中暗想，“可能这里有不少大工厂，给边远乡村的人民提供衣服鞋帽!”

马卡尔看了看自己脚上的靴子，对奔忙的人们说了声“谢谢!”——如果没有他们，他可能还赤身裸体。几乎所有人胳膊下面都夹着皮包，可能里面装着做靴子的蜡线和钉子。

“可是他们干吗要跑，白费力气?”马卡尔百思不得其解，“就让他们在家里干活多好，用马车把吃食给他们一个个送到院子里去!”

人们行色匆匆，纷纷爬上弹簧都被完全压弯的有轨电车，为了有益的劳动不吝惜自己的身体。这让马卡尔非常满意。“都是好人,”他想,“他们要赶到自己厂里不容易，可是他们心甘情愿!”

马卡尔喜欢上了有轨电车，因为它们可以自己开行。司机只是坐在车厢前面，轻轻松松，好像什么也没干。马卡尔毫不费力地爬进了车厢，因为他是被后面匆忙的人群推上去的。车厢运行平稳，地板下面，机器那看不见的力量发出低吼。马卡尔听着这声音，很是同情。

“可怜的工作者!”马卡尔想的是机器，“干活多费力气！好在它是在把有用处的人们送往目的地——节约他们的双脚!”

一个女人——有轨电车的女主人——把票递给人们。可是马卡尔为了不让女主人为难，就没有要票。

“我——嗯!”马卡尔说完就从旁边走过去了。

人们对着女主人叫喊，让她按要求把一个东西递给自己，女主人答应了。

为了检验一下递的是什么东西，马卡尔也说道：

“女主人，也按要求把东西给我。”

女主人拽了一下绳子，电车原地站住了。

“按要求让你下车!”

公民们对马卡尔说着，把他往外挤。

马卡尔走到了空气中。

那是首都的空气，散发着令人激动的汽车尾气和电车刹车的铁灰味道。

“哪里是国家的正中心?”马卡尔问一个路人。

那人用手指了指，把烟头扔进了路边的垃圾桶里。马卡尔走到垃圾桶跟前，也往里吐了唾沫，为的是有权利享受城市里的一切。

高耸的楼房脏兮兮的，以至于马卡尔都有些同情苏维埃政权：它要维护好这些住宅也挺不容易。

在十字路口，警察把红棍子的一头高高举起，左手则对着赶大车运黑麦面粉的人攥紧了拳头。

“这儿的人不尊重黑麦面粉，”马卡尔在脑子里总结道，“这儿的人吃白面包。”

“这里的中心在哪里?”马卡尔向警察打听。

警察给马卡尔指了指山下面说：“大剧院旁边就是。在洼地里。”

马卡尔往山下走，不知不觉来到两片鲜花盛开的草地。广场的一侧是一面墙，另一侧是一座有很多柱子的房子，柱子上顶着四匹铁马。完全可以把柱子做得细一些，因为四匹马没有那么重。

马卡尔开始在广场上寻找挂着红旗的旗杆，这应该是中心城市的中央和整个国家中心的标志。可是他没找到，只有一块写着字的石头。马卡尔靠在石头上，好在这中心位置站一站，感受一下对自己和整个国家的敬意。马卡尔幸福地叹了口气，感觉到饿了。于是他往河边走去，看见人们正在修建一座摩天大楼。

“这儿在修什么?”他问一个路人。

“用钢铁、水泥和明亮的玻璃在修建永恒之家。”路人回答。

马卡尔决定过去看看，希望在工地上干干活儿，找口饭吃。

大门边有警卫。警卫问他：

“你干什么，乡下人?”

“我想找点儿活儿干，要不然我会变瘦。”马卡尔宣称。

“你什么证件都没有，在这儿能干什么?”警卫阴沉着脸说。

这时走过来的一个泥水匠听见了马卡尔的话。

“来和我们雇工一起吃大锅饭吧，工友们会给你饭吃的。”泥水匠帮了马卡尔的忙，“你没法马上到我们这儿上班，你是个无业游民，也就是说没有身份。你要先去工人联合会登记，通过阶级审查。”

于是马卡尔就去和雇工们一起吃大锅饭。为了将来的美好生活，先要好好活着。

在莫斯科那处被路人称为永恒之家的工地上，马卡尔安身下来。他先饱餐了一顿雇工们营养丰富的黑粥，然后就去视察工地的劳动情况。的确，地上到处都挖了坑，人们忙忙碌碌，不知名的机器在往地里打桩，水泥自动从凹槽里流出来，还能看见其他各种劳动场景。看得出，大厦正在建设中，虽然为谁而建尚不得而知。马卡尔并不关心谁可以住进去——他感兴趣的是将来能造福所有人的技术问题。马卡尔在家乡的领导——列夫·丘莫沃依同志当然恰好相反，他关心的是未来大厦的住房分配问题，而不是水泥柱。可是马卡尔只有智慧的双手——没有脑子。因此他只考虑如何生产的问题。

马卡尔视察了整个工地，发现工作进展迅速且顺利。可是马卡尔心中泛起一阵惆怅——暂时还不清楚是何种惆怅。他走到工地正中，用目光扫视了一遍整幅劳动画面：显然，工地上有某些东西短缺，有些东西被损耗，可究竟是什么，并不清楚。只是在马卡尔胸中生出一种诚心诚意的工作上的焦虑。由于操心，也由于吃得太饱，马卡尔找到一个僻静的地方进入了梦乡。马卡尔梦见了湖泊、小鸟、久已遗忘的乡村小树林，却没看见工地上需要和短缺的东西。于是马卡尔醒了过来，忽然明白了工地上的不足之处：工人们把水泥装进铁架子里来砌墙。这可不是技术活，这是体力活儿！要体现出技术，应该用管道把水泥送上去，工人只需要托住管道就行了，这样也不会累。采用这样的方法，红色的智慧力量就不会沦为干体力活的大老粗。

马卡尔马上去找莫斯科科技办公室。那个办公室坐落在低洼地带一栋火都烧不坏的结实大楼里。马卡尔找到门边一个小个子，对他说，他发明了一种建筑传送带。小个子仔细听了他的陈述，甚至还详细询问了些马卡尔也不知道的情况，然后就让马卡尔上楼去找文书专员。文书专员是个有学问的工程师，可是不知为什么他决定在纸上谈兵，而不用双手实干建筑事业。马卡尔给他讲了传送带的事。

“房子应该不是盖，而是浇筑。”马卡尔对有学问的文书专员说。

文书专员听完总结道：

“发明家同志，您如何证明，您的传送带比寻常的混凝土灌注更省钱?”

“我对此有明显感觉。”马卡尔证明道。

专员暗自想了想，打发马卡尔去了走廊尽头。

“那里会给贫穷的发明家每人提供一卢布饭钱和返程的火车票。”

马卡尔领到了一卢布，可是没有要火车票。因为他决定要义无反顾地向前生活。

在另一个房间给马卡尔出具了去找工会的介绍信，好让他作为劳动群众和传送带的发明家，得到更多的支持。马卡尔想，工会今天就会给他发明传送带装置的钱，于是兴高采烈地去了。

工会位于一栋比科技办公室更大的楼房里。马卡尔在工会大厦里转了两小时，寻找群众的领导。可是他的名字写在纸上，人却不在办公室——他去别处关心别的劳动人民了。傍晚时分，领导回来了。他吃完了煎鸡蛋，看完了自己的女助手——一个容貌可爱思想先进的大辫子姑娘——递进来的马卡尔的介绍信。姑娘去出纳那里又给马卡尔拿来一个卢布。马卡尔像失业的雇工一样，签字领了钱。介绍信被退还给马卡尔，上面加上了一行字：“罗平同志，请从工业路线帮助我们的会员安排他的传送带发明工作。”

马卡尔非常满意，第二天就去找工业路线，希望见到罗平同志。警察和路人都不知道这条路线，于是马卡尔决定自己找。大街上各处悬挂的宣传画和红布上，都写着马卡尔要找的这个机关名称。宣传画上明确写着：全体无产阶级都应坚定地站在工业发展路线上。马卡尔一下子恍然大悟：应该先找到无产阶级，无产阶级脚下就是路线，罗平同志就在旁边。

“民警同志，”马卡尔说，“请为我指一条通往无产阶级的路。”

民警拿出一本书，在上面找到了无产阶级的地址，把地址告诉了心怀感激的马卡尔。

马卡尔在莫斯科城里寻找无产阶级。城市中奔忙的公共汽车、无轨电车和人们的双脚所耗费的巨大能量让他震惊。

“需要多少食物才能养活那么多张嘴啊！”马卡尔脑袋里盘算着。当他的手闲下来，脑袋就开始思考了。

心事重重的马卡尔终于找到了哨兵指点给他的那栋房子。那房子原来就是贫民阶级在夜里可以安放脑袋的临时安置地。革命之前，贫民阶级直接把脑袋放到土地上。头顶上虽有雨雪风霜，但是疲惫的脑袋仍然能躺下就睡着。现在贫民阶级的脑袋躺在了铁屋顶、天花板下面的枕头上休息，曾经直接睡在地球表面的贫民的头发，再也不会被夜风吹乱。

马卡尔看见了好几栋整洁的新房子，对苏维埃政府感到满意。

“政府真不错！”马卡尔评价道，“只是别惯坏了它。因为它是我们的！”

同所有莫斯科住宅一样，安置点里也有一间办公室。要是没有办公室，马上就会陷入混乱。抄写员们会赋予生活缓慢却正确的进程。因此马卡尔很尊敬他们。

“就让他们这样生活吧！”马卡尔认为，“他们既然领薪水，就要思考问题。既然他们的职位让他们思考问题，那他们就会变成聪明的人。我们需要他们！”

“你来干吗？”安置点的管理员问马卡尔。

“我要当无产阶级。”马卡尔告诉他。

“什么层次？”管理员问。

马卡尔想都不用想——他早就知道需要什么了。

“下层，”马卡尔说，“下层人多些，真正的群众就在那儿。”

“啊哈！”管理员明白了，“你得等到晚上，看看还有谁来，你和他们一起去过夜，可能是要饭的，也可能是季节工人……”

“我想和社会主义的建设者们一起！”马卡尔请求道。

“啊哈！”管理员又明白了，“这么说，你是想和修建新大厦的人一起？”

马卡尔感到怀疑：

“大厦早就在修了，列宁没了的时候就有了。空房子里能有什么社会主义？”

管理员也沉思起来。其实他也不知道社会主义应该是什么样，在社会主义里会不会有特别的欢乐？又会是什么样的欢乐呢？

“房子是以前就修了，”管理员同意道，“只是当时里面住的是坏蛋。现在我给你开个条子，让你去新房子里过夜。”

“对，”马卡尔高兴起来，“这就是说，你是苏维埃政府的好帮手。”

马卡尔拿上条子，坐在修完房子无家可归的一堆砖头上。

“我屁股下面的砖头，”马卡尔思考着，“也……而无产阶级把这些砖头生产出来又折腾它们：苏维埃政权太小了——看不见自己的财产！”

马卡尔在砖头上一直坐到傍晚，按顺序看着太阳落山，灯光熄灭，麻雀从粪堆里消失归家。

无产阶级终于出现了：有的拿着面包，有的没拿；有的一脸病容，有的疲惫不堪。可是由于长时间的劳动，所有人都面容可爱，由于疲惫，所有人都显得很面善。

等到无产阶级们都四仰八叉地躺到国家的床铺上，在白天的劳动后喘气歇息，马卡尔勇敢地走进安置点大厅，站在中央宣布：

“劳动工人同志们！你们生活在莫斯科这座亲切的城市，国家的中心力量之中，这里价值混乱、浪费……”

无产阶级在床铺上动了起来。

“米特里！”一个宽广的嗓音低声说，“轻轻给他来一下，让他正常点儿……”

马卡尔并不生气，因为他面对的是无产阶级，而不是敌对势力。

“不是你们所有人都意识到了，”马卡尔说，“装牛奶的牛奶罐用珍贵的机器来运输，可它们是空的——都喝光了。只需要一些管道和活塞泵就可以解决问题……盖房子和窝棚时也是如此——应该用传送带浇筑，可你们却是小敲小打地修建……为了社会主义和其他公用设施尽快建成，我都把传送带设计出来了，免费拿给你们……”

“什么传送带？”那个看不清模样的无产阶级用低沉的声音问道。

“自己的传送带。”马卡尔肯定地说。

一开始，无产阶级们都沉默了。后来一个清晰的声音从远处的角落里吼了几句，马卡尔听见了风一样的话语：

“我们的力气不值钱——我们就是小敲小打也能把房子盖好。对我们来说，心灵才是最珍贵的。既然你是一个人，那么重要的不是房子，而在于心灵。我们所有人都在这里精打细算地干活，在劳动保护中生活，在工会中盖房子，在俱乐部里消遣，我们并不关注彼此——只是法则让我们共处……既然你是个发明家，就给我们心灵吧!”

马卡尔一下子丧气了。他发明过各种各样的东西，可是从来与心灵无关。而对于这里的人们来说，这才是最重要的发明。马卡尔在国家的床铺上躺下，安静下来，怀疑自己这一辈子从事的都不是无产阶级事业。

马卡尔睡了没多久，因为他在梦里开始难过，这难过变成了他的梦境：他梦见一座山，或一处高地，山上站着一个科学之人。马卡尔躺在山脚下，像一个睡眼惺忪的傻瓜，仰望着科学之人，等着他要么开口说话，要么有所行动。可是那人站在那里一言不发，也不看悲伤的马卡尔。他只考虑整体规模，并不考虑马卡尔这个个体。远处呈现出的未来群众生活的霞光照亮了这个最有学问的人的脸。由于身居高处放眼远方，他的眼神可怕，死气沉沉。科学之人没有说话，马卡尔躺在梦里伤心。

“为了能让自己和别人都需要我，我在生活中应当做些什么?”马卡尔问完就吓得闭了嘴。

科学之人依然沉默不答，数百万活生生的生命映照在他死气沉沉的双眼中。

于是马卡尔诧异地沿着死亡的沙土地爬上了高处。在一动不动的科学之人面前，他三次感到了恐惧，恐惧又三次被好奇驱散。如果马卡尔是个聪明人，他就不会爬那么高。可他是个落后的人，在没有感觉的脑袋下面只有一双充满好奇的手。出于自己愚蠢的好奇心，马卡尔爬到了最有学问的人跟前，轻轻碰了碰他巨大厚实的身体。这一碰，那陌生的身体像个活人似的动了一下，又立刻在马卡尔面前崩塌，因为他本来就是死的。

马卡尔被猛击一下醒来，看见了自己脑袋上方安置点的监督员。他用茶壶碰了碰马卡尔的头，好让他醒过来。

马卡尔在床上坐起身，看见一个脸上长着麻子的无产阶级，正小心翼翼地用茶碟里的水洗脸，却滴水不洒。马卡尔对这种用一点点水把脸洗干净的方法很是惊讶，问麻子：

“所有人都上班去了——为什么你一个人还站在这儿洗脸?”

麻子把打湿的脸靠在枕头上蹭干，回答道：

“干活的无产阶级很多，思考的却很少——我让自己替所有人思考。你懂我的意思了？还是因为愚蠢压抑不开腔?”

“因为痛苦和怀疑。”马卡尔回答。

“啊哈，那咱们走，咱俩一起来帮所有人思考。”麻子想了想，发表了意见。

马卡尔站起身来，打算和那个名叫彼得的麻子一起走，去找到自己的用途。

一大群形形色色的妇女向着马卡尔和彼得迎面走来。她们身上紧绷绷的衣服告诉人们，女人宁愿赤身裸体。其实很多男人也这么想，不过他们穿衣服更自由。成千上万伟大的女人和男人，吝惜自己的身体，他们乘坐小汽车和轻便马车，甚至挤进前胸贴后背，被压得吱嘎作响的有轨电车里，都毫无怨言。坐车的和走路的人都形色匆匆，脸上带着科学的表情。这与马卡尔在梦中观察到的那位巨人十分相似。对科学文化人物的不断观察使马卡尔的内心感到恐惧。他求助地看了看彼得：这位莫非也是目光深远的科学之人？

“难道你懂得所有科学，能看得非常远？”马卡尔怯生生地问。

彼得集中起自己的意识：

“我吗？我像伊里奇·列宁那样摆出傲慢的样子：看看远处，又看看近处；看看左右，也看看前后，还看看上面。”

“对，对！”马卡尔放心了，“前几天我看见了一个科学巨人：他只往远处看，而他身边——大约两俄丈的地方——躺着另外一个人，无助地受痛苦。”

“那当然！”彼得睿智地说，“他站在斜坡上，觉得一切都很遥远，近处也平安无事！而另一个人只往自己脚下看——既不要磕磕绊绊，也别撞个半死——便认为自己是正确的，老百姓那慢条斯理的生活没有意思。兄弟，我们可不怕脚下艰难的土地。”

“我们的老百姓都穿上鞋了！”马卡尔肯定地说。

可是彼得的思绪没有受到任何影响，还在发散向前。

“你见过共产党吗？”

“没有，彼得同志。共产党我没见过！我在乡下见过丘莫沃依同志！”

“精神不正常的同志在这里多了去了！我说的是这个眼光精准的党。当我参加党内会议的时候，总感觉自己是个傻瓜。”

“怎么会这样，彼得同志？你看上去完全就是个懂科学的人呀！”

“因为我的身体在吞噬智慧。我渴望美食，可是党对我说：我们下一步要建设工厂——没有钢铁，面包也长不好。你明白这是怎么回事吗?”

“明白。”马卡尔回答。

他像个知识人一样，一下子就能理解那些建造机器和工厂的人。马卡尔从生下来就在观察黏土一稻草的乡村，他认为如果没有冒烟的机器，乡村命运堪忧。

“对，”彼得说，“你说过，你不喜欢前几天见到的那个人！我既不喜欢他，也不喜欢党，他是愚蠢的资本主义的产物，我们要让这样的人逐渐走下坡路!”

“我也有所察觉，只是不知道到底怎么回事!”马卡尔说。

“既然你不知道是怎么回事，就在生活中听从我的领导。否则，你就会不可避免地在下坡的岔路上越滑越远。”

马卡尔把目光转到莫斯科市民们身上。他心想：

“这里的人们吃得饱饱的，面容整洁，生活富足——他们本该大量繁殖，可是却没看见这里有孩子。”马卡尔把这个发现告诉了彼得。

“这儿不是大自然，而是有文化的地方。”彼得解释说，“这里的人们不是靠大量繁殖，而是按家庭生活。这儿的人不用生产劳动也有饭吃……”

“那是怎么回事?”马卡尔大吃一惊。

“是这样，”知识渊博的彼得告知，“别人把一个思想写在纸上——就凭这个，他们全家就能吃上一年半载的饭……还有一些人什么也不用写——他们的生活就是教训别人。”

马卡尔和彼得一直走到傍晚，参观了莫斯科河、大街小巷、卖针织品的小店，他们饿了。

“咱们去民警局吃饭。”彼得说。

马卡尔去了，他以为民警局里会管饭。

“我来说话，你别开腔。表现得伤心点儿！”彼得预先给马卡尔打好了招呼。

民警分局里蹲着抢劫犯、流浪汉、兽性大发的人和其他不幸的人们。值班民警面对所有人坐着，一个接一个地接待处理。一些人被他送进班房，另一些人被送进医院，还有的人被遣返。

等彼得和马卡尔排到时，彼得说：

“长官同志，我在大街上帮你们逮住个疯子。我抓住他的手把他带过来了。”

“你为什么说他是疯子？”分局值班民警问，“他在公共场所违反什么规定了？”

“也没什么，”彼得直言不讳地说，“他现在只是情绪激动地走来走去，可是以后就会伤人杀人，那时候你再来审判他吧！同犯罪行为最好的斗争——就是预防犯罪。我这就是在预防犯罪。”

“有道理！”长官同意，“我马上把他送到精神病研究所进行观察。”

民警开了介绍信，又犯起愁来：

“可是没人押送他过去——所有人都在跑外勤……”

“我把他带过去，”彼得提议道，“我是个正常人。疯子是他。”

“快去吧!”民警高兴起来，把介绍信递给彼得。

一小时后，马卡尔和彼得来到了精神疾病研究所。彼得说，民警分局派他押送这个危险的傻瓜过来，一刻也不能离人。傻瓜什么东西也没吃，马上就要开始发狂。

“去厨房，那儿会给你们吃的。”一个好心的护士告诉他们。

“他食量很大，”彼得拒绝了，“他要吃一锅菜汤加两锅粥。让人送到这儿来，要不然他会往大锅里吐。”

护士公事公办地下了指令，有人给马卡尔端来三份美餐。彼得和马卡尔一起饱餐了一顿。

很快就有医生来接诊，开始了解马卡尔的思想状况。由于马卡尔对自己的生活一无所知，他回答医生的问题时，的确表现得像个疯子。医生给马卡尔做了检查，发现他的心脏中有多余的血液在沸腾。

“应该把他留下进行测试。”医生对马卡尔的病情下了结论。

于是马卡尔和彼得留在了精神病院过夜。晚上，他们去了阅览室，彼得开始给马卡尔朗读列宁的书。

“我们的机关是——大便，”彼得读着列宁的著作，而马卡尔惊异于列宁智慧的精准，“我们的法律是——大便。我们善于在纸上下命令，却不善于执行。在我们的机关里坐着一些与我们为敌的人，而我们的其他同志则成了高官显贵，像弱智一样工作……”

其他病人也专心听着列宁的文章——他们以前并不知道，列宁洞悉了一切。

“千真万确！”病人们和工人农民们都发自内心地连声赞叹。

“我们的机关需要更多的工人和农民，”麻子彼得继续读，“社会主义应当用人民大众的双手来建设，而不是靠我们机关里的官员们纸上谈兵。我相信，总有一天我们会为此惹上麻烦……”

“看见没有？”彼得问马卡尔，“机关里的问题连列宁都伤脑筋，可我们还在东奔西走，还躺在这儿。书里写的就是活生生的革命……我要把这本书偷走，因为这儿也是机关。明天咱俩随便去一个办公室，告诉他们，我们是工人农民。咱俩要在机关里坐下来，为国家思考。”

马卡尔和彼得看完书就躺下睡觉了。他们在精神病院里忙碌了一整天，该休息了。再说，明天他俩还要去为列宁号召的全体贫农的事业做斗争呢。

彼得知道应该去哪儿——去工农监察局，那里有喜欢告状的人和各种苦恼的人。监察局走廊里，第一扇门开了个缝，里面没有人。在第二扇门的上方挂着一个言简意赅的牌子：“谁找谁？”彼得和马卡尔便走了进去。房间里除了列夫·丘莫沃依同志外，别无他人。根据贫农们的意愿，他离开了自己的村子，坐上了这个位置从事管理工作。

马卡尔并不害怕丘莫沃依，他对彼得说：

“既然说‘谁找谁’，那我们就找他……”

“不，”彼得经验老到地反对，“我们的背后是国家，我们可不是软面条。我们去楼上。”

在楼上有人接待了他们，因为那里的人在关心着老百姓和下层人民的聪明才智。

“我们是阶级成员，”彼得对上级领导说，“我们积累了智慧，给我们权力来战胜写写画画的压迫人的臭婊子……”

“拿着。这是你们的。”上级说完把政权递到了他们手中。

从那以后，马卡尔和彼得就坐到了列夫·丘莫沃依对面的办公桌后面，同来访的贫苦群众交谈，在同情穷人的基础上，用智慧来决定一切事情。很快，人们不再到马卡尔和彼得的机关里来，因为他们考虑问题太简单，就连穷人自己也能想到，做出那样的决定。劳动人民开始待在家里自己为自己出主意。

列夫·丘莫沃依一个人留在了机关里，因为没有书面文件让他离开。他一直干到“消灭国家工作委员会”成立，又在这个委员会里工作了44年。最后死于遗忘与他那缜密的国家智慧所效力的文牍事务中。

谢　苗（旧时故事）

在这个悠长的夏日里，七岁的男孩忙了一整天：他忙着照看两个弟弟。最小的妹妹暂时由母亲照料，七岁的长子暂时还不用管。可是他知道，过不了多久，妹妹也就该归他管了，因为妈妈的肚子又鼓了起来。不过妈妈告诉儿子，这是因为她吃得太多了。七岁的谢苗·坡诺玛列夫的父亲和母亲都是善良人，因此母亲总是不停地生孩子：刚奶大一个，又怀上了下一个。

"让他们活下来吧，"父亲得知妻子又怀上后说，"干吗让他们在那儿受罪？"

"爸爸，他们在那儿的什么地方？"谢苗问，"他们在那儿是死的吗？"

"还能是什么样的？"父亲说，"既然他们没有和我们一起生活，那就是死的。"

"他们在那儿难受吗？"谢苗又问。

"你看，大家都往这边爬——这就是说，那边不好受。"父亲说，"和我们在一起，他们过不上什么好日子：你已经是个大人了，你自己也知道。可是在那边还更糟……"

“我们过得不好。”妈妈说着，把嚼碎的面包塞进小女儿嘴里，“唉，不好……”

父亲用怜爱又坚毅的目光看了一眼母亲。

“没关系。让他们长大吧，他们活不下来会更糟糕。”

谢苗出生后只休息过三四年，以后就再也没有了幼年时光。父亲用篮子和铁轮子自制了一个推车，母亲忙着做饭的时候就让谢苗推着小弟弟在院子里遛弯儿。白天小弟弟睡觉，不过很快就会醒来哭闹——他就得又推着弟弟在院子里绕圈儿——经过草棚、厕所、通向花园的小门，走过厢房、篱笆，走过通往大街的大门，又走向草棚。后来，谢苗的另一个弟弟出生了。等他长大一点，谢苗就把他俩都放进推车，推着他们在院子里绕圈儿，直到精疲力竭。累极了，他就向窗户里的妈妈要面包吃，妈妈会递给他一块，于是谢苗又认真地双手撑在推车上向前推，在干草堆、垃圾、石块和院子里稀疏的荒草间久久地游荡，间或打个盹。他会用惺忪的睡眼看着它们，也会同它们轻声耳语，或者暗想，它们和他是一样的。这样他就不寂寞了。它们——干草堆、野草——虽然默不作声，但也不会寂寞。有时谢苗会同推车里的弟弟们说说话，可是他们听不懂，还爱哭。如果他们哭得太久，谢苗就会惩罚他们，打一下每个人的小脑袋。不过他很少这样做。谢苗看出，他的弟弟们很可怜，他们哭泣可能是害怕把他们赶回出生前，他们还是死人的那个地方。“让他们活下去吧”，谢苗同意这个说法。谢苗会不时问窗里的妈妈：

“妈妈，差不多了吧？”

“没有，没有，再玩一会儿！”妈妈从房间里回答。

她在那儿忙碌着：喂养、安抚最小的女儿；浆洗缝补，擦洗地板；精打细算，抱着小女儿去捡仓库旁男人们拉车时从车上掉下来的木柴。男人们从来不捡，好让马轻松一些——木柴是别人的，马却是自己的。

谢苗的父亲是个铁匠。他工作的铁匠铺旁有条公路，通向一千多俄里之外的莫斯科。父亲在家只是睡个觉，他早上第一个醒来，拿上一片面包就出门了。无论冬夏，总是天黑才回到家，这时大儿子谢苗通常都睡了。父亲躺下前，会跪在熟睡的孩子们中间，给他们盖好被子，抚摩每一个小脑袋。他不会表达，自己是多么爱他们，疼他们。他仿佛是在请求他们谅解这贫穷的生活。然后父亲在母亲身边躺下——她和孩子们并排睡在地上，把自己冰冷、冻僵的双脚放在她脚上，睡着了。

早上孩子们醒来就开始哭闹——他们要吃，要喝。此外，活着对他们来说还是一件感觉奇怪、不习惯的事。他们身体里有地方经常在疼，因为那里还没有长出骨头。只有谢苗一个人不哭，他默默忍受着饥饿，开始照顾弟弟们。然后和母亲一起吃弟弟们吃剩下，偶尔还是已经腐烂，却舍不得扔掉的食物。母亲已经活了很久了，饥饿的时候不至于太难受。而谢苗却会一直忧郁到中午。他伤心地用推车推着弟弟们，他的心因饥饿而疼痛。他大声哭泣，低声呜咽，好让自己忘掉饥饿。弟弟们从推车里望着他，看见他们的哥哥害怕了，也吓得大叫起来。于是谢苗就从炉灰堆里找出一块木炭，或者从厢房的墙上掰下一块石灰递给弟弟们。他们拿过木炭总是又吸又啃，津津有味，止住了叫喊。谢苗把弟弟们推到草棚外面。在那里，灌木丛、篱笆和草棚的墙之间长着牛蒡，堆放着铁皮和生活垃圾。他自己却走到了街上。他走过别人家的房子，睁大眼睛寻找着地上的东西。他最希望能找到一小块苹果或胡萝卜。当他找到并吃下去，便高兴得心不那么疼了，笑起来，迅速跑回弟弟们身边。没有他的照看，他们可能会爬出推车，爬向未知的地方并永远消失。谢苗边跑边撩起自己衬衫的下摆，看着自己的肚子。他觉得，那里还住着另外一个人，时而折磨他，时而又爱抚他。可是那里最好不要有任何人，最好能一个人无忧无虑地生活。

弟弟们真的自己出了推车——其中一个刚刚学会爬，而另一个已经能走了。会走的那个没能走远，面前的很多东西挡住了他——挡住了他的额头、肋骨、肚子，他很快就摔倒在地疼得哭了起来。刚会爬的小弟弟别奇卡处境危险，他的身体还是软软的，因为幼小显得胖乎乎。他爬得很慢，面前的东西不容易碰到他。他慢慢地往篱笆下面的缝隙爬去，藏在了远处别人家院子里的草丛和灌木丛里，或者在狗窝里睡着了。

谢苗把弟弟们重新送回推车里，边推车边给他们讲故事：世上有各种雨和闪电；城里有各种富人住的高楼，他们活了很久，见多识广；他有一座位于森林边上的铁房子，夜里他会过去，一个人住在那个吓人的地方，因为他是群狼之王。弟弟们又害怕又信任地听着他的故事。小弟弟别奇卡没听明白多少，可是也害怕。谢苗也津津有味地听着自己的故事，虽然他并没有铁房子，他也不是夜里的狼群之王，可是他却为自己的幻想感到幸福。弟弟们盯着谢苗，张大嘴，忘记了眨眼，仿佛盯着一个可怕的大人物。他们没什么可说的，他们就会说几个词儿，因此孩子们就不知所云地听着。

可是谢苗忽然可怜起自己的两个弟弟来，他们的智力水平还不足以想象出自己过上了好日子，他们还来不及学会热爱自己的生活。孩子们信任又可怜地看着自己的哥哥，眼神中没有甜蜜快乐、想象或骄傲。幸福在哪里发生——在他们身上或他们之外的另一人身上，对于他们无关紧要。只要幸福存在，并且他们确信不疑地知道就够了。

“我不是王，我故意的。”谢苗伤心地说，“如果真是那样的话，我就能拿些钱或者牛肉回家了。我们家什么都缺，什么都不够……”

“你去偷点牛肉给妈妈吧！”谢苗五岁的弟弟扎哈尔卡说，“妈妈愁得头都疼了，她给我说过。”扎哈尔卡已经会收集煮茶后剩下的炭渣，吃饭时会监督妈妈，不要多给他盛——爸爸吃得应该比他多。给谢苗的只能多一点点，给别奇卡的应该最少。他还没长大，会吃撑的。

一天，午饭前妈妈把谢苗叫到窗前，让他赶快回家。她开始了产前的阵痛，打发谢苗去请接生婆卡比什卡。不一会儿，谢苗就牵着老太太的手回来了。他早就认识她。卡比什卡只有一颗上牙，她用这颗牙抓住下唇，要不然嘴唇就会往下掉，露出空荡荡的口中黑洞洞的深渊。晚上要做梦时，卡比什卡就用带子把下颌系上，要不然做梦时嘴张开，苍蝇就会在嘴里聚集，寻找暖和的地方。卡比什卡的脸长得越来越像男人，由于年老，也许是由于凶恶，脸色发青，上唇还长出了灰色的小胡子。老太太很瘦，谢苗牵着她的手回家时，仿佛听见了她身体里筋骨摩擦的沙沙声。

卡比什卡从母亲手里抱过最小的妹妹递给谢苗，让他过很久再回家。谢苗把妹妹放在推车里两个弟弟中间，告诉他们，妈妈又生了，现在他们的日子会更加难过。他把孩子们推到鸡窝旁的安静处，他们都在那里睡着了，因为已过中午，早该吃午饭了，妈妈却病了。谢苗摇了摇童车，好让孩子们睡得更沉，自己却回家躲进了暗处的干草堆里。他想听听，人是怎么生下来，如何活下来的。痛苦和恐惧让他浑身战栗。母亲在房间里时而叫喊，时而呻吟，时而低语。卡比什卡把各种器具弄得叮当作响，把布撕成条，就像在干些日常家务。

“你别哭，别难过，我的小女儿！”卡比什卡对谢苗的母亲说，“让我挨着你躺着，也许你能好受点儿！”

卡比什卡喘了一阵粗气，房间里安静下来。可能老太太挨着母亲躺到了铺在地上的褥子上。只听见母亲频繁又艰难的喘息，仿佛急于消耗掉自己的痛苦。

“你觉得难受，他又会感觉怎么样？”卡比什卡说。

“谁？老妈妈？”母亲尽量不让自己疼得哭出来，飞快地问。

“正在出生的孩子！”卡比什卡说，“他的灵魂正在往他身体里钻，进入最黑暗的地方，身体的中央。所有的筋都绷紧了……你倒好，生完了，笑一笑，又怀上了，你在干什么啊？”

“我再也不生了。”母亲伤心地说。

“真的不生了？”老太太说，“我才不信你呢！再说了，小女儿，你不把他们生出来，你整个人就会发蒙、腐烂、发酸，你就想不起来，自己过了一辈子，你会显得凶狠……还是受苦吧，至少能知道，你好好生生地活着!”

母亲又呻吟起来。

“又难受了?”卡比什卡说,“鼓气,鼓气,使劲鼓气!我们一起来,我也要生孩子了!”老太太也开始发出鼓气的哼哧声。为了安慰产妇,她做得比母亲还用力,希望哪怕是看起来能为她分担一部分痛苦。

谢苗因期待和忧伤浑身颤抖。房间里散发出一种酸酸的,仿佛黄色东西的味道。男孩胆战心惊地呆坐着。远处院子里,鸡窝后面某个地方传来妹妹纽什卡的叫喊,也许是她后脑着地从车里摔了下来。可是妹妹的喊声突然停住了,似乎从未发生或只是幻觉。谢苗跑到孩子们身边查看。车上睡着最小的别奇卡,而扎哈尔卡和纽什卡爬走了。可能是扎哈尔卡拖走了妹妹,她自己还无法离开童车。谢苗环顾四周,听见扎哈尔卡在说话:“唔,坏蛋!你干吗要生下来!”谢苗走进鸡窝,朦胧中看见光秃秃的鸡窝里,扎哈尔卡正骑坐在妹妹的肚子上,双手扼住她的喉咙。她仰面躺在他身下,赤裸的双脚在肮脏的地面上乱蹬,喘着粗气。她哭红的双眼默默地,几乎是漠然地望着扎哈尔卡的脸。胖乎乎的双手靠在扼住她的哥哥的双手上。谢苗从背后给了扎哈尔卡右颧骨一拳。扎哈尔卡从妹妹身上摔下来,右边太阳穴碰到了篱笆边。他甚至没有哭一声,而是很快就忘掉了头上的剧痛。谢苗又打了他几下,可是很快想起了什么,停住手,自己哭了。妹妹已经开心起来。她爬到他跟前,希望大哥哥能注意到自己。谢苗双手抱起她,往一只手掌啐上唾沫,擦了擦她哭红的双眼,把她放回童车哄了哄,妹妹就听话又惊恐地在小哥哥身边睡着了。

扎哈尔卡独自走出鸡窝，左边脸颊上的血已经干了。他不再感到委屈，“得了，”他对谢苗说，“我长大了全都会记得!”说完躺到童车旁的地上睡觉。他知道母亲又生孩子了，没有做午饭。谢苗也躺到童车的阴影中睡着了，直到晚霞映红了他的脸。

生活中总会有一些幸福的时光。这幸福并非出于善良，也不是来自他人，而是来自心灵成长的力量，来自被自己的热量与思想温暖的身体深处。在人的身上有时会产生一种独立的，与贫穷和痛苦无关的东西——无意识的喜悦。可是当人们想起或被近忧所困扰时，它又是那么微弱，转瞬即逝。谢苗经常在无意识的幸福中醒来，可是清醒过来便忘了自己过的好日子。

晚上父亲从铁匠铺回来开始用铁锅熬粥。母亲已经生下了一个女孩，精疲力竭地睡着了。卡比什卡等着粥熬好，和全家一块喝了粥，让父亲给她钱。她说，要不然自己就没钱多活几年。父亲给了她 40 戈比，卡比什卡用手帕包好钱就回家了。

第二天一大早父亲上班去了，母亲下不了床。因此谢苗独自承担了全部家务。他先用童车打回了两桶水，然后给弟弟妹妹们洗漱穿衣喂饭。还要打扫房间，给母亲熬稀粥，买面包、牛奶，盯着两个弟弟，不让他们东躲西藏，以免掉进厕所里或者引发火灾。

母亲默不作声，虚弱的眼睛注视着忙碌的谢苗。新出生的妹妹躺在妈妈身边，已经开始吃奶。

中午，谢苗已经给所有弟弟妹妹吃了牛奶面包，给妈妈喝了粥。孩子们睡了，谢苗开始考虑晚上吃什么，因为午餐已经耗尽了家里的存货。洗完碗，谢苗去了东家家里，想借一些面包和粮食。

“你们又还不起！”东家说。他有大约 40 俄亩的地，租给农民种，自己却什么也不干，躺在沙发上看加特措克编写的十字历①。谢苗早就想向东家借十字历，想看看上面的图画，可是他不敢。

“我们会还的，”谢苗说，“父亲一发了工钱，我就送过来……”

东家给了谢苗两磅面包和粮食，让他用衣服的下摆兜着。

“盯着点儿，别让你们家的蝗虫在院子里捣乱！”东家说，“今天扎哈尔卡弄脏了三处地方。你去收拾干净……”

“我马上去收拾！”谢苗答应道，“他们还小，不懂事。”

“我要是看见了，给他后脑勺上来两下，他马上就懂事了！”东家说。

“最好别打他们，”谢苗请求道，“要不然夜里我会把你们家房子烧了！”

“你这个混蛋！”东家说道。可是谢苗已经带着面包和粮食跑了。

童年的夏日过得漫长而艰难。所有鸟儿和母鸡都吃饱喝足，又饱又困地打起盹来。天边映出晚霞，远处公路上传来大车回村子的声音，路边铁匠铺里，铁匠们还在劳作。

谢苗家里，母亲和孩子们都睡了。他一个人坐在箱子上，等着有人醒来——他不习惯一个人的自由生活，他身上聚集着忧伤，心灵渴望着关心。可是谢苗已经困得睁不开眼，他把头靠在箱子上，

① 印有当年的日历以及各种实用信息的小册子，当时在俄罗斯深受大众喜爱。——译者注

努力地想记起什么，却全都忘了。他睡着了。

可是，所有的母亲都睡得很少，谢苗的母亲也很快睁开了眼。

“谢苗！”她说道，“生炉子，坐上铁锅，给孩子们洗澡！”

谢苗马上从箱子上跳了起来。可是男孩还没有休息好，没有在梦中得到温暖，身体因虚弱而发抖。

“我感觉不舒服，”母亲说，“去找父亲，让他早点回来。”

“马上，”谢苗说，“妈妈，别再生孩子了，我求你了！”

“我再也不生了。”母亲回答。生产让她变得十分虚弱。她仰面躺在褥子上，吃力地喘着气。

刚出生的女儿躺在母亲身边甜甜地睡着，她还不明白，自己已经是活人了。谢苗惊讶地看了一眼自己最小的妹妹：她刚刚出生，什么都没见过，却一直在睡觉，不愿醒来。仿佛生命对她而言毫无意义。

“谢苗，摸摸我，我全身冰凉。”母亲说，“如果我死了，你来代我照顾孩子们。父亲没时间，他要给我们挣饭钱……”

谢苗躺到母亲身边，摸了摸她的额头——额头又冷又湿，她的鼻子变得瘦小，眼睛也黯然无光。

“我所有内脏都垮掉了，我的身体好像空了。”母亲说，“你最大，你来照顾自己的弟弟妹妹们——也许，他们能长大成人……”

母亲双手捧起谢苗的头，命令他：“去找父亲！”

谢苗去找了父亲，可是他却不能马上回家。他还得再装上三个轮胎，老板还等着要活儿。“她挺得住，死不了。”铁匠铺老板这样说谢苗的母亲，“老婆们每个月都打算死一次！”谢苗回到家，生上炉子开始熬粥做晚饭。孩子们都醒了，扎哈尔卡站在炉边添些刨花当煤烧，好让粥熬得又快又香。别奇卡爬到母亲身边，久久注视着她的脸，用双手抚摩她的脸。仿佛是在验证，母亲还活着。她不过只是病了，还在哭泣。

父亲和往常一样，天黑了才从铁匠铺回来。他吃了谢苗给他留下的饭，躺到母亲身边。谢苗还没睡。他看见父亲小心翼翼地抱住母亲，吻了吻她的脸颊。母亲把脸转向父亲，像个孩子似的，把自己正在冻僵、变空的身体缩成一团。父亲躺了一会儿，站起来走到下房，拿来一块大的旧粗布，把它盖在渐渐变冷的母亲身上。他把新生儿从母亲身边抱到自己身边，因为她夜里啼哭的时候，母亲已无法照料她。一整夜谢苗都想撑住不睡着。他担心母亲会死去，担心父亲不小心在睡梦中压住了小婴儿。可是他的眼睛不由自主地闭上了。睁开眼时已经是早上，扎哈尔卡爬到他身上，把手指伸进了他耳朵里。

父亲在房间里踱来踱去，双手摇晃着正在大哭的新生儿。母亲仍然躺在地上的褥子上，盖着被子，上面还搭着那块大粗布。她把头藏在下面，没有站起来。

谢苗走到母亲身边，看了看她，问她，自己早上应该干什么，做什么给弟弟妹妹们吃，父亲发工钱之前，去哪儿借钱。

“别把她掀开，”父亲对谢苗说，“她一早就死了。去，把卡比什卡找来。”

“找卡比什卡干吗？”谢苗问。

“现在让她住我们家，”父亲说，“哪怕看看孩子做做饭也好。她是个老女人。”

“我们干吗需要卡比什卡！”谢苗说。

“她是个老蛤蟆！”扎哈尔卡说，“她会吃很多的，我们自己都不够吃！”

谢苗从父亲手中接过新生的妹妹。别奇卡和妹妹（现在已经是姐姐）坐在地上，他们默不作声地一起玩着各种垃圾和布头，把它们当作自己的财富。

“我们现在还能怎么过日子！”谢苗说着，伤心地皱起脸。痛苦的热浪缓缓从心房升腾到了喉咙，却没有让他落泪。“我们现在用什么来哺育新生儿，她也会死掉的……”

“她还小，”父亲说，“她还没活过，不习惯，什么都不知道。只有把她和母亲一起埋葬。”

谢苗抱着哭泣的新生儿晃动着，她睡着了，不再哭闹。他把她暂时放到了褥子上母亲的脚边。

“爸爸，母山羊多少钱一只？”谢苗问。

“可能不贵吧，我不知道。”父亲回答。

“发了工钱给我们买一只。”谢苗请求道，“扎哈尔卡到地里放羊，晚上我来挤奶，煮开，这样没有妈妈，我们自己也能哺育小妹妹。我用奶嘴喂她。我们买一个奶嘴安在小瓶子上……只是你要告诉扎哈尔卡，不准他在地里吮山羊的奶喝。要不然他总是喜欢占便宜。”

“我才不会从你的山羊那儿吮奶喝呢！”扎哈尔卡答应道，“它的奶不甜。妈妈早就给我尝过了。”

父亲沉默不语。他看着自己所有的孩子，看着已经去世的妻子，她整夜都依偎着他取暖，却没能暖和过来，现在已经僵硬了。铁匠不知道，他该想些什么，才能让心里轻松一点。

“他们需要的是母亲，不是母羊。”父亲说，“谢苗，要知道就你一个大孩子，他们都还小……”

谢苗现在只穿着一件衬衫，他醒来后还没来得及穿上裤子。他抬起头看了看爸爸，对他说：

“我来给他们当妈妈吧，没有其他人可以当了。”

父亲什么也没对大儿子说。于是谢苗从凳子上拿起母亲的连衣裙和罩衣，从自己头上套了下来。裙子长了，可是谢苗整了整说：

“没关系，我来剪掉一些，再缝缝。”

去世的母亲很瘦，因此连衣裙穿在谢苗身上刚合适，只是长了一些。父亲看着大儿子，“他快八岁了。”他暗想。

现在的谢苗穿着连衣裙，长着一张忧郁的孩子的脸，与其说是个男孩子，不如说更像个小姑娘——都一样。如果他再稍微长大一点，他就可以被看作是个大姑娘。大姑娘——就差不多是个女人了。这几乎就是个母亲了。

“扎哈尔卡，推着别奇卡和纽什卡去院子里逛逛，免得他们要东西吃。”穿着妈妈罩衣的谢苗说道，“我到时候叫你们。我和父亲有很多事要做。”

“外面的孩子们会笑话你是个女孩子！”扎哈尔卡笑了起来，“你现在是个傻瓜，不是个男生！”

谢苗拿起扫把开始打扫妈妈躺过的褥子周围的地面。

“就让他们笑话吧，”谢苗回答扎哈尔卡，“等他们笑够了，我已经习惯当女孩了……去吧，别在那儿碍事。把孩子们抱上童车。要不然的话，你是想挨一扫帚？”

扎哈尔卡叫上了别奇卡，他跟在他后面爬到了院子里。而纽什卡被扎哈尔卡抱在了怀里。他勉强刚能抱得动妹妹的重量。

父亲在旁边站了会儿，无声地哭起来。谢苗收拾好房间，走到父亲面前：

“爸爸，你先把母亲的衣服解开，应该给她洗洗……然后你再哭，我也要哭，我也想哭——咱们一块儿哭！”

波图丹河

国内战争时期熙熙攘攘的那条土路上又长出了荒草，因为战争结束了。人世间，各个省又变得安宁，人烟稀少：有的人战死沙场；很多人在亲人家里养伤，在长梦中渐渐淡忘艰苦的战事；一些退伍兵还没到家，他们正穿着军大衣，背着行军包，戴着软塌塌的头盔或是羊皮帽，沿着茂密的草地行走。或许他们以前没有时间去发现这片陌生的草地，也可能当时这里脚步杂沓，寸草不生。他们的心情麻木、惊讶，重新辨认着道路旁的田野村庄。战争的折磨、疾病和胜利的幸福，使他们的心灵发生了变化——他们已记不清自己三四年前的样子，完全变成了另一个人，此时正在走向新生——随着年龄的增长他们更为理智、顽强。他们感觉到自己内心巨大的希望，这成为他们生活的信念。尽管这生活暂时还微不足道，在内战前甚至还没有明确的任务和目标。

夏末，最后一批红军退伍兵回家了。他们在劳动部队里待了一段时间，闷闷不乐地干了各种从没干过的手工艺活儿。现在他们终于获准回家，回到自己和大众的生活中。

曾经的红军战士尼基塔·菲尔索夫沿着波图丹河边的坡地已经

走了一天多，他要回到一座鲜为人知的县城，回家。他25岁左右，脸上似乎总是愁云密布——不过这种表情并不是忧伤，而是出自于善良的性格，或者说是年轻人常有的专注；很久没有修剪的浅色头发从帽子后面露出来，垂到了耳朵；他像个异乡人似的，用灰色的大眼睛忧郁紧张地打量着这个千篇一律的国家里平静无趣的大自然。

中午时分，尼基塔在一条沿着谷底流向波图丹河的小溪边躺了下来。在这片从春天过后就疲于生长的草地上，旅人沐浴着9月的阳光打了个盹儿。生命的温暖似乎黯淡下来，菲尔索夫在这僻静处睡着了。昆虫从他头上飞过，蜘蛛从他身边爬过，一个流浪汉从他身上跨过，没有碰到他，也对他没兴趣，自顾自地走了。久未下雨的夏日浮尘高悬在空气中，使天色变得灰暗。人世间的时间随着太阳远行……突然菲尔索夫站起来又坐下，惊恐地喘着粗气，似乎身上着了火，在战场上拼命奔跑。他做了个可怕的梦：一只被粮食养得肥肥壮壮的小动物，用自己热乎乎的毛捂得他喘不过气来。这只动物贪婪地用着力，汗涔涔地爬进熟睡的人的嘴里、喉咙里，想用自己强有力的爪子钻进他灵魂的中央，扼住他的呼吸。菲尔索夫在梦中喘着粗气，想大叫着逃走，这只动物受到惊吓，自己颤抖着离开了他的身体，消失在暗夜里。

菲尔索夫在小溪边洗了把脸，漱了漱口，加快脚步继续赶路。父亲的家就在不远处，傍晚前应该就能到达。

似乎一眨眼工夫，菲尔索夫在暮色中看见了自己的家乡。那是一片缓坡高地，从波图丹河岸边一直延伸到一片高耸的黑麦田。在这片高地上坐落着一座小城，此时掩映在黑暗中，看不见一点灯光。

尼基塔·菲尔索夫的父亲正在睡觉：他一下班回来就躺下了，那时太阳还没落山。他一个人生活，妻子去世很早，两个儿子在帝国主义战争[①]中失踪了，最小的儿子尼基塔参加了国内战争：他也许会回来的——父亲常想着最小的儿子——国内战争就在离家不远的地方打，开枪的次数也比帝国主义战争少。父亲睡得很久——从暮色到晨曦——如果不睡觉，他就会胡思乱想，思念失去的儿子，为自己的寂寞生活忧心忡忡。一大早他就去农村家具社上班，他在那里当了多年木匠。工作让他忘却烦恼，好受一些。可是一到傍晚，他心里又难过起来。一回到家，走进房间，他几乎是惊恐地一觉睡到第二天早上。他连煤油灯都不需要。黎明时分，苍蝇开始叮咬他的秃顶，老人醒来，慢吞吞、小心翼翼地穿衣服穿鞋，洗脸，叹气，在屋里转悠，收拾屋子，自言自语，出门看看天气又回来——不过是为了打发掉去农村家具社上班前多余的时间。

这个夜里尼基塔·菲尔索夫的父亲和往常一样，因为无事可做和疲劳睡觉了。一只蟋蟀已经在窗台下待了一个夏天，夜夜歌唱。这可能还是前年夏天那一只，也可能已经是那只蟋蟀的孙辈。尼基塔走到窗台边，敲了敲父亲的窗户。蟋蟀停了一下，似乎是想听听这个陌生的夜间访客是谁。父亲从旧木床上爬起来。曾几何时，他与儿子们那去世的母亲就是在这张床上共寝，尼基塔也在这张床上出生。瘦削的老人此时穿着衬裤，由于长时间的穿着和洗涤，它已经缩水变形，只到膝盖。父亲凑到窗前打量儿子。他已经看见并认

① 即第一次世界大战。——译者注

出了自己的儿子，可还是目不转睛地盯着，想要把儿子看个够。然后他跑了过去，身形像个瘦弱的男孩，穿过外屋和院子——打开了夜里锁上的大门。

尼基塔走进旧房间，这里有土炕、低矮的天花板、临街的小窗。这里依然散发着童年的气息，散发着他三年前离家上前线时的气息。在这里——这个全世界独一无二的地方——他甚至感觉到了母亲裙摆的气味。尼基塔摘下帽子和背包，慢慢脱下外衣在床上坐下。父亲一直站在他面前，光着脚，穿着衬裤，不敢和他打招呼，也不敢开口说话。

“那些资产阶级和立宪民主党人怎么样了?”稍等了一会儿他问道，“都消灭光了还是剩下一小撮?”

“差不多都消灭光了。”儿子说。

父亲简短但认真地深思道：不管怎么说，消灭了整整一个阶级。这是一项重大的工作。

“是的，他们不堪一击!”老人对资产阶级评说道，“他们能干什么？他们就会不劳而获……”

尼基塔在父亲面前站起身，现在他已经比他高了一个半头。老人不会表达自己对儿子的爱，默默无言地站在儿子身旁。尼基塔把手放到父亲头上，把父亲拉进自己怀里。老人靠着儿子，开始急促地深呼吸，仿佛到达了自己的休憩地。

在那座城市通向田野的一条街上有一栋木房子，窗户是绿色的。房里住过一个孀居的老妪，市立中专的老师。同她一起生活的还有她的孩子们——10 岁左右的儿子，浅黄色头发的 15 岁女儿。

几年前，尼基塔·菲尔索夫的父亲曾有意娶这位孀居的女教师为妻，可是很快就主动放弃了。他曾两次带上还是孩子的尼基塔去女教师家里做客。而尼基塔在那里见到了一个若有所思的女孩子柳芭，她总是坐着看书，完全不搭理来客。

女教师请木匠喝茶吃面包干，说了些关于开启民智和维修学校的炉子之类的话题。尼基塔的父亲坐着一言不发。他拘谨，嘴里嗫嗫嚅嚅地，咳嗽、抽烟，然后小心翼翼地端着杯子喝茶，不碰面包干。他说，他不饿。

女教师家里共有两个房间，房间和厨房里都放着椅子，窗户上挂着窗帘。第一个房间摆放着钢琴和衣柜，另一个靠里的房间里有床、两张红色天鹅绒软沙发，墙上的书架上还放着许多书——可能是整套的全集。父子俩都感觉这环境太过豪华，父亲总共来过两次寡妇家以后就再也不来了。他甚至没有勇气告诉她，想和她结婚。可是尼基塔却很愿意再次看见钢琴和那个看书的若有所思的女孩，因此他请求父亲娶那个老女人，希望再去她家做客。

“不行，尼基塔！”那时父亲说，“我没读多少书，我和她聊什么呀！又不好意思让她们上咱们家来：咱们家连餐具都不成样，吃得也不好……你看见他们家那沙发的样式了吗？老式的，莫斯科的！衣柜呢？每一面都有雕花：我懂！……还有她的女儿！她可能会成为大学生！”

现在父亲已经好几年没见过自己的老未婚妻，只是偶尔可能会想起她，也许，不过就是想想而已。

尼基塔参加完国内战争返家的第二天去了军事委员会，做后备役登记。然后尼基塔绕着熟悉的家乡城市转了一圈，所见景象让他心痛：破旧矮小的房屋、破旧的围栏和篱笆，院子里稀疏的苹果树，不少已经枯死了。在他童年时，这些苹果树曾绿树葱茏，那些平房也显得高大堂皇，里面住着神秘的聪明人们。那时的街道很长，牛蒡长得很高。在那久远的时光，就连空地上、荒园里高高的杂草都像森林一般，比现在茂盛得多。而现在尼基塔看见，小小的民居低矮简陋，亟待粉刷修葺。空地上的杂草很是贫瘠，它们不是疯狂地生长，而是忧郁地活着，杂草上栖居着一些年迈又顽强的蚂蚁。所有街道很快就到了尽头，尽头处是坚实的大地和明亮的天空——城市变小了。尼基塔想，如果大而神秘的东西变得小而无趣，这就意味着，它们已经饱经岁月。

他慢慢走过曾跟父亲做过客的绿窗户的房子。他凭记忆知道窗户是绿色的，现在绿色已经褪得所剩无几——经过了阳光的暴晒、暴雨的冲刷，露出了木头的颜色。铁屋顶也锈蚀严重——如今大概雨水会透过屋顶打湿钢琴上方的天花板。尼基塔专注地往屋里看了看，现在窗帘已经不见了，顺着那个方向看过去一片漆黑。在这座年久失修却依然熟悉的房子跟前，尼基塔在栅栏边的长椅上坐了下来。他想，如果房子里有人弹钢琴，那他就能听听音乐。可是不知为什么，房子里十分安静。等了一会儿，尼基塔透过栅栏的缝隙往院子里看，里面长着荨麻。荨麻丛与房子之间有一条空荡荡的小路，三级木台阶通往外屋。也许，老教师和她的女儿柳芭早就去世了，男孩子上前线当了志愿者……

尼基塔往自己家走去。天色将晚——父亲快回家睡觉了，应该和他一起打算一下今后的日子，还有上哪儿去工作的事。

县城的主街上有小型游园会。战后人们的生活开始热闹起来。现在大街上有职员、大学生、退伍兵、伤兵、家庭手工劳动者等。上班的人会出来得晚一些，要天完全黑了才来参加游园。人们衣着寒酸，穿着旧衣服，或者破旧的帝国时期的军装。

几乎所有路人，包括手牵手的情侣们，都带着一些居家的食物。女人们手提包里装着土豆，有时是鱼，男人们腋下夹着配给的面包，或者半个牛头，或者手里宝贝似的捧着当食物的下水。可是除了垂垂老者和疲惫不堪的人，很少有人面带忧虑。年轻人热情洋溢，充满信任，常常微笑着相互注视对方的脸，仿佛置身永恒幸福的前夜。

“您好！”旁边一个女人怯生生地对尼基塔·菲尔索夫说。

这声音立刻触动并点燃了他，仿佛是一个失散的至亲又在他的心里被唤起。可是尼基塔感到这是个错觉，并不是在和他打招呼。他害怕是错觉，于是慢慢地回头看了看身边的路人，可是一共就两个人，都已经从他身边走开了。尼基塔转过头——已长大成人的柳芭停下脚步正在往他这边看，忧伤害羞地对他微笑。

尼基塔走到她面前，小心翼翼地打量着她——看她是不是完好如初，因为她在他的记忆中弥足珍贵。系带的奥地利皮靴已经穿得十分破旧，细纱的浅色连衣裙只到她的膝盖，可能是布料实在不够了。这条裙子让尼基塔对柳芭忽然心生怜惜——他在棺材里的女人们身上见过这样的裙子，而现在这纱裙竟然穿在一个长大成人却楚楚可怜的大活人身上。裙子外面套了件旧的女式上衣——也许还是柳芭的母亲当姑娘时穿过的。柳芭头上什么也没戴，扎着一条浅色的辫子。

“您不记得我了吗?”柳芭问。

“不，我没有忘记您。”尼基塔回答。

“永远都别忘。”柳芭笑着说。

她那清澈的眼睛装满了心灵的秘密，温柔地看着尼基塔，似乎是在欣赏他。尼基塔也看着她的脸，心里快活起来。可她那因生活艰难而深陷，却闪现出信任和希望的双眼，又让他心疼。

尼基塔和柳芭一起往她家走——她还是住在那里。不久前母亲去世，弟弟饿了就去红军的野战食堂吃饭，后来在那里待惯了，就跟着红军一起去了南方打敌人。

“他吃惯了那里的粥，家里吃不到。”柳芭这样说弟弟。

柳芭现在只住了一个房间——她一个人够住了。尼基塔呆滞地环视整个房间，就是在这里，他第一次见到了柳芭、钢琴和奢侈的环境。现在这里没有了钢琴、没有了四面雕花的衣柜，只剩下两张沙发、一张桌子和一张床。房间不再像尼基塔小时候看见的那么华丽而神秘——墙纸已剥落褪色，地板磨光了，贴着瓷砖的壁炉旁放着一个小铁炉，用来烧柴取暖。

柳芭从怀里掏出一个本子，脱下靴子光着脚。她现在在县医学院上学：那些年各个县都开设有大学和学院，因为人们都希望尽快接受高等教育。枯燥的生活、饥饿、贫穷，把人们的心折磨得疲惫不堪。人们想弄明白一个问题，人的生存到底是什么?这到底是认真的还是在开玩笑?

“穿上脚就像着了火。”柳芭说的是她的靴子，“您坐一会儿，我睡会儿觉，要不然我就饿得慌，我不愿意想起这件事……”

柳芭没有脱衣服就钻进了被窝，把辫子放到了自己的眼睛上。

尼基塔默默地坐了两三个小时，直到柳芭睡醒。天已经黑了，柳芭在黑暗中站了起来。

“我的好朋友今天可能来不了了。”柳芭伤心地说。

“那——您需要她吗？”

“很需要！”柳芭说，“他们家是个大家庭，她父亲是军人。如果他们家有没吃完的东西，她会给我送晚餐来……等我吃完我们就一起学习……”

“你们家有煤油吗？”尼基塔问。

“没有，我们分到了劈柴……我们生炉子——我们坐在地上，用炉火照明……”

柳芭无助又害羞地笑了一下，似乎想起了一个残忍又让人伤心的念头。

“可能是她弟弟，一个小屁孩，还没睡着。”她说，“他不高兴姐姐给我带饭，他舍不得……又不是我的错！我不是那么好吃：不是我——是我的头自己开始疼，它在想面包，影响我生活和考虑别的事……”

“柳芭！”一个年轻的声音在窗边叫道。

“热尼亚！”柳芭对着窗户应了一声。

柳芭的朋友走了进来。她从衣兜里拿出四个大大的烤土豆，放到了铁炉子上。

“组织学弄到了吗？”柳芭问。

“上哪儿弄去？”热尼亚回答，“我去图书馆登记排队了……”

“没关系，会有办法的，”柳芭说，“在系里我已经把前两章背下来了。我来说，你来写，行吗？”

“早该这样了！”热尼亚笑了。

尼基塔生好了炉子把作业本照亮，就打算离开去父亲家过夜。

“您现在不会把我忘了吧？”柳芭和他告别时说道。

“不会的，”尼基塔说，“此外也没什么人需要我记住了。”

菲尔索夫从战场上回来后在家躺了两天，就开始在父亲工作的农村家具社上班。他被分配去备料，薪水比父亲低，差不多只有父亲的一半。可是尼基塔知道，这只是暂时的。只要他干得上了手，就会把他调去当木匠，工资也会高一些。

尼基塔从没离开过劳动。在红军部队里，军人们也不只是打仗。长时间扎营和做后备部队时，红军战士们会挖井、帮贫农维修农舍，在沟谷的顶端栽种灌木防止水土流失。战争总会过去，而生活总是要继续，应该早做打算。

一周后尼基塔又去了柳芭家做客。他带去了一条煮熟的鱼和面包作为礼物——这是他自己在工人食堂吃午餐的第二道菜。

柳芭要赶在太阳落山前坐在窗前看书。因此尼基塔就默默地坐在柳芭身边，等待黑夜来临。很快，黄昏和寂静一起来到县城街道，柳芭揉了揉眼睛，合上了课本。

“过得怎么样？”柳芭小声问。

“我和父亲一起过。我们，还行。”尼基塔说，“我给您带了吃的，您请吃吧。”他请求道。

“我吃，谢谢！”柳芭说。

“您不睡觉了？”尼基塔问。

“不睡了，”柳芭回答，“我现在就吃晚餐，我能吃饱啦！”

尼基塔从外屋拿来一些细柴，生起了铁炉子照明。他坐在地上，打开炉门，把柴火放进窄小的炉膛，尽量让热量少一些，光线亮一些。柳芭吃完面包和鱼，也坐到了地板上，面对着尼基塔，挨着炉火，开始看自己的医学书。

她静静地看书，不时低语几句，微笑着用纤细的笔飞快地在本子上记下几个词——可能是最重要的内容。尼基塔只是关照着炉火正常燃烧，不时——偶尔地——看看柳芭的脸，然后又长时间看着炉火，怕柳芭讨厌自己的目光。时间就这样流走，尼基塔伤心地想，很快他就该回家了。

半夜里，当钟楼的钟声敲响时，尼基塔问柳芭，为什么那个叫热尼亚的朋友没来。

“她的伤寒又发作了。她可能快不行了。”柳芭回答完又开始看医学书。

“多可怜啊！”尼基塔说，可是柳芭并没有理他。

尼基塔想着生病发烧的热尼亚——实际上，如果以前认识的是她，如果她对他好一点，他也可能真诚地爱上她。她似乎也是个好姑娘：那天在黑暗中他没有看清楚她的样子，所以没有印象。

“我想睡觉了。”柳芭叹了口气小声说。

“书都看懂了吗?”尼基塔问。

“全明白啦！想听吗？我给你讲！”柳芭提议。

“不用了，”尼基塔拒绝了，“你最好自己记住了，我反正记不住。”

他用扫帚扫干净了炉子旁边的垃圾就回了父亲那里。

从那以后他几乎每天都去看柳芭。为了让柳芭惦记他，偶尔也有一两天不去。她到底是否惦记他——尼基塔也不知道，不过这些无聊的夜晚尼基塔不得不走上10－15俄里路，有几次是在城里绕圈儿，好让自己熬过孤寂，控制住自己对柳芭的思念并忍住不去找她。

在她家做客时，尼基塔一般是生炉子，并期待着她在看书的间隙能对他说点什么。每一次尼基塔都从农村家具社的食堂给柳芭带些吃的当晚餐。午餐她在学院里吃，可是那里供应的食物太少。柳芭要大量思考，再加上学习任务越来越重，她总是吃不饱。尼基塔用自己的第一份工资到附近的村子买了牛蹄，在铁炉子上熬了一整夜做成肉冻，而柳芭看书学习到半夜，然后缝补自己的衣服、长袜，在晨光中擦洗地板，趁别人还没起床，在院子里装雨水的木桶里洗澡。

尼基塔的父亲每晚都一个人待着，没有儿子陪，很是无聊。尼基塔也从来不说自己去了哪儿。“他现在已经是个大人了，”老人想，“在战场上他可能被打死或打伤，既然活下来——就随他去吧!”

一天老人发现儿子不知道从哪里拿回来两个白面包。可是他马上就用纸单独包了起来，没有给父亲吃。然后尼基塔又和往常一样，戴上军帽出了门，半夜才回来。两个白面包也带走了。

“尼基塔，带上我吧！”父亲请求道，“我去了什么也不说，我就看看……那儿应该很好玩儿，应该有什么了不起的东西！”

“下次吧，父亲，”尼基塔不好意思地说，“你现在该睡觉了，明天还要上班呢！”

那天晚上尼基塔没有见到柳芭，她不在家。于是他在门外的凳子上坐下等女主人。他把白面包捂在怀里，怕它们在柳芭回来之前变凉。他耐心地等到夜深，观察着天上的星星和偶尔几个匆匆赶回家照看孩子的路人，听着钟楼的报时，院子里的犬吠和各种白天不存在的轻响。他可以这样一直等下去，也许，等到自己死去。

柳芭悄无声息地从黑暗中走到尼基塔跟前。他面对着她站起来，可是她对他说：“您最好回家去。”——便哭了起来。她跑回了自己家，尼基塔不明就里，在外面等了一会儿就跟着柳芭走了进去。

“热尼亚死了，”在房间里柳芭告诉他，“我现在该怎么办？”

尼基塔沉默了。温热的白面包还在他怀里——或许他应该马上掏出来，或许现在已经什么都不需要了。柳芭和衣躺在床上，脸冲着墙自顾自地哭着，悄无声息，一动不动。

尼基塔不忍心打扰别人的痛苦，独自在深夜的房间里站了很久。柳芭没有注意到他，因为自己的痛苦总是让人对其他受苦之人都熟视无睹。尼基塔自作主张地在床上盘腿坐下，挨着柳芭，从怀里掏出面包，想递出去，可是暂时没有找到面包合适的去处。

“现在让我和您在一起吧！”尼基塔说。

“您要做什么呢？”柳芭含着泪问。

尼基塔想了想，怕自己说错话或者一不小心得罪了柳芭。

“我什么也不做，”他说，“为了让您不再痛苦，我们就像往常一样生活。”

“等等吧，我们没什么可急的。”柳芭深思熟虑又精打细算地说，“应该想想，用什么来安葬热尼亚——她没有棺材……”

“我明天带过来。”尼基塔应承道，说着把面包放到了床上。

第二天尼基塔得到师傅的同意，开始打制棺材。他们总是可以获准用家具社的材料做些私活儿。由于手生，他做了很久，放置姑娘遗体的棺室更是做得精心细致。尼基塔想到死去的热尼亚不禁伤心，眼泪滴在了木板上。从院子里路过的父亲走到尼基塔跟前，看见他正在难过。

“你难过什么呢？未婚妻死啦？”父亲问。

“不是，是她的好朋友。”他回答。

“好朋友？”父亲说，“她得了鼠疫吧！我来帮你把棺材的两边弄平整，你做得不好，不精确！”

下班后尼基塔把棺材送到了柳芭家：他不知道她去世女友的遗体在哪里。

那一年是持续很久的暖秋，人们很是满意。“粮食价格不高，我们还能节约柴火。”精打细算的人们说道。尼基塔·菲尔索夫早就请人用自己的红军大衣给柳芭做一件女式大衣。大衣已经做好了，可是天气暖和，一直穿不上。尼基塔仍然和从前一样去柳芭家，帮她料理生活，同时自己也得到心灵的慰藉。

有一次他问她，以后他们将怎样生活——是一起还是分开。而她回答说，春天到来之前她没机会感受自己的幸福。因为她需要尽快从医学院毕业。至于以后——到时候再看。尼基塔听着这遥远的承诺，他并不奢求能有比现在柳芭带给他的更大的幸福，他也不知道，是否还会有更好的幸福。但由于长时间的忍耐和不自信，他的心在颤抖——柳芭到底需不需要他，这个贫穷、没文化的退伍兵?柳芭有时会微笑着用浅色的眼睛注视着他，大大的黑色眸子让人揣测不透，脸上却满是善意。

一天夜里，尼基塔回家前给柳芭盖被子时哭了起来。而柳芭只是摸摸他的头说："日子还长着呢，我活着的时候，您用不着这么伤心。"

尼基塔赶回父亲家，想躲在那里静一静，接连几天不去找柳芭。"我要读书，"他打算，"我要开始过真正的生活，忘掉柳芭，不再想她。她有什么特别的——世上有千千万万伟大的人，有比她更好的。她并不美!"

第二天早上他没有从地铺上起床。父亲出门上班时摸了摸他的额头说：

"你发烧了，躺到床上去！有点不舒服，过后就好了……你在战场上没受伤吧?"

"没有。"尼基塔回答。

傍晚，他失去了记忆：他先是一直盯着天花板看，那里有两只垂死的苍蝇在苟延残喘。后来这些所见之物让他烦恼、恶心——天花板和苍蝇仿佛钻进了他的大脑，怎么也赶不走，对它们的想象越来越夸张，啃噬着他的头骨。尼基塔闭上眼睛，可是苍蝇在大脑中不停地嗡嗡鼓噪。他从床上跳起来驱赶天花板上的苍蝇，然后又跌回枕头上：他感到，枕头上散发着母亲的气息——母亲正是在这张床上躺在父亲身边。尼基塔想到母亲，便失去了知觉。

四天后，柳芭找到尼基塔·菲尔索夫的住处，第一次主动来到他家。那是中午，工人们居住的所有房子里都空无一人——女人们出去购买食品，还没上学的孩子们在院子空地里四处奔跑。柳芭挨着尼基塔在床边坐下，抚摩他的额头，用自己的手绢擦拭他的眼角，问道：

“怎么样？有哪里疼吗？”

“没有。”尼基塔说。

巨大的热量裹挟着他远离了所有人和眼前的物体，他此时艰难地看着并想着柳芭，生怕自己在混乱的思维中失去她。他用手抓住她那件用红军军服改制的大衣的口袋，就像一个落水者死死抓住陡峭的河岸，要么淹死，要么得救。疾病一直在用力把他拽向闪闪发光空无一物的地平线——开阔的大海，好让他在平缓的巨型浪花上休憩。

“你得了流感，也许我能治好你。”柳芭说，“也可能是伤寒！……不过没关系——这不可怕！”

她扶着尼基塔的肩膀，让他背倚着墙坐起来。然后迅速不由分说地让尼基塔穿上自己的大衣，找到尼基塔父亲的围巾包住病人的脑袋，把他的双脚塞进床下准备冬天才穿的毡靴里。柳芭把尼基塔包裹严实后，领着冻僵了的他出了门。门外停着一辆马车。柳芭让病人坐上马车开走了。

“活不了多久啦！”马车夫一边对着马说，一边不停拉动缰绳赶着马在县城里快跑。

在自己房间里，柳芭给尼基塔脱去衣服让他躺到床上，给他盖上了被子、旧地毯、母亲的旧披肩——家里所有能取暖的东西。

“为什么你要躺在家里？”柳芭一边给身体滚烫的尼基塔掖好被子，一边满意地说，“嗯？为什么！你父亲在上班，你整天一个人躺着，没有人照顾你，你还会想念我……”

尼基塔一直在想，柳芭是从哪儿来的钱付车费？也许，她卖了自己的奥地利皮靴或者课本（她已经把课本背了下来，用不着了）？还是她把自己一整月的助学金都付给车夫了？

夜里尼基塔昏昏沉沉地躺着：他有时明白自己身在何处，看见柳芭在生炉子做饭，然后尼基塔就观察自己意识中这陌生的景象。意识已远离了他的意志，在滚烫狭窄的大脑中我行我素。

他越发冷得厉害。柳芭不时用手掌摸摸尼基塔的额头，并为他把脉。深夜里她喂他喝了温水，便脱下外衣挨着病人躺进被窝。因为尼基塔正忽冷忽热地发抖，需要给他暖暖身子。柳芭抱住尼基塔，把他靠近自己。他冷得缩成一团，把脸贴紧了她的胸部，想更为真切地感受别人的更崇高更美好的生活，忘记自己的痛苦和自己那战栗的虚空的躯体。可是现在尼基塔舍不得死了——不是为自己，而是为了能触碰到柳芭，触碰到另一种生活。于是他耳语着问柳芭，他会康复还是会死掉：她是学医的，应该知道。

柳芭紧紧抱着尼基塔的头回答：

“你很快就会好的……人们死去是因为他们独自生病，没有人爱他们。可是你现在和我在一起……”

尼基塔暖暖地睡着了。

三周后尼基塔痊愈了。外面已经下过了雪，万籁俱寂。尼基塔去父亲那里过冬。他不想在柳芭毕业前影响她。让她充分发展自己的智力吧，她也是出自穷人家庭。父亲对儿子的归来非常高兴，虽然他也隔三岔五地去柳芭家里看他，每次都给他带饭，也给柳芭带些小零食。

尼基塔又开始白天在家具社上班，晚上去看柳芭，平静地过冬：他知道，到了春天她就会成为他的妻子，那时，幸福长久的日子就会来临。偶尔柳芭会碰碰他，又从他身边跑开，在屋子里跑来跑去。那时——游戏过后——尼基塔便小心地吻她的面颊。平时柳芭却不会让他碰自己的身体。

“那样的话我会使你厌烦，我们可是要过一辈子的！”她说，“我可没有那么诱人：那只是你的感觉！”

休息日柳芭和尼基塔去城外沿着冬日的道路散步，或者相拥着走在熟睡的波图丹河的冰面上——冰下的深处流动着夏日的水流。尼基塔趴下来，看冰面下静静流淌的河水。柳芭也在他身边趴下，他们互相依偎，看着静静的水流说，波图丹河多幸福啊，它奔流到海，这冰面之下的水会流经鲜花盛开鸟儿歌唱的遥远国度。遥想了一会儿，柳芭就会让尼基塔马上从冰面上站起来：尼基塔现在穿着父亲的旧棉袄，短了点儿，不保暖，他会感冒的。

整个漫长的冬天他俩就这样不慌不忙地交往着，憧憬着即将到来的幸福。整个冬天波图丹河都藏在冰面下，越冬的庄稼在白雪下面打盹——大自然中的这些现象让尼基塔·菲尔索夫心情平静，甚至得到安慰：春天到来之前并不只是他的心被雪藏。二月，他早上醒来听不见了夜里苍蝇的嗡嗡作响，他看看天空和隔壁花园里的树木：也许第一批候鸟已经从远方飞回来。可是树木、青草和幼蝇还在萌芽，在自己力量的深处沉睡。

二月中旬，柳芭告诉尼基塔，自己的毕业考试20号开始，二月底结束——因为医生奇缺，老百姓没有时间再等待。这样的话，就算白雪覆盖，河水在冰面下流淌到七月又何妨！他们心中的喜悦比大自然回暖来得更早。

二月底之前，尼基塔想离开县城，尽快熬过同柳芭开始共同生活之前的这段日子。他报名参加了家具社的木工组，去各村的农村苏维埃和学校维修家具。

父亲趁这段时间——二月底之前——不慌不忙地给这对年轻人做了一个大衣柜当礼物，和当年柳芭的母亲差点成为尼基塔父亲的未婚妻时，柳芭家的那个衣柜一模一样。在老木匠的眼中，生活重复了第二或者第三轮。这可以理解，可也许无法改变。尼基塔的父亲叹了口气，用雪橇拉着衣柜去了自己儿子未婚妻的家。雪在温暖的阳光下开始融化，老人依然强壮有力，在大地裸露的黑色胴体上拖着雪橇。他暗想，自己也完全可以娶这个柳芭姑娘为妻。虽然当初不好意思娶她的母亲，可是在这个小康之家里，宠宠这个和她差不多的年轻姑娘还是可以的。尼基塔的父亲由此认为，生活极不正常。儿子刚从前线回来，又要离开家，这次还是永远地离开。看来他这个老头子只能从大街上找个女叫花子回来了——不是为了过家庭生活，而是为了让屋里能有第二个活物，和一只家养的刺猬或兔子没什么两样：随它打扰自己的生活或者把家里弄脏，可是没了它你就不再是个人。

尼基塔的父亲把衣柜交给柳芭后问她，他应该什么时候来参加婚礼。

“那要看尼基塔什么时候来：我准备好了！”柳芭说。

夜里父亲去了20里外尼基塔干活的村子，他正在那里做课桌。尼基塔正在空教室的地上睡觉，父亲叫醒了他，告诉他，该回城了——可以结婚了。

“你去吧，我帮你把课桌做好！”父亲说。

尼基塔戴上帽子，不等天亮就立刻出发去县城。整个后半夜他独自在空地上行走，田野里的风在他身边胡乱地刮着，一会儿碰到他的脸，一会儿吹向他的背，有时又完全平息，路边的谷地里万籁俱寂。

坡地和高处的耕地一片漆黑，雪已经从上面流到了低处，散发出青春之水的气息与秋天割下的枯草腐烂的味道。可是秋天早已被遗忘——现在的大地空旷自由，它将重新生出一切从未有过的生命。尼基塔甚至不急于去找柳芭，他喜欢待在这夜色朦胧没有记忆的初春大地。大地忘记了所有在它身上死去的东西，也不知道自己会在崭新的温暖夏天中新生出什么。

清晨，尼基塔走到了柳芭家门前。薄霜覆盖着熟悉的屋顶和砖房——柳芭可能还在温暖的被窝里酣睡。尼基塔从房子旁边走过，不想打扰未婚妻，不想只图自己高兴而让她的身体受凉。

那天下午尼基塔·菲尔索夫与柳波芙·库兹涅佐娃在县婚姻苏

维埃登记结婚了。随后他们来到柳芭的房间，却不知道该干什么。现在尼基塔开始感到害羞，幸福完全地降临于他，世界上他最需要的人愿意和他单独过日子了，仿佛他身上蕴藏了巨大的珍贵财产。他把柳芭的手拉向自己并久久地握住。他享受着这掌心的温度，感觉到通过这双手传来的爱他的人那遥远的心跳，暗自思忖：为什么柳芭对他微笑，为什么会莫名其妙地爱他？他自己倒是很清楚，对他而言为何柳芭弥足珍贵。

“我们先吃饭吧！”柳芭从尼基塔手中抽出自己的手说道。

她今天准备好了食物：医学院毕业后她领到了食品和钱作为津贴。

尼基塔拘谨地吃着自己妻子的这些丰富美味的食物。他不记得什么时候有人款待过他，他从来没有为了自己高兴去拜访过别人，更不要说在他们家吃东西了。

吃完饭，柳芭先从餐桌旁站了起来。她对尼基塔张开怀抱，说了一声：

“来吧！”

尼基塔站起身小心翼翼地抱住她，生怕弄坏了这个不同寻常的温柔身体。柳芭主动帮他抱紧了自己，可是尼基塔请求道：“等等，我心里很难受。”于是柳芭放开了丈夫。

黄昏来临，尼基塔想生起炉子照明，可是柳芭说：“不用了，我已经毕业了。今天是我们的婚礼。”于是尼基塔铺好了床，这时柳芭毫不避讳地当着丈夫的面脱掉了衣服。尼基塔却走到父亲做的衣柜背后，站在那里飞快地脱了衣服，然后躺到柳芭身边。

一大早尼基塔就起来了。他打扫房间，生炉子烧水，打来洗脸水，到最后已经不知道趁柳芭还在睡觉，还能再干些什么。他闷闷不乐地在椅子上坐下：说不定现在柳芭会让他永远地回到父亲那里去。因为人本来应该会享受，可尼基塔不能为了自己的幸福折磨柳芭。他的全部力量在心中激荡，奔涌到喉咙。

柳芭醒来看着丈夫：

“别丧气，别站在那儿，”她说，“咱们一切都会好起来的!”

“我来把地板擦干净!”尼基塔请求说，“要不然家里太脏了。”

“好吧，擦吧。”柳芭同意了。

“由于对我的爱，他多可怜多怯懦啊!”柳芭躺在床上想，“他是我亲爱的人，我要永远和他在一起！……我忍忍。也许——以后他会爱我少一些，那时候他就会变得强大!”

尼基塔心神不定地拿着湿抹布擦拭地板上的污垢，柳芭坐在床上打趣他：

“我已经嫁人啦!”她自顾自地高兴着，穿着睡衣爬到了被子外面。

尼基塔打扫干净房间，又用湿抹布擦拭了所有家具，然后把桶里的水兑上热水，从床下拖出脸盆让柳芭洗脸。

喝完茶，柳芭吻了吻丈夫的额头就去医院上班了，说自己三点左右回来。尼基塔摸了摸自己额头上妻子的吻痕，独自留在家里。他自己也不知道为什么今天没有去上班——他感到自己如今过得很可耻，或许百无一用：那还用得着挣饭钱吗？他决定趁自己还没有被羞耻和郁闷折磨得憔悴不堪，要以某种方式过完自己的一生。

尼基塔研究了房内总的家庭资产状况，找到了食品并用其中的一种做了午饭——牛肉粥。然后他脸朝下趴在床上开始计算，波图丹河还有多久才能化冰开封，自己就能投入其中。

“我再等等，等到河冰解冻：不会太久了！”他大声地安慰自己，说着就睡着了。

柳芭下班带回来了礼物——两盆冬天开放的花朵：好心的医生和护士们送给他们的新婚礼物。她像一个真正的女人那样，和他们认真地相处，又保持神秘。年轻的护士和陪护们很羡慕她，一个药房女工作人员还真诚信任地问柳芭，爱情是一种迷人的东西，因爱而结婚是让人陶醉的幸福，这话到底对不对？柳芭告诉她，这话千真万确，人正是靠这个活在世界上。

晚上夫妻俩一起聊天。柳芭说，他们可能会有孩子，为此应该早做打算。尼基塔答应在家具社里加班做一些儿童家具：小桌子、椅子和小摇床。

“革命已经彻底过去了，现在生孩子很不错，”尼基塔说，“孩子们再也不会遭遇不幸了！”

“你倒说得轻松，生孩子的可是我！”柳芭委屈地说。

“会疼吗？”尼基塔问，“那最好就别生，别受苦……”

“不，也许我能忍得住！”柳芭说。

黄昏时，她铺好了床。为了睡得不太挤，她在床后面拼上了两张椅子来放脚。她安排两个人在床上横着躺下。尼基塔在指定的位置一声不吭地躺下，深夜里在梦里哭泣。可是柳芭一直没睡，她听见他的眼泪，用床单一角小心地擦拭尼基塔熟睡的脸。早上醒来后，尼基塔已不记得自己夜里的忧伤。

从那以后，共同生活开始各行其道。柳芭在医院里给病人看病，尼基塔打制农村家具。空闲时候以及星期日他就在院子里干些家务活，虽然柳芭并没有让他干——她现在甚至都不知道，这房子到底是谁的。以前属于她母亲，后来被收归国家所有。可是国家忘记了这栋房子——从来没有人来过问过这房子，也没人收过房钱。可这对于尼基塔来说完全没有关系。他通过父亲的熟人搞到了绿色油漆，等春天的天气刚一稳定下来就重新粉刷了房顶和窗户。他还勤快地修好了院子里年久失修的草棚、门框、栅栏，还打算重新挖个地窖，因为原来的已经塌陷了。

波图丹河上的冰已经开始松动。尼基塔去过岸边两次，看着流动的河水，决定趁柳芭还能忍受他的时候暂不寻死。等到柳芭对他忍无可忍的时候再一死了之也来得及——反正河水不会很快冻上。平时尼基塔总是慢条斯理地在院子里做着家务活，目的是不待在房间里让柳芭厌烦。当活儿全都干完了，他就用自己衬衫的下摆兜着一些旧地窖里的黏土带回房间。他坐在屋里的地上用黏土捏小人儿，做各种世上没有又毫无意义的东西——都是些没有生命的凭空臆想之物，诸如一座山，山上长出一颗动物的头；一些普通的树根，可是盘根错节相互缠绕，啃噬与折磨自己，看久了让人昏昏欲睡。尼基塔在做这些黏土活儿的时候常常不由自主地开心微笑，柳芭则在他身边席地而坐，缝补内衣，哼着歌。做事的间隙用一只手爱抚一下尼基塔——摸摸他的头，或是挠一下他的胳肢窝。每当这时，尼基塔柔弱的心脏都会紧缩起来，他不知道是否还需要什么更崇高更强大的东西，或者生活本来就卑微琐碎——就像他现在的生活这样。可是柳芭却用厌烦的眼神看着他，满是善良的忍耐，仿佛善良和幸福对她而言是繁重的劳动。于是尼基塔就揉掉自己的玩具，让它们重新变成黏土。他问妻子，是不是需要生炉子烧水煮茶，或者要不要去一趟什么地方。

“不用，”柳芭微笑着说，“我自己能把这些事做好……”

于是尼基塔认为，生活浩大，哪怕仅有一部分聚集在他那跳动的心里，或许他都无力承受——而在另一个他望尘莫及的人身上，生活更有趣、更有力、更珍贵。他拿起水桶去县城里的井里打水，那里的水比街巷里的更清澈。尼基塔无论干什么都无法排解自己的痛苦。他像童年时一样害怕黑夜的来临。打好水后，尼基塔顺便提着装得满满的水桶去了父亲家做客。

“婚礼不举行了?”父亲问，“用苏联时期的方式，悄悄办一下吧。”

“会办的，”儿子答应，“咱们一块儿做一套小桌椅和一个小摇床吧！你明天和师傅说说，让他给咱们些木料……我们可能会有孩子!”

“行!”父亲同意了，“不过你们不能很快有孩子：还不是时候……”

一周以后尼基塔为自己做好了所有需要的儿童家具：每天晚上下班后他都留下来加班，认真干活。父亲把每一样家具加工得更加精致，还上好了漆。

柳芭把这些儿童家具放到了专门的角落里，在未来孩子的小桌子上摆上了两盆花，在椅背上搭上了做好的毛巾。为了感谢尼基塔对自己和对未知的孩子的忠诚，柳芭拥抱了他。她吻了吻他的喉咙，靠紧他的胸口，久久地在爱人身边取暖。她知道自己也做不了别的什么。而尼基塔垂下双手，挡住自己的心，默默地站在她面前。因为他是弱者，不想显得强势。

那天夜里尼基塔醒得很早，刚过后半夜。他在寂静中躺了很久，听见了城里的钟声——12 点半、1 点、1 点半：一共响了 3 次，每次 1 声。窗外晨光初现——黎明尚未到来，只是黑暗开始消退，空旷的空间慢慢显现，房内的一切和新的儿童家具也显露出来。可是经过了暗夜之后，它们显得可怜又疲惫，像是在求援。柳芭躺在被子里动了一下，叹了口气：也许她也醒了。尼基塔没出声，开始听。可是柳芭没有了动静，再次发出均匀的呼吸声。尼基塔喜欢这样的感觉：活生生的柳芭躺在他身边。在他的灵魂中，她不可或缺，可她在梦中却不记得他——自己丈夫的存在。只要她平安幸福就好，对于尼基塔来说，只要意识到她的存在就足够了。他平静地打了一会儿盹，梦见一个亲爱的人，重新睁开了眼。

柳芭正小心翼翼地，几乎听不到声音地哭泣。她压抑着自己的痛苦，想让其无声地死去，便蒙住头独自伤心。尼基塔转过脸对着柳芭，看见她正幽怨地裹在被子里，急促地喘着气，压抑着自己。尼基塔没有说话。不是所有痛苦都能安慰。有一种痛苦只有在心灵耗尽，遗忘已久或者被生活销蚀之后才会停止。

凌晨时分，柳芭平静下来。尼基塔等了等，然后撩起被角，看了看妻子的脸。她睡得很平静，温暖安详，泪痕已干……

尼基塔站起身，默不作声地穿好衣服走到外面。平淡的早上已经开始，一个路过的乞丐提着装得满满的口袋走在路中间。尼基塔跟在了他身后，也想去一个地方。乞丐出了城，沿着大路往康杰米罗夫卡镇走。那里自古就商贾云集，有钱人多。当然，那里打发乞丐也并不大方，给他们的吃食仅够他们走到下一个穷村子。不过康杰米罗夫卡镇总是很热闹，好玩，光是在集市上观察各类人等，就足以暂时分散灵魂的痛苦了。

中午时分，乞丐和尼基塔走到了康杰米罗夫卡镇。在镇子的入口，乞丐坐下来打开自己的口袋和尼基塔分享了带来的食物。在城里他们就各奔东西，因为乞丐有自己的打算，而尼基塔没有。尼基塔来到集市上，在摊档的阴影中坐下，不再想柳芭，生活的琐事和自己。

集市上的看门人已经在集市上生活了 25 年，和自己没生过孩子的胖老婆日子过得很是滋润。小贩们和合作商店常会给他些卖剩下的肉、下脚料、便宜的布料，还有一些线绳、肥皂等日用品。他自己也一直在卖废品，存了些钱。他的职责是清理市场的垃圾，清洗肉档的血迹，打扫公共厕所，在市场守夜。可是他通常只是夜里穿着暖和的皮袄在市场上走走，把杂活儿全派给了在市场里过夜的流浪汉们。他妻子几乎总是在往泔水池里倒隔夜的肉粥，这样看门人就总有东西来打发某个打扫厕所的可怜人。

妻子常常叮嘱他——别干杂活儿，他白胡子都长得老长了——他现在不是看门人，而是个监工。

可是难道能让一个流浪汉或者乞丐当长工吗？他们干一天活，

吃光了给他们的饭还会再要，然后就跑回县里去了。

最近这几天夜里，看门人都在把同一个人从市场赶走。看门人推推那个睡觉的人，他就站起来一言不发地离开，然后又在远处的摊档后面坐着或躺着。有天夜里看门人整夜都在围猎这个无家可归的人，想要折磨并战胜这个让人精疲力竭的外来家伙的欲望使他热血沸腾。有一两次看门人扔出的棍子击中了他的头，天亮的时候流浪汉不见了——可能是离开了市场。可是上午看门人又找到了他——他睡在厕所外面粪坑的盖子上。看门人叫醒了熟睡的人，他睁开眼睛，一言不发，看了看就又平静地睡了。看门人心想，这是个哑巴。他用棍子捅了一下睡觉人的肚子，用手示意他跟着自己走。

在自己那套公家的整洁的住宅里——有一间厨房和一个房间——看门人给他吃了些残羹冷饭。吃完饭让他去杂物间里拿上扫帚、铁锹、铲子和石灰桶去打扫卫生。哑巴用一双雾蒙蒙的眼睛看着看门人：他可能还是个聋子……不，也未必——哑巴在杂物间拿上了看门人所说的所有需要的工具和材料，也就是说——他能听见。

尼基塔认真地干完了活儿，看门人就来检查他干得怎么样。对于一个新人来说，干得还不错。因此看门人把尼基塔带到拴马桩跟前，让他清扫马粪并用推车运走。

在家里看门人一监工命令自己家的女主人，不要再把剩饭剩菜倒进泔水桶，而是倒进一个小瓦罐里给哑巴吃。

“恐怕你还要命令我把他让进堂屋睡觉吧？”女主人问。

“这倒用不着！”男主人说，“他就在外面过夜：他耳朵不聋，让他听着点小偷。听见了就跑来告诉我……给他一张毯子，他自己能找到地方睡觉……”

尼基塔在镇里的集市上过了很长一段时间。自打不习惯说话以后，他的思想、回忆和痛苦都变少了。只是偶尔感觉到心中的压抑，他麻木地忍住了，心中痛苦的感觉渐渐减轻、消失。他已经习惯在集市里生活，人多、嘈杂、日复一日的杂事让他淡忘了记忆，失去了兴趣——吃饭、休息、见到父亲的愿望。尼基塔不停地干活。深夜里，当他在寂静的市场上一个空箱子里打上地铺，看门人－监工就会来看看他，让他边睡觉边听着动静，不要睡得太死。“说不定会有事，”看门人说，“前几天几个贼把一家铺子的门板扯掉两块，面包都没要就吃完了一普特蜂蜜……”天刚亮，尼基塔已经在干活了，他要赶在人们到来之前把市场打扫干净。白天也没时间吃饭，一会儿要把马粪装进公用的大粪车里，一会儿需要挖个新的污物坑，一会儿又要帮看门人从小贩那里免费拿一些旧纸箱，好卖到乡下去——或者其他的活儿。

夏天，尼基塔被抓进了监狱，因为怀疑他偷了农村消费品商店集市分店里的商品。可是经过调查还了他清白，这个十分虚弱的哑巴对指控也非常漠然。在尼基塔的性格中，以及他作为看门人帮工的工作中，侦查员没有发现任何追求享乐和贪欲的特征——他连监狱里给的粥都吃不完。侦查员明白了，此人不懂得个人和社会物质的价值。他的案件没有直接罪证。侦查员认为，“没必要让这样的人弄脏了监狱!”

尼基塔在监狱里蹲了 5 天 5 夜，出来后又出现在了集市上。没有了他，看门人－监工累得要命，因此看见这个哑巴又来到市场上，非常高兴。老人把他叫到家里，一改自家一贯的抠门习惯，破天荒地给尼基塔吃了新做的热汤。“吃完比败光强！”老看门人一监工安慰自己，“以后还是给他吃晚上剩下的残羹冷饭！”

“去吧，把食品摊那边的垃圾弄弄。”等尼基塔吃完了主人家的菜汤后，看门人对他说。

尼基塔去干自己熟悉的活儿。他现在很少感觉到自己的存在，很少思考，脑子里只有不经意出现的一些思想。可能到秋天，他就会忘了一切，忘了自己是什么。看见周围世界，他再也不会对其有想法。就让所有人都觉得，这是个与世无争的人吧，实际上他不过是待在这里，没有记忆、没有思想、没有感觉地生存，既像是在家庭的温暖中，又像是在躲避死亡般的痛苦……

从监狱出来后不久，已经是夏末——夜变长了——尼基塔正打算按要求锁上厕所，从里面传来一个声音：

“等等再关，小家伙！难道还有人从这儿偷东西不成？”

尼基塔等了等。父亲腋下夹着一个空口袋走了出来。

“你好，尼基特[①]！”父亲先开了口，他突然伤心地哭了起来。虽然父亲被自己的泪水弄得发窘，可泪水却怎么也止不住。“我们以为你早就死了……就是说，你还活着?”

尼基塔抱住了瘦骨嶙峋的父亲——他那已经麻木的心动了一下。

他们往空旷的市场走去，在两个摊档中间栖身下来。

“我是来买小米的，这里卖得便宜些。”父亲解释说，“不过你

---

① 尼基塔的爱称。——译者注

看，我来晚了，集市都散了……算了，我在这儿过一夜，明天买了再回家……你在这儿干什么?”

尼基塔想回答父亲，可是嗓子哽住了。他已经忘了该怎么说话。于是他大咳了一阵，嘟嘟囔囔地说：

“我还好。柳芭还活着吗?”

“她投了河，”父亲说，“可是几个渔夫马上发现并把她拖上了岸，悉心照料她。她在医院住了一阵，现在好了。”

“现在还活着?”尼基塔小声地问。

“暂时还没死。”父亲说，“她嗓子经常出血：可能是沉水的时候着了凉。她日子挑得不好——正好变天，水很凉……”

父亲从衣兜里拿出面包，分了一半给儿子，他们吃了些当晚饭。尼基塔沉默不语，父亲用口袋垫在地上，准备躺下睡觉。

“你有地方吗?”父亲问，“要不你睡袋子，我睡地上。我不会着凉，我年纪大了……”

“为什么柳芭要投河?”尼基塔喃喃地说。

“你怎么了，嗓子不舒服?”父亲问，“会好的！她非常想你，为你伤心，就是这个原因……她沿着波图丹河前前后后走了100多俄里，走了整整一个月。她以为你跳河了，会浮起来，她想找到你，可是原来你在这里。真糟糕……”

尼基塔想着柳芭，他的心中又充满了痛苦和力量……

“父亲，你一个人睡吧，”尼基塔说，“我去看看柳芭。”

“去吧，”父亲同意了，“现在去很好，凉快。我明天来，到时候我们谈谈……”

尼基塔出了小镇，在无人的县道上狂奔。累了就走一会儿，然后又在自由轻松的空气中沿着黑暗的原野奔跑。

深夜，尼基塔敲响了柳芭的窗户，摸了摸自己漆成绿色的窗户——在夜色中窗户看上去是蓝色的。他把脸贴在玻璃上。从床上垂下的白色床单让整个房间散发出柔和的光。尼基塔看见了他和父亲做的儿童家具——它们还保存完好。于是尼基塔用力敲窗框。可是柳芭仍然没有回答，也没有走到跟前来认出他。

尼基塔翻过栅栏，走进外屋，又走进了房间——门没锁：住在这里的人已经无心防贼了。

柳芭在床上盖着被子蒙头躺着。

“柳芭！”尼基塔轻声唤她。

“嗯？”柳芭从被子下面应道。

她并没有睡觉。一个人躺着，可能生着病又有些害怕，或者以为听见的敲窗户和尼基塔的声音是在做梦。

尼基塔在床边坐下。

“柳芭，是我回来了！”尼基塔说。

柳芭掀开自己脸上的被子。

“快到我这儿来！”她依然用自己温柔的声音请求道，向尼基塔伸出了双手。

柳芭担心这一切会立刻消失，她抓住尼基塔的双手，把他拉向自己。

尼基塔紧紧抱住柳芭，像是要把一个深爱的人装进自己空虚的灵魂。可是他很快就回过神来，有点发窘。

“你不疼吧？”尼基塔问。

“不，我没感觉。”柳芭回答。

他对她满是怜惜，希望她不再忧伤。他获得了一种残酷而痛苦的力量。同柳芭近在咫尺的爱并没有让尼基塔察觉出比平日更多的欢乐。他只是感觉到，现在他的心掌控着他的整个身体，并把血液分享给了那少得可怜却不可或缺的享受。

柳芭对尼基塔请求道，也许他能把炉子点燃，因为天一时还亮不了，就让火光照亮房间，反正她已经不想睡觉了。她开始一边等待天明，一边注视着尼基塔。

外屋的柴已经用完了。尼基塔从院子里的草棚拿出两块木板，劈成几块和一些木片，点燃了铁炉子。等火烧旺了，尼基塔打开炉门，让火光照亮房间。柳芭下了床和尼基塔面对面坐在亮处的地板上。

“你现在没事了吧？不后悔和我在一起生活了？”她问。

“不，我没事了。”尼基塔回答，“我已经习惯和你一起幸福地生活。”

“把炉子再烧旺些，要不然我会发抖。”柳芭请求道。

她穿着一件破睡衣，消瘦的身体在清冷的夜色中瑟瑟发抖。

家　庭

1

国内战争结束了。一个中年女人走出一栋老式莫斯科小屋的栅栏门——房子年岁久远，灰浆剥落，露出了圆木——往街上看去，看丈夫有没有回来。他早该回家了：他已经离家 6 年，音讯全无。

现在的日子渐渐好过些了。女人从莫斯科苏维埃得到了一些帮助——给她自己和一对双胞胎。最近还开始有肉供应，母亲可以煮给孩子们吃。

“吃点牛肉吧，”她说，“咱们现在可以多活些日子了。”

可是那对双胞胎，八九岁的一儿一女并没有马上适应能吃上饱饭的生活。饥肠辘辘的时候，他们总是躺在床上打盹，相互取暖。他们从浅睡中醒来，吃了一点东西马上又闭上了眼睛，为自己将来的命运下意识地保存着生命。

他们的父亲还是没有从战场回来。母亲总是徒劳无益地走出栅栏门去迎接丈夫。她已经得知，邻居家不少人都回来了。厂里的起重机司机古斯塔夫·李斯特回来了，他上过土库曼前线；模型工库利科夫也出现在街上，头上缠着绷带，身上穿着军大衣；修理厂的冲压工瓦西里·阿列克谢耶维奇·科尔帕什尼科夫已经病怏怏地在家里躺了3个月。可是没人见过她的丈夫——她问遍了所有人——战争规模浩大，常有人在那里不知所踪。可是咨询委员会告诉她，伊万·尼科季莫维奇·波尔特诺夫应该还活着。于是她就去车站守候来自东西南北的列车。她去了各个火车站，看着身边成千上万的人从战场回到了莫斯科，回到了自己的家庭和空荡荡的工厂里。

波尔特诺夫的妻子已经习惯于接不到丈夫，独自往回走。孩子们在家里睡觉，屋顶的烟囱没有冒烟，而邻居家烟囱里的烟却一阵密过一阵。人们在取暖、做饭。多年的分离后，他们又重聚了。

冬天来临，莫斯科银装素裹。月色映照着整洁的大地和重又喧嚣起来的城市街道。波尔特诺夫的妻子和往常一样去火车站，上军事委员会，干家务，对自己内心的痛楚已经习以为常。她决定一心扑在孩子身上，留给丈夫的只有流了又干的泪水。

冬日里的一天，她拿着一些面粉和布料回家。天色已晚，各家的窗户里都亮起了灯，生起了炉子。她家那栋旧房子的烟囱里也冒出了温暖的烟。波尔特诺夫的妻子看见这股烟——先是吓得停住了脚步，不知道是谁点着了炉子，然后惊慌失措地走回家，打开了自己房间的门。

房间里，敞开的炉门前，一个人坐在倒扣的桶上，点燃了一小堆火来取暖。他脱下了靴子和衣服，只穿一条黄色军裤，裤子膝盖下面系着绳子，绳子上挂着一个自制的木勺。木勺一直挂在那里——生活、打仗，甚至在这个人睡觉的时候。来人肚子以上身体裸露，能看见几处愈合的伤口疤痕和骨头断裂的痕迹。可是因为身体受伤而退化的生命物质，却在完整的皮肤下面聚集成堆，凝聚起力量，外在表现为石头般的小丘和坚硬的物体——因此，此人的身体像是被翻耕过的死气沉沉的大地，无法抚平，无法拥抱。尽管他全身肤色暗黑，尽管伤病和风雨留下了斑斑印迹，但他隆起的乳头下面，用刺激性的化学物质书写的签名依然清晰可见：装甲坦克部队伊万·波尔特诺夫。

也许，这就是正低头烧火的这个人的证件。艰难的岁月使他毛发稀疏的脑袋上已经秃了顶。此外，左边脑袋还被烧得露出了骨头，长不出头发。面孔大而沉默——谈不上美丑，与常人无异，只是像婴儿一样，丰满平静，双眼迷茫，面无表情。

波尔特诺夫把一根细柴放进火里，站起身，默默地向妻子走去，局促不安地站到了她面前。女人回忆起了曾经的幸福，放下手里的东西，迫不及待地抱住了丈夫，久久不肯松手。她用自己的胸口感受到了他身体里的小丘和千疮百孔的伤痕，感觉到了他那战胜了一切死亡的力量。

她现在一刻也无法离开他，贪婪地呼吸着丈夫身上温暖的气息，对他的归家永远心怀感激。

波尔特诺夫的视线越过妻子头顶，看了看快燃尽的壁炉，等着身边的妻子回到现实。他爱抚地碰了碰她的后背，摸了摸她低下的头，不经意间发现妻子消瘦的身体变得冰冷，头发也在凄苦的等待中日渐稀疏。归来的红军战士又看了看仰面睡在床上的两个孩子。他们在没有记忆的梦境里微睁着孩童那忧郁的双眼，没有力气闭紧眼皮，也无力苏醒。他们的父亲为他们赢得了未来生活的荣誉，而他的孩子们躺在永久安宁的前夜。于是，归来的波尔特诺夫离开妻子，在两个孩子中间躺下，一解多年行军打仗的疲乏。他把双手放到孩子们身上，闭上眼睛，沉沉睡去。

他的妻子还没睡。她烧旺了炉子，开始准备明天的餐食，照料酣睡的家人，给他们盖上被子。莫斯科上空下着大雪，把房屋与大地都裹进了自己温暖的身下。各家各户的灯光都一直亮到了半夜，人们畅谈、饮食、休息。胜利结束了战争，点燃了炉子，点亮了灯。

2

波尔特诺夫一家添丁了——一年后，他们又生了一个孩子，是个男孩。像战争和革命开始前一样，波尔特诺夫重新在桥梁构件厂上班。妻子在家做饭带孩子，料理家务。一对双胞胎不再打瞌睡，他们挺过了吃不饱饭身体孱弱的日子。曾经寂寞的童年现在充满对这个新奇世界的幸福感受。

波尔特诺夫上白班时，每天晚上都睡在孩子们中间，在他们脑袋上方张开双臂，像是在保护他们。对于已经到来的和平，他还将信将疑。夜里他会走到外面，听远处货站里哨兵发出的稀疏的枪声，为整个国家的虚弱而心痛。

有时，厂里压缩机电机的电压会急剧下降，波尔特诺夫就凶狠又伤心地用双手抓住驱动皮带，帮助机器前进。机器停下来的时候，他狂怒却又一言不发。工厂的支部书记，或者莫斯科苏维埃的代表几乎每天都来找波尔特诺夫：从莫斯科南边和东边出城的列车都沿着几乎是涉水临时搭建的枕木通过河流和低谷。因为桥梁的桁架被炸毁，翻倒在河谷里。没有压缩机，不能压缩空气，桥梁厂就无法施工——无法进行铆接。

“你有孩子吗?”苏维埃代表问波尔特诺夫。

“有几个。”空压机机械工说，“你问这个干什么?”

“要爱护他们，让气泵正常工作——由于库尔斯克铁路上两座桥梁被炸毁，运送木柴的列车无法运行，土豆也冻坏了……”

“哪怕土豆皮能运进来也行啊!”波尔特诺夫说。

一天值夜班的时候，莫斯科工人代表苏维埃的主席来找波尔特诺夫。一整夜他们都在检测气压表，听钻头的歌唱和空气锤战斗般急速地工作。可是到了半夜，电压下降，压缩机忧郁地发出喘息，缩短了进程：波尔特诺夫用双手抓住电机碳刷，让它们少冒火花，以免白白浪费电流。他站在铁板上，高压穿过了他的身体，可他并没有感觉到致命的电击，只是有轻微的不适，人为地节省了因多余的小型放电消耗的能量。

莫斯科苏维埃的主席拿起电话与电站通话，下令关闭几个抽水泵。正当电站工作人员诧异的时候，主席说：

“没事，现在地上还有雪。就这样！早上我到你们那边锅炉房来。”说完就挂了电话。

他俩又开始在车间里操作压缩机。当气压正常的时候，两人就点起用捣碎的植物裹的烟卷，会意地对视一眼。

早上，波尔特诺夫回到家时，新出生的孩子夭折了。母亲把他捧在手里，默默地端详，想永远记住他的模样。她从小贩手里买了一小把干蘑菇，混着小麦熬了粥。两个大孩子喝了粥，呕吐了好几次，虽然难受但保住了性命。可是最小的孩子却中毒身亡。波尔特诺夫什么话也没说。他把冰冷的孩子靠近自己的身体，用红军大衣蒙上了自己和孩子的头，在黑暗中一直躺到了傍晚。他不知道下一步应该怎么办——是不是应该让孩子入土，自己却继续活着……多少次——无论是在工作中，还是在战场上——他都感到自己是个行尸走肉，痛苦与折磨冲淡了他的理智。难道我们生来就是为了忍受讥笑和死亡？不，不能如此！

夜里，波尔特诺夫又站在压缩机旁边增加电压。他用裸露的双手抓紧电机碳刷，清理上面的集电极，却并没有感觉到电击。他双脚站立，偶尔会在一瞬间睡着，在梦中哭泣，醒来擦干不知什么时候流出的眼泪。20 世纪初安装的旧马达一头撞击着转轴，使轴承发烫。可是机油早已耗尽，连重油都没有了——人们用蜡烛和旧棉纱里挤出的残油润滑轴承。波尔特诺夫甚至往抹布里擤一把鼻涕塞进机器，为的是让里面能有一点黏稠物。

莫斯科苏维埃主席和几个波尔特诺夫并不熟悉的人参加了他儿子的葬礼。主席和波尔特诺夫轮换着把棺材抬到了墓地。他告诉所有的同路人，近日将会在区里开设一家示范托儿所，因为在每个被埋葬的孩子身上，我们都葬送了自己的未来，消灭了革命。

这个中年布尔什维克还走下墓穴，用双手接过小棺材。

“我们的情况已经明了，”他站在大地深处说，“可是他们的情况还不清楚：也许比我们更好，更纯粹！就这样吧，同志们，让我们继续生活。”主席爬出墓穴，“没关系，还会有孩子在我们这里出生。”

3

孩子的确又生了出来。在接下来的两年里，波尔特诺夫生了两个孩子，都是男孩。大的一对双胞胎——谢尔盖和玛妮娅——已经上了学。在学校里吃得更好，还给他们发了衣服和鞋子。幼年时只有一件围兜穿，为了忍饥挨饿几乎每时每刻都在睡觉的情形没有在他们身上留下任何印迹，因为大自然不记得自己的灾难。他们已经远离了童年。他们自己也急于摆脱童年，希望时间过得快一些——童年令他们恐惧。

父亲偶尔带他们去厂里。第一次去是在新压缩机投入使用的那天。小而无用的旧机器摆在车间正中，等待天车来把它吊走。

"把它运到哪儿去?"谢尔盖问。

"运到冲压床那儿，"父亲说，"在那里把它压成废铁。"

"你心疼机器吗?"儿子又问。

"有什么好心疼的？我会记得它，这就行啦!"父亲回答。

父亲说完走到新机器前，启动了机器。它温柔地快速运转，像小孩子一样温顺。

谢尔盖很高兴，自己有这样一个父亲：他生下他（谢尔盖一点也不记得这回事了。他想不起来，忘了），然后打倒了一切资产阶级回到家。现在用坏了旧机器，开始使用最带劲的新机器了。可是父亲也是个落后的人。一次他问谢尔盖和玛妮娅：

"我曾经在哪儿听说过哺乳动物。这是什么？你们恐怕也不知道吧，白上学了。"

“不，我们知道！”玛妮娅说。

“那是什么？”

“嗯，比如说，怎么给你说呢！”谢尔盖认真地说，“比如大象、狮子、你……”

“还有我……”女儿补充道。

父亲不同意。

“你们没喝多少牛奶，你们不是哺乳动物。”

“父亲，你说话也不想想！”

“我们小时候是没喝过，”玛妮娅解释，“可是现在每天都吃炼乳：比牛奶还营养呢！”

“显然，咱们都是哺乳动物。”儿子肯定地说，“你不了解事实。你该去上学了。”

父亲哑口无言。他喜欢自己孩子这样羞辱自己。这意味着，生活在前进，人们在长进。经历过劳动、打仗和情感之后，他意识到，如果仅靠他一个人的智慧与情感，要理解寻常的自然法则，他需要活上几千年。他可以承受机器电流穿过身体的打击；与敌人浴血奋战时，可以将性命托付给幸存的同志；然而他是用自己心脏的张力在承受机器的工作，脑子里却是一片混沌。

4

波尔特诺夫开始上技术夜校。刚开始时，他坐在课堂上像个傻子一样，每天都想放弃。

“我真是没用！”他想，“有文化的人不会让我开机器了，我到进棺材那天都只会敲大锤……”

每天夜里他唉声叹气，睡在床上辗转反侧。睡在旁边的大孩子们明白父亲的心思，蒙在被子里好笑。可他却独自犯愁，如何才能学会思考别人早已明白的内容。为此他需要把分子、分母、小数、比例、折旧率等设想成他明白的东西。在迷雾一般的脑子里，他把分数想象成骑兵，分子是战士，分母是战马；小数就是骑兵在飞驰，他与马之间有小数点的野草阻挡，把他们分开，迫使他跳下马。因此骑兵从马上跳到了马的肚子下面——变成了分母，然后又与马站成了一队。波尔特诺夫把折旧率想象成父亲传宗接代的精子。当波尔特诺夫想出了这样一套系统后，很快就掌握了科学知识，把科学永久地装入了自己的大脑和身体里。后来他已经非常习惯与科学打交道，甚至开始教妻子学习物理和力学。她也很快就听懂了他的讲解。她现在也需要力学和电工学的知识。他们搬进了新家——有 3 个房间、带天然气的厨房、浴室、电熨斗和无线电收音机。这样一来，波尔特诺夫的妻子也有了整整一个车间的机器——有用的机器和危险的机器。

完成了 3 年的学业后，波尔特诺夫当上了厂里所有重型设备的负责人和副厂长。他很快就开始扩大工厂规模，因为铁路和新城市建设中修建了数以百计的桥梁。波尔特诺夫领导了新车间的建设、旧车间的改造，换上了动力强劲的新设备。他惊异地发现，车间里旧东西只剩下了墙上的几千匹砖，他已经找不到自己过去的工位。

波尔特诺夫的孩子，谢尔盖和玛利亚[①]长成了小伙子和大姑娘，两个小一点的孩子也长大了。父亲很尊重自己的大孩子，就像尊重比他地位高、懂得比他多、认识世界比他准确的同志。他对这样的情形暗自高兴。孩子在场的时候，他表现得更为小心谨慎。波尔特诺夫的妻子向丈夫和孩子学会了操作各种家电设备。自己熟练掌握后，还教会了邻居和其他熟人正确用气用电、使用洗衣机、吸尘器，还用双手比画着教他们维修这些设备。她被委以重任——先被任命为住房管理委员会成员，后来还当选为区苏维埃代表。

全家人每天晚上都聚在一起。而今把他们联系在一起的不仅是亲情和习惯，还有相互之间的兴趣、友谊，有时还是对自己或他人取得的成绩的共同赞叹。

“从前的世界像是石头做的。”父亲吃下一块馅饼，说道，“常常是 10 年都看不见一条街道出现，只看见房子在变旧，人在变老……每个人都担心，怕发生什么祸事。现在我们把城市弄得像玩具似的，世界没有石头那么硬了，我们都比它硬。”

“大自然可是件严肃的事儿！”大儿子说，“你别得意忘形。我们正在学宇宙物理，我知道这是怎么回事……人要想弄懂宇宙，还得做很多改变。”

“好吧，”父亲说，“重要的是，我们在向前走，而不在于走多远。我们先是在大地的最低处保存人，培育人，然后往上走。党章里随时可以增加条款，我们想帮助全世界的大自然尽快完善自己的

① 玛妮娅的大名。——译者注

事业，它也是赞同我们的——你看，工人阶级没时间生孩子的时候，你俩都是我一下子生出来的，现在这样的事也经常听说——这儿生2个，那儿生3个，还有一次生4个的。日子变好了之后，后代就成群地出来了，几大军列的孩子爬到了世上。这就是大自然!”

“爸爸，你最好还是给我们讲讲白军吧!”小儿子格里高利请求道，“讲这些我们听着没意思!”

“没意思，没意思……他们有什么好讲的：你也要去打白军的，到时候就知道了……”

“我会生几个孩子?”小男孩问。

“8个，10个，14个，”父亲回答，“快点长，让白军都怕你，他们就不敢惹你了。”

“14个孩子?这真不错!”男孩说，“我还想就1个——看来少了……”

窗外的莫斯科亮起了灯光。这座城市里人越来越多，崭新的高楼大厦层出不穷。数百万人呼气成云，夜间灯光在云上颤动着，仿佛映照出他们夜以继日的劳动场景。

波尔特诺夫躺下睡觉。妻子躺在他身边。他俩都没说话，每个人的意识中都支离破碎地显现出他们过去的生活。孩子们睡在另一个房间。他们都在看书，勾画蓝图，思考未知的美好生活。他们有时不得不孤身一人，屈从于荒诞的世界，像父亲那样身负重伤。现在就让他们成长生活在莫斯科、故乡和家庭温暖的灯光里吧……波尔特诺夫一只手抱着妻子睡着了。他想休息休息，以免过早地衰老疲惫死去。他还要再次——与数百万长大的孩子们一起——去战斗并取得胜利，再次穿着破旧的军装回家，回到老去的妻子身边——坐在壁炉前，温暖在路途中冰冷的身躯。

波尔特诺夫在睡梦中抚摩着妻子的肩膀，她醒来擦去了自己的泪水，仿佛第二天一早她就要与丈夫长期、永久地分离。

迷雾般青春的朝霞

1

内战时期的一天夜里，她的父母死于伤寒。那年奥尔加 14 岁，孤身一人，无依无靠，住在火车站旁的一个小村里。她父亲曾在这个车站当列车调车员。邻居和熟人们帮忙安葬了父母亲之后，女孩在那套空荡荡，已经收归国有的房子里住了几天。奥尔加擦干净了厨房和房间的地板，收拾好房间，在凳子上坐下来，不知道接下来该干些什么，现在日子该怎么过。邻居奶奶给女孩端来一碗粥，让这个瘦小得与年龄不相符的孤儿吃点东西。奥尔加吃得干干净净，一点不剩。老奶奶走后，奥利亚①开始洗衣服：母亲的衬衫，父亲的衬裤——都是父母亲留下的衣服。晚上奥尔加躺上床睡觉，父母亲生前患病时睡的就是这张床。第二天早上她起床、梳洗、收拾了床铺、打扫了房间，说道："又得活着！"——这是她母亲常说的话。然后奥尔加走进厨房开始忙碌，学着自己去世的母亲那样做饭。其

① 奥利亚是奥尔加的小名。——译者注

实没什么可做的，一点食品也没有。可是奥尔加还是把空锅架到了炉板上，像妈妈那样拿起炉钩，倚着它，叹了口气，在炉边发愁。然后她把所有餐具反复擦拭干净，放进抽屉。她看了看钟，把钟摆拉近表盘，想着："爸爸要么准时下班，要么就会晚一些……如果要编制路线，就还会更晚些……"奥尔加的妈妈常会这么想，她管自己的丈夫叫父亲。现在孤儿奥尔加像母亲那样做，那样想，这让她一个人的日子好过些。当她代替妈妈做一切家务活的时候，当她重复妈妈的话，为生活所迫在厨房里唉声叹气，暗自伤心的时候，女孩想象着，母亲还活在自己的身体里，她感觉到母亲和自己在一起。

傍晚，奥尔加点亮煤油灯，把灯放到了窗台上。灯里的煤油还是以前父亲倒进去的，已经见底。天黑以后，她母亲等父亲回家的时候就是这样做的。父亲朝家走来，远远地就开始咳嗽、擤鼻涕，告诉妻女，父亲回来了。可是现在外面一片寂静：有的人去了村子里热闹的地方，有的病快快地躺在自己家里，而有些院子里一片死寂。一直到天黑，奥尔加都在等着父亲回来，或是有人来她家。可是没有人想起这个孤儿——无论是隔壁的老奶奶，还是其他人，因为每个人都有自己的烦心事。于是她躺到父母的床上，独自睡去。

女孩在屋里又住了两天，然后就去了车站。她的姨妈住在很远的地方，在伏尔加河畔的省城。两年前，她来过母亲家里做客。奥尔加感觉她有钱又和善。姨妈是母亲的妹妹，模样和母亲也非常相似。女孩恨不得立刻去投靠她，就可以在姨妈身边生活，不再思念母亲。重病的母亲临终前曾说，如果奥尔加必须得活下去，就让她去找姨妈，以免孤身一人。母亲的妹妹会供给孤女吃穿，还会送她去上学。现在女儿想起了母亲，便照她的话做了。

火车站很荒凉，同资产阶级的战争转移到了南方。月台对面的铁轨上停着一节不大的旧火车头和两节空货车车厢。副司机从火车头的驾驶室里打量着女孩：他记得她父母，知道他们已经去世了。于是他叫女孩上车。女孩沿着梯子爬上了火车头，副司机解开一张红手帕，从里面拿出四个烤土豆，在锅炉上加热，蘸上盐，递了两个给奥尔加，两个自己吃。奥尔加多希望火车司机能把自己带回家，她可以在他家里生活，并习惯他的一切。可是司机并没有对奥尔加说一句关心的话。他给她吃了东西，就把空空如也的红手帕收了起来。他家里也有好几个孩子，他也不知道，能不能再多养活一张嘴。

奥尔加在火车头里坐到了黄昏时分，直到一列长长的红军战士宿营列车驶进车站。

“我要走了，我要去找姨妈。”奥尔加对火车司机说，“妈妈还在的时候让我去的。”

“该去就去吧!”司机对她说。

奥尔加下了火车，往红军的列车走。所有车厢都大开着门，红军战士们几乎都走了出来。有的在月台上走动，向四处打量——水塔、车站附近和远处的房屋、寻常的麦田。四个战士用锌皮桶提着肉汤从车站厨房走出来。奥尔加走到装肉汤的桶前往里看，里面飘出肉和茴香的香味。可这是给红军们吃的，他们是去打仗，应该身强体健。肉汤没有奥尔加的分。

一节车厢旁边站着一个若有所思的红军：他并不急于去吃饭，而是在休息，舒缓路途和战争的疲惫。

“叔叔，我可以和你们一起走吗?”奥尔加请求道，“我的亲姨妈在等我……”

“她住哪儿啊?”红军问，“远吗?”

奥尔加说了城市的名字，红军同意了——这地方挺远，走路到不了。坐火车的话，大概明天一早就能到。

这时两个红军提着肉汤桶走了过来，他们后面还跟着几个红军，手里拿着面包、马合烟、一锅粥、肥皂、火柴和其他供给品。

“这个女孩想搭车去姨妈家，”红军对走过来的同志们说，“应该带上她，是吧?”

“为什么不呢?让她搭车吧!”一个腋下夹着两个面包走过来的红军说，“她当未婚妻不合适——太小了，做妹妹正好!”

奥尔加被带进了车厢，有人给了她一把勺子和一大块面包。她坐在红军们中间，从锌皮桶里舀肉汤吃。很快一个红军发现她坐在地上够不着，就让她跪着——这样她就能用勺子捞到桶底的干货，也能看得清哪里有油脂，哪里有牛肉。

吃完饭列车开动。红军战士们让奥尔加睡在更暖和更安静的上铺，给她盖上了两件军大衣，这样即使在早上和夜里的寒冷中她也不会冻得发抖。

2

上午，红军们叫醒了奥尔加。列车停靠在一个大站。远处，陌生的火车头发出异样的汽笛声，阳光也来自与奥尔加的村子不同的方向。红军们给了奥尔加半个面包、一片腊肉，就把她托举出车厢放到了地上。

“你的姨妈就住在这儿，”他们说，“去找她吧。好好学习，快快长大，等到那时候就过上好日子了！”

“我不知道姨妈家住哪儿。”奥尔加在车厢下面说。现在她一个人站着，穿着破旧的裙子，赤着脚，手里拿着面包。

“去找找看，”那个若有所思的红军说，“会有人给你指路的。”

可是奥尔加并没有离开。她想和红军们一起待在车厢里，和他们一起去他们的目的地。她和他们有些熟悉了，她也想每天吃上肉汤。

“去吧，慢慢走！”车厢里的人对她说。

“你们说我会过上好日子，那是什么时候呢？”她不敢立刻去找不知所踪的姨妈，就问道。

“再忍耐一下吧，”之前那位若有所思的红军回答，“我们现在事情还很多：要消灭白军。”

“我能忍。”奥尔加同意，“再见吧，我去找姨妈了。”

直到傍晚，她才找到姨妈家。她问遍了迎面走来的所有面善的路人，可是没有人知道塔季雅娜·瓦西里耶夫娜·博拉季赫住在哪里。一个过路人让奥尔加给他吃一口面包，却把整个面包都抢走了。他还对奥尔加说，现在严禁投机倒把卖面包。奥尔加赶快吃完了战士们给她的那片腊肉，免得又被抢走。她走进一家院子要水喝。一个中年妇女端给她一杯水说，只有这么多。

“我不是来打水的，我来找姨妈。”奥尔加说。

“你姨妈是谁？”女人问。

奥尔加仔细说出了自己姨妈的姓名。那个女人不知为什么叹了口气，给女孩指了方向：在街角右转，左边第3栋，窗户没有上漆的房子就是博拉季赫家。家里就是夫妻俩，没有孩子。

“没有?”奥尔加问。

“没有。”女人肯定地说，“这些人不喜欢生孩子。”

奥尔加找到了这栋窗户没有上漆的小木屋。走进杂草丛生的院子，敲了敲关着的门。里面有人不高兴地小声应了一声，然后听见脚步声，门开了——像夜里一样，门插上了门闩。赤着脚没包头巾的塔季雅娜·瓦西里耶夫娜姨妈走出来，打量着奥尔加。奥尔加看着自己面前的姨妈想，小时候，塔季雅娜·瓦西里耶夫娜在自己父母家做客的时候既活泼又和善，可是现在姨妈打量自己的眼神那么冷漠，这个父母双亡的孤儿的到来并没让她感到高兴。

“你怎么来了?”姨妈问。

“母亲让我来的。”奥尔加说，“她和父亲都去世了，我一个人生活……姨妈，我再也没有父母了!”

塔季雅娜·瓦西里耶夫娜撩起围裙的一角擦了擦眼睛。

“我们的亲戚关系也不长久，”她说，“我也只是——看上去身体还行。房子不是我租的……他们，不，房子不是我的!”

奥尔加诧异地看着姨妈——现在她感觉她和善了，因为她在为死去的姐姐和自己难过。

“日子就这么过，没时间伤心。”塔季雅娜·瓦西里耶夫娜叹了口气，“你去街上找地方坐坐，”她给侄女指了指，“我刚擦了地板，打扫了卫生，不好让你进门。”

“我在院子里待会儿吧，你们这里有草地。”奥尔加说。

可是塔季雅娜·瓦西里耶夫娜生气了：

“你待在院子里干吗！我们家的鸡在院子里走动，就这样他们都跑不开，你坐在那儿会吓到它们。青草我们要割来喂兔子，不能踩……你沿着小路走到门外去！”

奥尔加走到了街上。道路中间堆着生锈的旧铁轨。铁轨中间的青草反复枯荣，现在又长了出来。女孩在铁轨上坐下——正好对着姨妈家的窗户。等着姨妈家里的地板干了，姨妈就会叫她过去吃饭。

可是街上已经没有了行人，农民们坐着大车回村了。从车站运送袋装粮食的车夫也收了工——到了傍晚，天色变暗。奥尔加赤裸的双脚冻僵了，她把双脚靠紧身体，坐在冰冷的铁轨上睡着了。当她睁开眼睛，看见姨妈家亮起了灯光。而整条街上却是令孩子感到阴森可怖的寂静黑夜，似乎有一些影影绰绰的不明生物，让所有人都避之不及，关门闭户地躲在家里。奥尔加飞快地跑到姨妈家房前。栅栏门关着，于是女孩敲了敲明亮的窗户。房间里有人拉开窗帘，一张浓须密布的中年人的大脸从里面看了看奥尔加。他迅速吞下了什么东西，好像是怕有人来和他抢吃的，一双像动物似的小眼睛在黑暗中警惕地张望。从他身后能看见摆着晚餐的餐桌，塔季雅娜·瓦西里耶夫娜正急急忙忙地从桌上收走面包和餐具。

奥尔加从窗边走开。很快，栅栏门打开了，露出姨妈的身影：

“你敲什么？”她问，“我们还以为你早就走了……”

“我困得难受，等着您叫我，”奥尔加说，“我一个人在外面害怕……”

“来吧！”姨妈招呼道。

姨妈家的厨房和堂屋干净舒适，收拾得井井有条，散发出有钱人家那种好闻的味道。“我不会住在这儿，”奥尔加想，“不能住在这儿。他们会说，你会把这儿弄脏的！”塔季雅娜·瓦西里耶夫娜的丈夫，就是那个透过窗户打量奥尔加的人，又坐回餐桌，正在吃饭。

“神仙都摆脱了自己的孩子，可是亲戚的孩子还给我们找事儿。”塔季雅娜·瓦西里耶夫娜叹了口气，“阿尔卡沙，你摊上事了！我的侄女，她现在是个无父无母的孤儿：管她吃喝拉撒吧！”

“好得很！”塔季雅娜·瓦西里耶夫娜的丈夫漫不经心地嘟哝着，“好吧，给她吃的，今天让她在这儿过夜……反正都得管她！”

“我怎么让她住？”姨妈提高了声音，“我们什么都没有多的：没有睡衣，没有被子，也没有干净的枕套！”

“我就这么睡——睡硬床，盖自己的衣服。”女孩说。

“让她睡吧，”姨父阿尔卡季·米哈伊洛维奇对妻子说，“你现在别干惨无人道的事，苏维埃政府会给你好看！”

塔季雅娜·瓦西里耶夫娜怔了一下，发起火来：

“凭什么给我好看，啊？苏维埃政府？它算老几？它以为人人都是天使一同志？就应该不顾自己死活地生养孩子？就让它自己给他们饭吃吧，苏维埃政府！”

“会给他们饭吃的。”姨妈的丈夫一边用勺子吃着黄油粥，一边信心满满地说。

“会给他们饭吃的！”塔季雅娜·瓦西里耶夫娜学着丈夫的语调，“要是他们的父母生而不养，谁管他们！我可知道苏维埃政府有多难，连我都同情它！”

“不用给我饭吃，我只想睡觉。”奥尔加说。她在一个箱子上坐了下来，并把脸从男主人面前那碗粥上移开。

姨父擦干净自己的勺子，把它放到碗边，对孤儿说：

“坐下，吃吧——碗里还有。”

奥尔加坐到餐桌前，开始吃碗底那所剩无几的黄油粥。

“瞧，你还说不用给你饭吃，只想睡觉!”姨妈说着，飞快地把一个没有套枕套的枕头扔到了箱子上给女孩睡觉用。

“我就吃一点儿。”奥尔加回答。她再次舀起半勺子粥，把勺子舔得干干净净，然后恭恭敬敬地放回餐桌上说，“我不吃了。”

“吃饱了?”塔季雅娜·瓦西里耶夫娜和蔼地问。

“没有，我还很想吃。”奥尔加说。

“现在睡觉，休息吧，”姨妈邀请她躺上箱子，“我们要熄灯了：干吗白白浪费煤油!”

奥尔加在箱子上躺下，默默地蜷起身子，好让自己暖和一些。她在硬邦邦的木箱子上睡着了，如同睡在软绵绵的床上。因为在这世界上她再无栖身之地。

3

早上姨父和姨妈醒得很早。姨父是火车司机，要去开货运列车。塔季雅娜·瓦西里耶夫娜为丈夫准备了丰盛的路上餐食——一块腌肉、一个面包、一杯黍米煮的热粥、四个煮鸡蛋。司机穿上暖和的外套，戴上了防风的帽子。

“咱们现在怎么过啊?”塔季雅娜·瓦西里耶夫娜附在丈夫耳

边问。

“什么?”阿尔卡季·米哈伊洛维奇说。

“你瞧,”姨妈指着奥尔加,“那儿躺着咱们的新宝贝呢!”

“她是你的亲戚,”丈夫回答,“你想怎么对她都行,我只要家里没事就好。”

丈夫走后,姨妈在熟睡的侄女面前坐下,手托着腮,愁眉苦脸地嘟囔着:

“来了就享福了——姨父和姨妈有很多钱:他们会给我吃,给我穿,还会给我准备嫁妆!……接受我这个礼物吧——我光着脚,就穿着一条破裙子,饿着肚子,邋邋遢遢,不幸的孤女……也许,老天保佑,你们快点死掉吧——姨父姨妈,这样我就是这家的主人了,你们辛辛苦苦挣来的,一下子就被我据为已有!好吧,亲爱的,就让魔鬼把你抓走,我的财产上的灰尘都不会让你碰一下,你会被我压成碎片!男人整天上班,风里来雨里去,我也从早到晚不得闲,你却来坐享其成:你们要爱我,供我吃饭……奥尔加,你怎么还在睡?”塔季雅娜·瓦西里耶夫娜突然大声叫道:“瞧你困的,你想想——早该起床了!因为你,我啥事也干不了!”

奥尔加脸冲着墙,一动不动地躺着。她小小的身体蜷缩着,膝盖几乎顶到了下巴。双手放在肚子上,低着头,只为胸口还能喘气,还能温暖自己。她穿着一条破旧的连衣裙,裙子已经不合身——她长大了,蜷缩着身子躺着时,裙子还勉强能盖住她,可是白天,膝盖下面瘦弱的双腿都露在外面,袖口更是只到手肘。

“瞧你,变得多娇气!”姨妈站在她面前说。

“我不睡觉了。”奥尔加说。

“那你还躺着干吗？我要打扫房间了！”

“我听您的。”女孩说。

姨妈生气了：

“你小小年纪，可一看就是个阴险的人！”

奥尔加站起来，整了整身上的裙子。塔季雅娜·瓦西里耶夫娜沉默了一会儿对她说：

“你去洗洗，我烧上水。恐怕你还想吃东西吧？”

奥尔加没有回答。她不知道现在该怎么想，怎么做。

喝茶的时候，姨妈给了奥尔加一点黑面包干和半个煮鸡蛋，剩下半个自己吃了。吃完自己的食物，奥尔加从桌布上拾起面包干的残渣，放进自己嘴里。

“你还没吃饱？”姨妈问，“你还喂不饱了！……我一走出家门，你又要翻箱倒柜地找面包渣……我现在正好要去市场，我怎么能把你一个人留在家里？”

“我现在就走，我不留在你们家。”奥尔加回答。

姨妈满意地笑了。

“好吧，走吧——就是说你还是有地方去……寂寞无聊的时候可以上我们家做客。这样好些。”

“我寂寞无聊的时候就来。”奥尔加说完就走了。

天色还早，温暖的太阳从云层后面透着光。秋天临近，不过还没有到来，只是树叶变老了。奥尔加在这个陌生的大城市里走过一栋栋房子，看着陌生的景物，却没有任何愿望。她感觉到姨妈带给她的痛苦，这痛苦在她心中没有变成委屈或者残酷无情，却变成了冷漠。她现在对新的事物全无兴趣，似乎她面前的整个生活突然停滞了。她同身边的路人一道向前走，眼前所见，转瞬就遗忘。一栋黄色房子上贴着告示和标语，人们驻足观望。奥尔加也停下来看了上面的内容。上面写的是，有哪里在招收工人，按7级工资制的哪一级付酬。一则告示上写着，大学招收旁听生，还提供奖学金和宿舍。奥尔加去了大学——她既希望有宿舍住，又想上学。她和父母一起生活时，上过4年学。

大学的办公室里没有人，所有人都去了食堂。只有一个看门的老人坐在椅子上，正在吃铁皮饭缸里的面包渣汤，用手指从里面捞出泡软了的面包渣。他告诉奥尔加，她年龄太小，还不懂事，大学不会录取她。让她先去低一级的学校上学。

“我想住宿舍。”奥尔加说。

“那有什么好？”老大爷回答，“和家人一起住吧，那才更舒服。”

“爷爷，让我把你的汤喝掉吧。”奥尔加请求，“你碗里没剩多少了，你反正也吃不完，你已经把面包渣都捞干净了……”

老人把自己的饭缸递给孤儿。

“吃吧，你那么小，够你吃了。要不然——你把它吃完吧……你是哪家的孩子？”

奥尔加开始喝汤，她回答：

“我不是哪家的，我自己管自己。”

“瞧你说的，什么叫自己管自己！”老人说，“那你干吗喝我的粥？你吃自己的饭呀，住干净的房子呀……”

奥尔加把饭缸还给老人：

“你自己吃吧，还剩一些……都不把我当人看!”

4

从食堂吃饭回来的办公室工作人员帮了奥尔加的忙。主任写了推荐信给少年铁路员工培训班，请他们录取这个工人留下的孤女，并提供一切生活保障。傍晚，看门老人把奥尔加送了过去，培训班的管理员给奥尔加安排了宿舍——一张床、一个衣柜——在一个小房间里，旁边还有一张床。走廊两边还有很多房间，住着学生们。管理员让奥尔加明天一早，培训班主任上班时，就来填表办理入学手续。

几天来，奥尔加慢慢熟悉宿舍里的朋友们和自己的新生活，她感觉这里很不错。上午和晚上她都在培训班的预备班里学习，中午是午饭和午休。当主任得知奥尔加需要在食堂吃饭并且无法支付费用时，吩咐给这位新生提前半个月支付助学金，还发给她皮鞋、内衣、针线、两双长袜、外套等配给物品。

现在在奥尔加心中，父母亲去世，以及在姨妈家过夜带给她的忧伤和对生活的恐惧已经不复存在。人们都对她避之不及，谁也不需要她的感觉也消失得无影无踪。奥尔加明白，现在有人疼她爱她，因为有人给了她衣服、钱和食物，就像她的父母复活了，她重新住在父母家。也就是说，所有人，整个苏维埃政府都认为她是必不可少的，没有她，他们也过不了那么好。

奥尔加刻苦学习，心中平静幸福，只是想起父母亲时会感到伤心。女孩希望能有一个人重新爱她——单独的一个人，比如父亲或者母亲，而不是现在供给她吃穿，让她上学，可她却并不全都认识的所有人。

夜里睡觉的时候，奥尔加常常忘记自己是睡在宿舍里。蒙眬中，她感觉到旁边是母亲和父亲正睡在自己的旧床上，听见车站传来调度火车头的哨声和远处为主人看家护院的狗的叫声。可是当她的眼睛习惯了黑暗，她看见了熟睡的室友，15 岁的丽扎。室友总是睡得很香，平静的身体发出均匀的呼吸声。也许她是梦见了少女的憧憬——未来的幸福生活。这栋大楼厚厚的墙壁里传来经久不息的城市的轰鸣声，总是仿佛刚一消失，又因人们的夜间劳动和走动重新出现。

在班里奥尔加和丽扎坐在一起。她也是孤儿：她的父亲在帝国主义战争中被打死了；母亲，一个中年妇女，嫁给了食堂主任便不再关心自己的女儿，而是献身于喧嚣富裕的生活和某种社会活动。可是在丽扎身边出现了其他的亲人：失去母亲后，她在宿舍里结识了女伴，得知了列宁，了解了什么是革命——生存的艰难和孤儿的忧伤留在了她心底。在此之前，她的心灵还是不幸的，因为她感觉到，生活就是和母亲两个人忍饥挨饿，忍受愁苦；就是孤苦伶仃地待在自己的房间里，旁边是挨着壁炉的父母的床。当他们偶尔弄到一些黍米和刨花，才会做饭吃。后来母亲就去找了丈夫，却总是忘了给女儿带面包回来……

女伴、宿舍、学习科学知识、兴趣小组、食堂里为所有人准备好饭菜——这全然不同于家里的愁苦。奥尔加不用再天天为面包操心，而这已将她童年的心灵折磨得疲惫不堪。

开始时，奥尔加不理解，这里凭什么供给她吃，还让她住得整洁温暖，为什么这里不用边学习边工作，要做的仅仅是思考、学习，晚上在手风琴俱乐部玩的时候听听音乐，阅读描写全部生活的书籍。奥尔加担心自己被赶出学校和宿舍，因为她暂时还不值得爱、供养，不值得把人民的财产花到她身上。虽然她并不怕吃住条件恶劣，可是她舍不得失去这种幸福开心的宿舍生活，这里能感觉到自由，意识到自己的意义，这种意义是她从书本里和培训班的老师那里学来的。她现在不愿像以前那样内心躲躲藏藏，小心翼翼生活——她想感受一切从前未知的东西。

晚上，为了庆祝十月革命一周年，奥尔加生平第一次在劳动宫里长时间地听了钢琴演奏。她哭了，这一切那么美好，这一切让生活不再枯燥平凡。生活正应该像她童年或少女心中真正的梦想那样，充满魔力。

奥尔加问坐在她旁边的丽扎：

“丽扎，我们不会从这儿被赶回家吧？我没有家了！谁为我们做的这一切?”

“列宁。”丽扎说，“他永远不会欺负我们!”

“为什么？”奥尔加问。

丽扎惊讶地说：

“为什么？……因为他也爱我们，我们是未来的人，我们将会是共产主义……没有了我们，所有人都过不上好日子。”

奥尔加陷入了沉思。她没有明白丽扎的话。

“共产主义——是什么样的？得努力才行!”

“列宁知道，未来将会怎么样！”丽扎轻松地回答。

奥尔加看了看列宁的画像。“他已经老了，”她想，“和我的父亲一样。我们吃穿花费挺多，昨天培训班又运来 5 车柴——我们应当赶快学习赶快长大，好自己工作。”她自己也知道，自己个子小，力气小。“无论如何不能死，”她想到，“不久前流行伤寒和流感，列宁会把最后的钱都花在我们身上。如果我们突然病死了，就什么也做不了，也永远见不到他了。”

夜里奥尔加蒙着头开始考虑自己的生活和总的生活。她想象着列宁是一个活生生的人，是自己和所有穷人好人的总的父亲——这样的念头让她感觉到自己心中明确的幸福，仿佛整个混沌的大地在眼前变得明亮整洁，她不再怕浪费粮食和住处，难道列宁会让她受委屈？会让这个没有希望没有亲人的孤儿再次孤身一人？奥尔加喜欢正确的世界制度，一切都恰当合理——这样她更容易思考世界，幸福地生活。

5

如果身体瘦弱的学生提出要求，食堂会给加餐——多给他们一碗汤或者粥。刚上学时奥尔加也经常给自己要一份加餐，好吃得更饱一些。可是现在她不再要加餐，对总是吃两份正餐的丽扎也颇为不满。奥尔加心痛国家的食品总量，希望多留一些食品给红军战士和工人们——给所有比她更需要的人。

可是几个月后，春天到来之前，食堂突然完全停止了供应，还停发了所有学生的助学金。后来搞清了原因，责任在那些在省食品委员会和财经处工作的白军军官，以及那些让他们进入苏维埃机关工作的人。

丽扎有两天没有吃上饭。到第三天，她哭了起来。可奥尔加没有哭。奥尔加一早就去了三楼，那里住的是居民们。奥尔加请求他们给自己一些家务活儿干——这一天她翘课了。可是节俭的女主人们都是自己干活，只有一家的胖女人波琳娜·艾杜阿尔多夫娜让奥尔加擦洗地板，因为她太胖了，弯不下腰。干完这份工作，奥尔加得到了一磅面包，两块糖和一点钱。

奥尔加回到宿舍，等到丽扎上完课回来，把面包和糖分给了她一半。丽扎吃完自己那份，却并没吃饱，又开始饿得发愁。

“给我说说，今天课上讲什么了?”奥尔加问她。

“今天的课没意思!”丽扎回答。

奥尔加皱起眉。

“我们领不到助学金这段时间，你为自己，也替我学习。”她说，“我来养活你，抄你的笔记。每天晚上我来复习……”

丽扎问：

“你打算干什么呢?”

“我去帮别人擦洗地板，看孩子——到处都能找到活儿干。”奥尔加忧郁地说，“你好好学习，我一个人养你。”

“我想吃东西。”丽扎说，“你的面包和一块糖我没吃饱。”

“我马上再给你带点面包回来。”奥尔加答应着，离开了房间。

她往姨妈家走去。可是她不敢马上去找她，就在姨妈家窗户对面的铁轨上坐了下来。无家可归的旧铁轨还在远处，奥尔加带着重逢和相知的微笑用手抚摩着它们。她坐了很久，看见姨妈两次从窗口打量她。虽然奥尔加早就被冬天的寒冷冻僵了，可是她却更加难以走向那栋亲戚的房子。

傍晚，塔季雅娜·瓦西里耶夫娜走出栅栏门，招呼侄女：

“来吧，坐着干吗！来尝点儿我的粥……”

奥尔加进屋吃完了姨妈用铁皮饭缸盛给她的粥。阿尔卡季·米哈伊洛维奇不在家。塔季雅娜·瓦西里耶夫娜催奥尔加快点儿吃，因为姨妈要出门。由于匆忙，她甚至忘了给孤儿拿面包。而奥尔加正是为此事而来，她要带面包回去给丽扎。

塔季雅娜·瓦西里耶夫娜给侄女喝完稀粥，出其不意地说道：

“你再坐坐，我出门还早。”突然她用围裙擦了擦眼睛，那里并没有泪水，或者只有很少的泪水。

然后姨妈告诉奥尔加，她现在要去铁路食堂：她的丈夫阿尔卡季·米哈伊洛维奇现在常常是交了班，从火车头上一下来，洗洗就去了食堂。别看他上了年纪，可他和那儿一个端盘子的服务员马鲁西卡·维赫列娃好上了。她得去那儿查清他们的奸情……

“姨妈，”奥尔加对她说，“多给我一块面包吧。”

姨妈看了看孤儿，没有作声，又想了一会儿。

“你拿吧，”姨妈对自己生活的毁灭愤愤不平，“现在我总是一个人——这不是命……我这个苦命的人啊……”

塔季雅娜·瓦西里耶夫娜哭起来，哭诉着自己、丈夫和自己这空荡荡的家。奥尔加自己打开食品柜，拿出一个大圆面包。姨妈看着她，可什么也没说。只是当奥尔加把面包切成两半，拿了一半在手里时，塔季雅娜·瓦西里耶夫娜大叫一声，哭得更厉害了：

“我的生活完了！”她轻声说，“我现在给谁吃给谁喝，在家里等谁啊！”

奥尔加答应很快再来看姨妈就和她告了别。她赶时间。

“哪怕是你来看看我也好！”塔季雅娜·瓦西里耶夫娜请求道，“你看我变成什么样子了——完全没有人样了……”

奥尔加在宿舍里碰到了丽扎。她已经从晚课上溜了回来，一节课都没上完。奥尔加把面包给她吃，自己却开始继续学习今天的课程，不让自己掉队。丽扎边吃面包边给女伴讲今天课堂上的内容。可是她自己也没有掌握好，所以讲不清楚什么叫周期数。

“要用功！”奥尔加对她说，“你今天为什么不把课听完？你坐在那儿的时候在想什么？你呀！你这个苦命的人啊！”

“关你什么事！”丽扎委屈地说，“明天咱们吃什么？”她叹了口气。

“和今天一样。”奥尔加回答，“我去弄。如果你又怕死，又连周期数都记不住，你就不能说，我们是未来的人……过去的人，资产阶级才会叹气和害怕，他们只活了四五十年……我们应当好好的，列宁爱我们！”

丽扎停下吃面包的动作说：

“我再也不这样了，咱们一起做功课吧。我肚子咕咕叫，想吃东西。”

“你除了肚子就什么都没有了吗？”奥尔加生气地说，“你应该有意识！”

两个朋友在一张大桌子前坐下做功课。灯光下她们低着头凝神思考，她们的头脑中运行着心血滋养的人类智慧。可是很快她们就不知不觉地睡着了。当她们猛然惊醒，微笑一下就躺到各自床上，默默地做起了孩子的梦。

第二天早上奥尔加又去给别人打工，为自己和丽扎挣口饭吃。丽扎则应该一个人去上课，替两个人学习。

奥尔加受雇为一个妻子早逝的鳏夫照看孩子——找不到别的家务活干。孩子一岁半，名叫尤什卡。每天奥尔加需要在室内照看他9—10个小时，直到尤什卡的父亲傍晚下班。这份工作可以让奥尔加得到餐食和人民食堂①工作人员标准的工资。

奥尔加喜欢上了尤什卡，这是个大脑袋、黑头发的男孩，一双灰色的清澈眼睛总是专注又温和地观察着房间里的一切。他通常不哭不闹，不急不躁，平静地忍受着自己幼年的苦难。男孩的一个特点引起了奥尔加的注意：她给他东西时，他会先接住，然后又全部还给她，还会再给她一个自己手边的东西——从他正在玩耍的童车里或正在爬的地板上。如果奥尔加递给他一个旧铃铛，男孩就会回赠她一个自己刚玩过的小木桶，还要再递上一个奶嘴或者其他自己的日用品。奥尔加给尤什卡喂粥时，只有她也和他一起吃——轮流一人吃一口，他才愿意吃，要不然就不吃。或许他已经习惯了妈妈的存在，以为奥尔加就是自己的母亲，还像以前一样爱自己。尤什卡用双手在奥尔加胸前摸索，抱怨地看着她。小保姆把他的小手拿

① 苏联成立初期的低价食堂。——译者注

开，教训他不许再来，可是尤什卡不相信，又去寻找他没有来得及喝够的母亲的乳汁。有一次奥尔加禁不住孩子的请求，把自己一侧的乳头放进了他嘴里。这让她很是难为情，她的乳房还小，尚在发育。尽管尤什卡无法从乳房中汲取任何营养，他却用嘴唇贪婪地吸吮着。吸完后非常满足，仿佛真的饱餐了一顿。尤什卡抓住奥尔加的手，很快就带着失而复得的幸福睡着了。对于小保姆给予他的这种幸福，他暂时还无以回报。

奥尔加整整当了一个月保姆，每天晚上给丽扎带回自己省下的那份晚餐。后来，吃饭的问题解决了：给学员们补发了拖欠的助学金，食堂也恢复了供应。可是奥尔加已经不愿意丢下尤什卡一个人，几乎每天都要趁午休或者下午上完课去看他。

尤什卡有了另一个保姆，是个老太太。可是尤什卡更喜欢奥尔加，总是黏着她，寻找她的乳房。如果老太太在一边做事看不见他们，奥尔加就偷偷让尤什卡吸吮自己没有奶的少女的乳房。

尤什卡的父亲是个 30 岁的柴油机械师。奥尔加当着他的面和孩子亲昵时，他总是一言不发地看着她，自言自语地说："真遗憾呀，真遗憾！"他遗憾的是，奥尔加永远也当不了尤什卡的继母。他把视线从儿子和奥尔加身上转向窗外，窗户变得模糊，因为他眼中的泪水已经夺眶而出。

奥尔加不喜欢这个老太太保姆。现在她可以把尤什卡托付给经过严格挑选的人，因此她找到一家托儿所，劝尤什卡父亲把他送过去。尤什卡父亲一开始有些犹豫，他不相信按级别领工资的国家的保姆，工会成员能代替孩子的母亲。可是奥尔加反驳道，自己也是国家的、苏维埃的保姆，也从他那里按级别领工资。父亲想了想就同意把尤什卡送到托儿所。

6

三年后，奥尔加和丽扎从培训班毕业，去铁路上实习。出发前，奥尔加同尤什卡告别的时候在他面前哭了起来。长大了的男孩子早已习惯叫奥尔加妈妈。他抱着她久久不松手，一直到奥尔加离开……

那时奥尔加已经17岁，丽扎18岁。她们是好朋友，为了让她们不相互挂念，好好工作，她们被分到了一起。

她们被分到一个叫谢尔加的铁路小站实习，距离上学的城市不远。她们要在这里当办事员、称重员、代班值班员，还要学习车辆调度。

那是夏天，车站附近没有村庄。站长就让两个女生住到闲置在铁路尽头，用来运送军人的货运车厢里。

刚开始，两个女生想在车站里的火车头上实习，站长同意了——漫长的夏日里她们一直在老式的 O-в 系列火车头上值班。上了年纪的火车司机休假了，接班的是副司机伊万·波德梅特科，30岁出头，沉默寡言。奥尔加和丽扎一起给他当助手。波德梅特科用自己的方法教姑娘们——哪些是车辆操作禁忌。

“你看，我打开蒸汽，可车并不会马上开动。”波德梅特科说。他打开了调节器，可火车纹丝不动。

奥尔加和丽扎需要猜出来，这是怎么回事。

“进气不足，转动操纵杆!”

“对!”波德梅特科高兴地笑了，“如果我现在把车往前开，然后用力向后拉操纵杆，调节器全开，”波德梅特科说道，“那会出现什么情况?”

“如果你不开进气阀，打开气缸盖，那么要么弄弯活塞杆，要么弄坏牵引杆。”

“傻瓜都明白。”波德梅特科同意，“会烧锅炉吗?我教你们……以后再说吧，现在擦机器去，要把整个机器擦得发亮。擦完自己洗洗脸——你们脏得像个邋遢鬼坐在车里：肮脏——这是多余的摩擦和死亡！看着我——好好想想!”

在火车头上干了三个月后，丽扎开始在站长办公室工作——学习列车按计划表运行的艺术，奥尔加被派到仓库——做称重助手。她想准确了解货运业务，这是铁路上的主要工作。

深秋，两个女生的实习结束了，她们要重返培训班，通过考试，并获得工作派遣。她们不一定会被派到同一个地方，两个姑娘面临着分离。傍晚，她们常常坐在自己住的车厢里，把腿悬在外面，聊未来的美好生活。她们眼前是夜里清冷朦胧的草原——广阔、忧郁，可是友善又充满魔力，就像青年人向往的未来时光。两个女孩心中满是憧憬，她们相互拥抱，充满信任。

离开谢尔加车站前不久，奥尔加梦到了朝霞。丽扎在她身边沉睡，全身包裹着从卧铺车厢拿来的灰色被子。运送军人的取暖车厢里总是温暖安静，两个女孩在这里住了一个夏天。有一种遥远的，令人不安的，旋风般急促的火车汽笛声开始填满她们这幽暗寂静的住所。奥尔加迅速意识到是什么吵醒了自己：也许她还在梦中的时候，火车头就发出了叫喊。她马上跳了起来，叫醒丽扎：

“起来……它的刹车失灵了！”

奥尔加从凳子上抓起自己的衣服穿好。火车头从远处逼近，又发出叫声。奥尔加倾听着火车的话语：

“不，”她思忖着，“它是说，车厢脱落了……”

她打开门，跳出车厢，往车站跑。她来不及等丽扎，就让她一个人在朝霞中盖好被子熟睡吧。

车站对面，第三道上停着一辆孤零零的火车头。这是站上唯一一台车，周围没有别的车。车站、草原此时都显得明亮空旷。有两个人正从火车头里看着列车驶来的方向——上了年纪的司机和他的助手伊万·波德梅特科。他们在等待车厢脱落后事态的发展。通常，除了邮车，所有客货列车都不会在谢尔加停靠。

当天值班的是站长。他站在月台上，摘下大檐帽，仔细听着正从长下坡驶近的列车的信号声。

奥尔加跑到他跟前：

“您听见了吗——车厢脱落了！”

“我听见了。”站长不高兴地回答。突然他像个精疲力竭的老人似的难过，发起火来，“为什么这些事故都发生在我值班的时候！就不能让我省点心？”

奥尔加没有答话。她望着事故发生的方向，胆小怕事的站长也望着那边。

远处，笔直的铁路从车站向一片陡峭的长坡延伸。长下坡上，一辆火车正呼啸向前——蒸汽全开，进气阀全开。

那列火车不时呼哧呼哧地响着，让人心惊。一会儿是发出车厢脱落的信号，一会儿是在请求穿行通过。

站长专注地看了看奥尔加：

“脱轨的是军列！应该尽快采取措施！”

奥尔加请求他：

“请下命令！”

“马上，”站长惊慌失措地说，“我马上想办法！”

“来不及了，”奥尔加反驳道，“不用了，我有办法……”

她从月台往下面跑，跨越轨道，跑到了调度车头旁，抓住通向车厢的梯子，转过身对站长说：

“通知邻近的车站，让它通过！”说着跑进了发出轻微嘶嘶声的火车头。

车站的信号灯关着，站长看了看它就从站台上消失了。

“送风器！”奥尔加说着走进了驾驶室，“你们怎么还坐在这儿看？”

伊万·波德梅特科一言不发地拧开送风器阀门，打开了炉门，开始往里面铲煤。火焰争先恐后地涌出，长长的红黑色火舌充满了燃烧室。

“你和我一起去吗？”奥尔加问那个平静的老司机，火车头的主人。

司机没有马上回答。他想了想，摸了摸下巴上浓密的胡须，说道：

“下坡很长，我们会被撞坏的……过了谢尔加站，下坡路继续往伏尔加河延伸——只有在车站上有一小块平地。我还有一大家子人呢……”

站长打开了信号灯。军列已经在近旁喘息。奥尔加对司机说：

“好吧，我们得去——你去照顾自己的孩子们吧!”

波德梅特科还在急急忙忙地往炉膛里添煤。

“你呢?”奥尔加问他。

“我可以去。”波德梅特科回答，“走吧！我没孩子!”

站长走到月台上。他伸出的手里拿着打开的黄色旗子：小心通过。沉重的列车车轮已经在近处叮当作响，火车头又发出事故预警的鸣笛。

火车头的司机下了车，慢慢沿着铁路走，像是在对机器进行例行检查。

飞快驶来的列车挡住了站长的身影。火车头飞驰而过，后面拖着几节车厢吱吱嘎嘎地发出尖叫，车厢门大开着。“丽扎在哪儿?”奥尔加想，“难道她睡着了，没有听见?”透过开着的车厢门，红军战士们的身影一闪而过：他们用年轻有力的双手控制着被飞快的速度和车厢的晃动吓得发抖的马匹，马蹄踢坏了车厢的挡板，木板断裂处清晰可见。

火车驶过，月台上留下了一只从车上扔下来的指挥棒。站长拾起指挥棒，从里面取出一张字条读道：“第 20－30 节车厢脱落。我从车尾离开。请允许通行并通知前方。司机阿·博拉季赫。”

站长拿着字条跳下月台，越过铁轨，把字条递给了奥尔加。

奥尔加拿过字条看完，望着只剩前半部分的列车驶来的方向。

从那边，地平线上，一列没有火车头的车尾正疾驰而来，前面的车厢——失明笨拙的车厢在眼前变得越来越大。

奥尔加不知该把站长给她的字条放到哪里，就把它放进了嘴里。她把换向器的操纵杆向前转动了几圈一直转到底，把操纵杆推到打开蒸汽。车头动了。

奥尔加抓住操纵杆的手柄，拉，推，摇动，又把它拉到底。车头向前奔去，蒸汽在快速喘息的进气阀中冲击着烟管。

车站的调度车头已经驶离了车站，可是站长为了防止万一，还是举起了停车信号——红色圆圈——另一只手掌举起对着列车。车尾第 20—30 节车厢带着自由速度的旋风和音乐出现在他们眼前。大部分车厢都是开放的平板车厢，上面装载的是轻型武器、厨房设备和盖着防水布的军用物资。红军战士们平静地坐在平板车厢上，唱着自己的歌。只有他们的指挥员手里握着一节车厢的刹车，沉默地注视着前方。正如站长偶然发现的那样，这节车厢下面的刹车已经死死刹住。可是一节车厢无法阻止整列火车俯冲下坡。

站长马上走进值班室——通知事故处置处。

奥尔加驾驶的火车头速度很快，剧烈晃动着。可她并没有关小蒸汽和进气阀。她不时看一眼水位表、压力表，看看后面沿坡道疾驰而来的脱轨的列车。伊万·波德梅特科不停往炉膛里加煤，保持锅炉良好的压力，向前行驶。可是当他回头看时，他开始怀疑：脱轨的车尾很快就要追上他们了。

“我们挡不住列车，我们将被撞毁。”他说，“我们会完蛋的。”

“跳!”奥尔加对他提议。

“你呢?”波德梅特科问。

“我一个人留下来。”奥尔加回答。

波德梅特科打开炉门，又开始用铲子往里加煤。

“我和你一起，”他说，“咱们能行!”

奥尔加已经把机车开到极速，车轮连杆几乎已看不见。只有奥尔加一个人看见此时自己这台机车的状态。失明的车厢比它的车头冲得更快，几乎顶上了飞奔的机车。

“伊万!”她喊道，“赶快通通火！你的煤快把火焰盖熄了！你在干什么!”

波德梅特科拿起炉钩放进熊熊的火中。可是车头与脱轨车厢的距离越来越短。“难道，”她暗想，“难道我要死了？我不想啊!”

突然，她听见疯狂疾驰而来的列车上传来红军们的歌声。“我不会死!”她想。她从驾驶室的窗户探出身子，看见了自己的危险处境：疾驰的车厢就要从侧面撞到她驾驶的轻型火车头。

她转过头看着伊万·波德梅特科：

“你走吧！我们马上就要被撞毁了!”

伊万想了想。

“应该把水排空——开得更快。”他猛地拉开气缸阀门的操纵杆，然后抓住梯子的把手，消失在了下面。他应该是跳到铁轨旁的沙地里逃命了。

奥尔加发现波德梅特科跑了，像她去世的妈妈一样自言自语地说着：“我的天!”接下来她已经来不及思考，她感觉到火车头受到撞击，像是一个有生命的活物一样向前跳了一下。奥尔加转过身透过车窗往后看，怎么回事？她立刻感觉到第二次猛烈的撞击。“可怜的人！”她吓得对自己说出声来，“就让他们自己唱歌吧，你不能和他们一起了！”于是奥尔加关上了操纵杆，把沙袋里的沙放到了车轮下面，把逆向器往后拉，用操纵杆反向开大了蒸汽，把刹车阀门完全打开。机车瞬间牢牢地站住了——奥尔加马上放开了空气刹车，然后独自一人用整个火车头顶住了撞上来的车厢。可是压过来的车厢的惯性还在起作用——它们致命的力量把煤水车挤进了仅有一个司机的驾驶室。奥尔加明白发生了什么，蜷缩在司机座位上：“这就是姨妈的丈夫，混蛋博拉季赫，阿尔卡季·米哈伊洛维奇——就是他让列车脱轨了！我牙齿里咬着的他的字条呢，到哪儿去了？丽扎在哪儿呢？难道还在睡觉？”

奥尔加在车头里受到了挤压。她感觉到憋闷，仿佛她整个人——一点不剩的，连衣服一起——被一种外来的力量压进了滚烫的锅炉那钢铁的身体里。她那曾被尤什卡吸吮的乳房炸开了。

调度车头甚至没有出轨，仅有煤水车被挤压进了机车——挤进了锅炉。可是脱轨的车厢完好无损，仅仅是与火车头发生撞击的前面一节车厢连接装置受损。现在整个列车静静地停在高高的路基上，周围是空旷的原野，沐浴着平静的晨光。红军战士们和指挥员先走到了草地上，来到火车头跟前。火车头里躺着一个正在熟睡或是已经去世的陌生的、孤独的女人。指挥员和他的助手清理了火车头驾驶室的车顶，把女人救了出来。红军战士们用手托住了她。

然后指挥员走到边上大声说：

"留 4 个人在这里。其余人跑步回车站。前 4 个人抬女伤员，然后传递给后 4 个人，再往下传！完毕!"

半小时后，奥尔加被红军们的手送回了谢尔加小站。没有把她丢在路上的军列指挥员和她一起到达。他用铁路电报同军区指挥部取得了联系，报告了事故情况：火车司机头部和胸部受伤，所有红军战士安然无恙，财产没有损失。如果脱离车头的列车继续以自由速度奔驰，在伏尔加河大桥的弧形转弯处，或者在桥上，脱轨将不可避免。列车也有可能在过桥之后，闯入河对岸的车站撞毁。军区通知，派出救护车，带上两名医生和所有必要的医疗设备。汽车沿直线行进，将会比紧急火车头更快到达目的地。

奥尔加躺在电话室的沙发上。指挥员在她身边俯身问她：

"您想见谁？我们现在就把他找来。也许是您的亲戚或者朋友？"

"尤什卡。"奥尔加说，"其他谁也不用了。就让世上的所有人替我活着吧……"

"好，"指挥员回答，示意电报员准备发报，"这个尤什卡是谁？"

"一个小男孩。"奥尔加说。

指挥员很惊讶，这个母亲这么年轻。可是他什么也没说。

奥尔加病了很久，后来康复了。一直活到了现在。

莫斯科的小提琴

1

“胜利”集体农场的短工谢苗·萨尔托利乌斯来到莫斯科。他个子不高，像乡村一样宽广的脸上，表情模棱两可——嘴边带着微笑，浑浊的眼睛里却满是忧郁。他父亲不姓萨尔托利乌斯，而是茹依波罗达。母亲是个农民，当年他在娘胎里孕育的时候，身边就是嚼碎的黑面包。萨尔托利乌斯手里提的不是装着木工工具的普通箱子，而是一个小提琴琴盒。不过里面除了几张冷冰冰的薄饼和一块肉之外，什么都没有。

集体农场距离莫斯科近 100 公里，在一条铁路旁边。可是萨尔托利乌斯等来了火车，却没有坐上去：车上人很多，售票处旁边又在吵架，他不想坏了自己和别人的心灵。这颗心多年来早已厌倦。

他在大自然中前行：他的时间还很多——才生活了 40 来年。7 月，全国各地都是好天气。在空无一人的路途中，可以整理思绪，回忆往事，感受新知——步履和风儿总是能唤起脑海中的意识，增强心灵的力量。

在莫斯科，萨尔托利乌斯去了音乐学院办公室，出示了自己的出差证明。证明上写着，吉山农业委员会与“胜利”农场管委会派谢苗·雅科夫列维奇·萨尔托利乌斯同志前来学习。如果需要缴纳学习法律的学费，农场会记在自己账上。同时，萨尔托利乌斯不用为生活担心，若有需要，将为他提供口粮。同样也会寄钱来满足他的用度和文化需求。农业委员会主席团和农场管委会请求音乐学院将萨尔托利乌斯视为对他们很重要的人。他数次用小提琴演奏化解了生活中无法言说，或者即使说出来也让人困惑的难题。可是如今，他的小提琴被来历不明的敌人窃走，不在手边，只剩下了琴盒。重新购买的款项已经拨给萨尔托利乌斯。在公众生活中，若是有损害萨尔托利乌斯的性格或信念的情形发生，请告知。以免让公有经济的资金毁掉一个好人。

音乐学院的工作人员告诉萨尔托利乌斯，现在是夏天，招生在秋天进行，因此只能在宿舍里给他提供一个床位。

“你说得都对，可是我没有耐心等。”萨尔托利乌斯说，“生命都是以分钟计算，哪儿有时间等待!”

“随您的便，”工作人员说，“给您开个宿舍的入住单，还是怎么的?”

“我才不想随便呢!”萨尔托利乌斯不满地回答，“整个苏联都是我的宿舍……等着我秋天回来，那时再看……”

萨尔托利乌斯离开音乐学院，去商店给自己买新提琴。他试试音色，试试材料的手感，可是都不怎么满意。这些琴奏出了音符，可是木头中却发不出空灵之声。

萨尔托利乌斯在城里继续逛，随处见到各种幸福的、惊恐的或者神秘的面孔。这些面孔显示出内心的想法，在他看来非常美妙。他想，音乐表现的是别人的不一样的生活，而不仅是自己的——仅有自己的是不够的。一个人的身体里容不下能代表永恒和普遍兴趣的东西。人应该永远地活着。他在迎面而过的人群中选择，自己应该成为他们中的哪一个，才能为了音乐获知别人的秘密。

他想象着别人的心灵，想象着自己身上有另一个崭新的躯体，却并没有停下脚步。他想着别人脑子里的念头，迈着自己的脚步，为自己一颗已经放空又在做着准备的心灵贪婪地高兴着。他身体里的青春变成了大脑中热切的欲望。

谦逊微笑的列宁站在广场街巷上，监视着崭新的社会主义世界的所有道路——生活伸向了没有归路的远方。

一个让人愿意和她过上半辈子的漂亮姑娘建议萨尔托利乌斯去一趟克列斯托夫市场——那儿有时能买到乐器。她本人在音乐学院上学，不过不是小提琴班的。萨尔托利乌斯很想当几分钟她的丈夫，不过还是先出发去买琴了。

2

克列斯托夫市场里挤满了做买卖的穷人和秘密的资产阶级。他们带着干瘪的欲望，在绝望中冒着风险挣口饭吃。人们站着讨价还价，头顶上方空气肮脏浑浊——有的人出售的东西很少，用双手紧紧攥在自己胸前；另一些人则恶狠狠地走到他们跟前问价，伸手摸一摸，算计着要把东西永久地搞到手。这里出售一些被爱惜地穿过好几十年，又专门浆洗过的19世纪式样的旧衣服；还有在革命时期多次转手的皮袄，它们在人间传递的距离超过了地球子午线的长度。人群中还出售一些永远失去了应用价值的物品——某位风姿绰约的女士戴过的风帽；孩子受洗盆上的饰物；某位已故绅士的常礼服；脐环上的坠儿；还没有排水系统时期使用的夜壶；等等——可是这些物品不是作为生活必需品在当地人当中流转，而是作为硬通货在流通。此外，还出售不久前亡故之人穿戴过的物品——留有死亡存在过的印迹。还有为腹中胎儿准备的小衣服，不过，看来母亲改变了主意，堕了胎。现在，这件印满泪痕的小衣服和提前买好的拨浪鼓一起出售。

在一排专门的摊档上出售原创的肖像画和复制艺术品。肖像画上画着去世多年的小市民和来自莫斯科周边县城的新郎新娘。有一个人神情怡然自得，看上去对生活十分满意：他骄傲于自己的生活，如同拥有一枚勋章般自豪。人物身后能看见一座位于大自然中的教堂，长在远去的夏日中的橡树。有一幅画非常大，挂在两根钉进地里的棍子上。画上画着一个农民或者是商人，看上去并不穷，可是穿得脏兮兮的，还光着脚。他站在简陋的木质门廊里往下看。风吹起了他的衬衫，他的络腮胡里夹杂着垃圾和稻草。他漠然地望着空无一人的世界，苍白的太阳不知正在升起还是落下。此人身后是一栋普普通通的大房子，屋里也许存放着几罐蜂蜜、几普特蘑菇馅饼，床应该是木质的，适合于在上面几乎永远地睡去。一个老妇人坐在屋外的玻璃房里——只露出了头——傻乎乎地望着院子里的空地。她家男人刚从睡梦中醒过神来，走出来看看有没有什么特别的事发生。可是一切照旧，风从丑陋破落的原野里刮来，于是那人又立刻去寻找安宁了——去睡觉，却并不做梦，为的是让这没有记忆的生活尽快过去。

萨尔托利乌斯久久地站着，观察这些过去的人们。现在他们的墓碑石都成了新建城市里的人行道，第3代甚至第4代人践踏着上面的墓志铭："莫斯科二等商人彼得·尼科迪莫维奇·萨莫法洛夫寿终正寝，埋葬于此。你的王国里上帝永在。""这里长眠着少女安娜·瓦西里耶夫娜·斯特里热娃……我们伤心哭泣，她却眼望上帝。"

萨尔托利乌斯此刻想起的不是上帝，而是故人。他想到自己就生活在他们当中，吓得打了个寒战。那时，还没有砍掉阴森的森林；瘦弱的心脏还永远忠实于孤独的情感；熟识的只有亲人；人们眼中的世界还神奇隐忍；智慧感到寂寞无聊；人在煤油灯下，或是在夏日正午的阳光下，辽阔喧嚣风吹草动的大自然中哭泣——反正都一样。一个忠贞不渝的可怜姑娘，忧伤地环抱着大树，傻气又可爱。她忘记了一切，默默不语。如今她已不在人世，也不会再出现。她不该出现在这个世界上。

接下来出售的是塑像、茶杯、盘子、锅架、一段栏杆、老式的12普特砝码、就地挖出来的铁板——因为只看见了一头，剩下的部分还埋在土里。旁边蹲着几个最后的个体化学品商贩。失去了工作的钳工们把家里的老虎钳、砍刀、锤子、钉子都拿出来卖掉。往后走是立等可取修鞋的鞋匠们，出售食品的老妪们。她们有的拿着冷冰冰的用烂肉残渣做成的薄饼和馅饼，有的抱着用已故丈夫的棉衣保温的铁罐，有的端着小麦粥——总之售卖各种消除当地人饥饿痛苦的食物。他们能吃光所有能吃的东西，可是却没有什么可吃的。

小偷们神不知鬼不觉地出没在饥肠辘辘的人群和小贩当中。他们从人们的手中偷走花布、旧毡靴、白面包、一只套鞋，然后跑到逛市场的人群里，用自己每一次偷来的东西换上半个或一个卢布。实际上他们是在艰难地打着零工，除此之外他们也别无他法。

市场深处偶尔传来绝望的叫喊声，可是没有人会过去救援。商贩们对身边别人的不幸熟视无睹，因为他们自己的痛苦也亟待抚慰。一个卖面包的女人把一个身穿老式军大衣的瘦子赶到了厕所旁的水坑里，拿着破布抽他的脸。一个二流子走过来给女人助威，一下子就把瘦弱之人打得脸上出了血，倒在厕所的栅栏边上。他没有叫喊，也没有摸一下自己受伤的脸，而是急急忙忙地吃下偷来的干面包，用一口烂牙艰难地咀嚼着，很快就完成了这项工作。二流子又往他头上打了一下，受了伤的人用力跳起来，力气大得与他的沉默和温顺极不相称。他消失在人群中，就像湮没在麦田里。无论在哪里，他都能给自己找到食物。他将会长久地活下去。尽管没有财产，也没有幸福，却总是能吃饱饭。

一个看不清模样的男人几乎是一动不动地站着，只有身旁的混乱才偶尔让他活动一下。萨尔托利乌斯已经是第二次发现他，于是走到他跟前。

“面包券。”那个一动不动的男人自言自语地说。

“怎么卖?”萨尔托利乌斯问。

“25 卢布，5 级。”

“给我拿一张。”萨尔托利乌斯说。他想花钱买点什么。

小贩小心翼翼地从侧边衣兜里掏出一个信封，上面打印着：“全苏矿产机械加工研究所，全套。”信封里有一张票券。那个小贩还向萨尔托利乌斯推荐了一把小提琴，不过萨尔托利乌斯是后来向另一个人买到的——此人用自己的乐器换钱购买钓鱼的线虫。他冲着所有路人愤愤不平地唠叨，就像面对的是国家的敌人。

萨尔托利乌斯想在购买前试试琴，可是密集的人流总是让他施展不开：于是他爬上了民警的岗亭——民警往边上靠了靠，给乐手让出了位置。就这样，萨尔托利乌斯站在这座上层建筑的高处开始演奏。下面没有人听他的：这里的人早已对一切古怪行为见惯不惊，音乐也无法渗入每一个号哭的心灵，那里已经堵满了各自的烦心事。可是这把偶然得来的小提琴音质很不错。它用深色材质做成，比木头重一些，外表看上去有些粗糙，可它却能使音色变得比乐手拉出来的更加悦耳动听。萨尔托利乌斯像个听众似的听着它自己唱歌。他惊讶地发现，随着琴弓轻微的摩擦，周围的空气都为之颤抖。可是人们却并不为之所动。后来，他就此事与民警进行了探讨，后者对他解释道：

“你想怎样——这里游荡着最后的资产阶级分子。他们被赶出了资产阶级的围栏，现在独自伤心呢。”

“他们在慢慢死去。”萨尔托利乌斯说。

“他们还能怎么办：有人当了小偷，有人当了乞丐，有人做买卖。他们有自己的心灵，活到点儿就该死了。”

“他们为什么不工作？”萨尔托利乌斯问。

"怎么给你说！"民警往人群深处看了一眼，"有的人因为一句话就变了，有的人改变是因为受了惩罚——这些人早就过上人的日子了。还有的人非得死到临头才行，这些人想要变成人，得连续活上两三次——这儿都是些这样的人……公民，这里没意思——你去干自己的事情吧，别在这儿跟踪调查了……"

萨尔托利乌斯垂头丧气弯腰驼背地永远离开了克列斯托夫市场。这个市场很快就会消失，像已不在人世的少女安娜·瓦西里耶夫娜·斯特里热娃，和那个站在台阶上打量阴雨中空无一人的世界的赤足商贩那样死去。

3

从那以后，萨尔托利乌斯开始在莫斯科生活。人潮激发起他的力量，他在人群中行走，就像行走在诱惑中，感觉到他们散发出热量的身体。

萨尔托利乌斯和小提琴成双入对地在光明、整洁与温暖中行走。直到深夜，他都没有考虑何处栖身的问题。他感到，只要他内心不与人民作对，就不可能无人问津缺衣少穿地死在此地。于是他真的行动了起来。在莫斯科的第一晚，萨尔托利乌斯去了一个电车女售票员家里过夜。

他和她是偶然认识的……子夜一点刚过，有轨电车全速奔向停车场。萨尔托利乌斯坐上了一辆这样的电车，饶有兴致地观察空无一人的车厢，就像观察白天挤在里面的成百上千人。他们在空荡荡的座位上留下了自己的呼吸和美好的情感。萨尔托利乌斯重复着自己的旅行，坐了好几辆去往不同方向的车。售票员有的老态龙钟，有的年轻可爱睡眼惺忪。她们独自坐在车厢里，遇到无人的车站就拉动绳子，好快些结束末班车的工作。萨尔托利乌斯走到她们面前，同她们聊一些与周围所见完全无关的事，可是女售票员们显然开始身临其境。后面一节车厢的售票员对萨尔托利乌斯的话颇为赞同，于是他抱着她走到了光线昏暗的车厢后座，在疾驰中吻过了三站地，直到街心花园里有个人发现了他们，冲着他们喊“乌拉”。

从那以后，萨尔托利乌斯偶尔重复自己同夜间女售票员的艳遇——有时会成功，但大多数时候是以失败告终。如果他说他想睡觉，第一夜那个女售票员就请他去过夜，让他同自己的奶奶一起睡在一张宽大的旧床上。他总能在上面睡得很香。

一天傍晚，萨尔托利乌斯来到一个有普希金塑像的街心花园。他把琴盒放在地上，沿着台阶爬上了塑像的基座。他站在那里，设想自己面对全莫斯科，拉起一首喜爱的关于麻雀的作品。作品讲述一只麻雀飞到不远处去吃稻谷，并在众多动物中吃了个饱的故事。可是小提琴几乎是在自动演奏，乐手小心地跟随着它那复杂的旋律——音乐主题拓展了，麻雀的命运改变了。它并没有飞到眼前的食物跟前：狂风将它卷起，带到了远处。在快速的飞行中，麻雀被吓呆了。可是它随之遇见了黑夜——夜色中它看不见高度与空间。它暖和了过来，睡着了，在梦中缩成一团坠落，随着清风落入小树林，又在寂静中，在新的一天的朝霞中醒来，在微笑的陌生鸟儿当中醒来。过路人听得津津有味，络绎不绝地往地上的琴盒里扔钱。萨尔托利乌斯有些不好意思，他不知道自己拿钱有什么用，好像他不是个穷光蛋似的。

一个年轻的地铁建设女工站在距离萨尔托利乌斯不远的地方，像个悍妇似的叉开双腿，闷闷不乐地听他演奏。她穿着男人的工装，只露出女人那聪明可爱的脸，长着一头乌发。明亮的心灵在她的目光中闪现，在地底下工作时沾上的黏土和机油的痕迹并没有损伤她的身体，倒像是为她戴上了荣誉和贞洁的勋章。

乐手演奏时，漫不经心地看了一眼地铁建设女工，并没有注意到她，也没有被她的美吸引：他像一个演员，总是感到自己灵魂中有更美好更勇敢的东西，带领他的意志心无旁骛地前进。演奏结束时，萨尔托利乌斯眼角流出了泪——他爱上了自己的音乐并为之动容。可是听众们却都面带微笑，地铁女工则一直在哈哈大笑。

萨尔托利乌斯从纪念碑上走下来，恶狠狠地对这位女工说：

“你这个观众！你还不会思考，却在嘲笑别人的感情。”

“这不是您在演奏，您不会这样演奏。”女工说，“我认识这把琴，用上它，就连我也会演奏。”

“我不和可怜的绣花枕头争论。”萨尔托利乌斯这样评价她，“全苏联都在我的脑海中颤动……”

“啊，您——哦，”女工说出几个谜一般的字眼，“您以为您是个优秀的乐手，实际上，您是个无聊的傻瓜……”

她走开了，他却跟在了她后面，跟着她走到住处，看着她消失。然后萨尔托利乌斯坐上一辆有轨电车，去了城外很远的地方。他在那里焦虑地游走，坐在黑麦田边，沉默孤独地拉着小提琴。他并不明白琴的原理：为什么他一拉琴，它就开始自己演奏，并不完全听从他的指挥。他不懂物理也不懂技术，他只能感觉到内心的欲望与心脏紧张不安的跳动，而这不是硬物所具有的特征，小提琴则显然是坚硬的物体。远处的莫斯科像一部宏大的音乐，温柔地鸣响，城市的灯火映照着大地——最微弱的光线也来到了这片黑麦田的深处，像是朦胧的朝霞，躺在麦穗上。然而，此时还是深夜。萨尔托利乌斯热切地倾听着远方的莫斯科，看着城市的灯火想到，这一切都是秘密的音乐，便又让小提琴演奏起来，听着它周围一切看上去喑哑粗野的东西都汇聚到它身边，附和着少女微张的口中发出的自然琴声。

4

在普希金纪念碑旁听过萨尔托利乌斯演奏的地铁建设女工丽达·奥西波娃，住在一栋新房子的五楼，一套两居室的小公寓里。这栋楼里住着飞行员、设计师、工程师、哲学家、经济理论家等各行各业的人。房间窗外是莫斯科郊外的房顶，丽达下班回家洗漱完，常常趴在窗台上欣赏。她的发丝低垂，听着这个世界级大城市以自己宏大的能量发出轰鸣。偶尔，从密集奔忙的机械设备上传来人的欢声笑语。丽达抬起头看见空洞贫瘠的月亮出现在熄灭的天空中，感觉到自己身上生活的暖流……她的想象力不知疲倦地工作——脑海中感知着各种事件的发生，也在思想中参与着事件的进程。她在孤独中关注着整个世界，观察着灯火的照明，关心着夜以继日紧张工作的机器。为的是在黑暗中点亮明灯，供人们读书，让清晨的面包房里开动马达磨麦子，让自来水流入舞厅里那些温暖的灵魂，流入人们温暖坚实的怀抱中孕育美好的生活——他们在黑暗中独处，看不见自己的脸庞，只是感觉到幸福在聚集——最终，是要让这座她的青春之城，全世界劳动人民的首都，智慧和人性之都，灯光明亮，闪耀着欢乐。丽达·奥西波娃与其说是想过上这样的生活，不如说是希望享受到为这种生活提供保障的快乐——整夜站在火车头的刹车闸旁，运送南来北往的旅客，修水管，铺沥青，用天平给病人分药，及时地在别人接吻时关上灯，把刚才的光亮变成自己体内的温暖。在这些时候她并没有放弃自己的利益——她自己那巨大的身体也需要安顿——她只是把自己的利益放到了更远的未来：她有耐心，可以等待。

在这些寂寞的夜晚，当丽达从高处探身往窗外看时，楼下的路人大声地和她打招呼。他们叫她和自己一起走进夏日的黄昏，许诺带她去玩遍文化公园的游乐设施，给她买鲜花还有两个蛋糕。丽达对着他们大笑，可是既没有搭腔也没有同去。

后来，丽达从楼上看见郊外这些屋顶下住上了人：一家家人穿过阁楼爬上铁屋顶，铺上被子，把孩子们放到父母中间，在露天躺下睡觉。在屋顶消防通道和水管之间的角落里，恋人们在星辰之下，众人之上忘我地卿卿我我直到清晨。

后半夜几乎所有窗户都熄了灯——需要在睡梦中遗忘白天繁重的劳动。夜里汽车驶过，没有多余的喇叭声，只有轮胎的细语。偶尔，熄了灯的窗户里，灯光会短暂地重新亮起——这是人们下了夜班回家，吃点东西，不吵醒家人，马上就躺下睡觉了。而另一些人是起床去上班——涡轮机和火车头的机械师、无线电技师、服务早间客轮的港口机械师、科研人员以及其他休息好了的人。

丽达·奥西波娃常常忘记关自己房间的门。一天，她遇见一个穿着外衣，脸朝下睡在地板上的陌生人。等他转过脸来，丽达认出，这就是那个在普希金雕塑旁演奏的乐手。萨尔托利乌斯是不请自来，他把小提琴藏在了清洁工处。他睡醒后对她说，想在她家住几天——他很喜欢这个宽敞的地方。因为屋里很简陋，也还有空余的地方，丽达·奥西波娃没有赶他走——她沉默了一会儿，给住客拿来了枕头和被子。萨尔托利乌斯住了下来。每天夜里，他都会起来，蹑手蹑脚地走到熟睡的丽达身边给她盖好被子。她总是翻身，露出身子，容易受凉。在奥西波娃家住了几天后，乐手把丽达穿坏了的鞋粘牢了后跟，悄悄给她清理干净了秋季大衣上面积攒的灰尘，给她烧好茶，高高兴兴地等着女主人醒来。一开始，丽达责骂小提琴手是在阿谀奉承讨好她，后来为了不受服侍，就开始和住客礼尚往来——开始给他补袜子，甚至用安全剃刀帮他刮脸。

丽达去上班的时候，萨尔托利乌斯就轻声拉琴，努力沉浸在它的魔力中。这把琴看上去普普通通价值不高，可是窗玻璃、墙壁、家具、吊顶和周遭的空气都会呼应它的琴声——像是一支乐队一样，与它一同歌唱。可是丽达在家时，萨尔托利乌斯却不敢拉琴。

萨尔托利乌斯一次也不敢向她打听这把琴的秘密，还有她在纪念碑旁对自己说的那些嘲笑话的含义。总之萨尔托利乌斯明白，把任何死去的东西当作活物来歌颂的新音乐的真谛，他只能从这个黑头发女孩口中探知。除她之外别无他人。正因为如此，他才来投靠她，并竭尽全力去爱她。

很快萨尔托利乌斯就了解到，丽达·奥西波娃是钻探技术员。

一天夜里，当他和往常一样给熟睡中的她盖被子时，听见了她幸福的笑声。她嘟囔着轻声说："亲爱的，没有你我真寂寞。"

于是萨尔托利乌斯问她：

"亲爱的，这把小提琴是谁的?"

丽达睁开了眼睛：

"什么?"

"我想问一下。"萨尔托利乌斯还不敢马上抱住她。

"你要问什么?"丽达醒过神来，"明天告诉你。"说完就又睡着了。

早上，她告诉萨尔托利乌斯今天晚上有舞会，让他带着琴一块儿去：他大概也不想在家里一直窝到秋天。

"这把琴是谁的，亲爱的?"萨尔托利乌斯问，"告诉我吧!"

丽达慢慢地打量着乐手。

"什么亲爱的? 这是什么新词儿 этočтозановость? 这把琴是用我未婚夫实验室里的边角余料做的——我是他的亲爱的：您明白吗?"

"明白。"萨尔托利乌斯说，"我不是那种市侩。我是个特别的人。"

"能看出来。"丽达并没有在意，也没有生气。

5

晚上，青年学者、工程师、飞行员、医生、教师、演员和新建工厂的知名工人们会聚在区里的共青团俱乐部里。他们中没有人超过 27 或者 30 岁，可是每个人在自己的家乡——在新世界里——已经小有名气。早来的荣誉让每个人都有些惶恐，也妨碍了他们的生活，使他们的脸上多出些紧张。几个上了年纪的俱乐部工作人员一边悄悄唉声叹气，一边擦拭着两个大厅里的陈设——一个是会议厅，另一个是会谈及宴会厅。他们在失败的资本主义年代虚度了年华，浪费了才干。第一批到来的客人中有 24 岁的工程师波鲁瓦罗夫和女共青团员——总是若有所思的钢琴家库兹明娜。

“咱们去吃点什么吧。”波鲁瓦罗夫对她说。

“吃点吧。”库兹明娜带着女性的温柔同意了。

他们去了小吃部。波鲁瓦罗夫吃下了 8 个香肠夹面包，而库兹明娜只拿了两个小馅饼。她是为演奏、为音乐而活。

“波鲁瓦罗夫，你怎么吃这么多?”库兹明娜问，“这样可能不错，可是我都不好意思看你。”

很快又有 10 个人走了进来：旅行家戈洛瓦奇、机械师高斯曼、两个搞水利的女孩，来自莫斯科——伏尔加河运河工程、航空气象员维奇金、高空发动机设计师穆尔得巴维尔、电工昆金和他夫人。他身后还有说话声，又进来几个人——包括丽达·奥西波娃和萨尔托利乌斯。

外科医生萨姆比金是最后一个来到俱乐部的。他刚从医院出来，给一个小男孩做了颅骨环钻术。他强压着身体的悲痛，苦难、疲惫和死亡挤压在他的身体中、骨骼里，比生命和运动还多得多。可奇怪的是，在为改善所有病弱的身体紧张操劳时，萨姆比金却自我感觉良好。他的整个大脑都被思想占据，心脏平稳忠诚地跳动。他不需要比监控别人的心跳更大的幸福——当他意识到自己这秘密的享乐，有点不好意思。他已经打算走出去做自己的报告，因为铃声已经响起。可是突然看见一个陌生的青年女子，旁边还有一个提琴手。她那说不清道不明的美让萨姆比金震惊。他看见了隐藏在她那平凡甚至是羞涩的脸庞下的力量与闪耀的热情。这种出人意料的秘密情感使萨姆比金不禁打了个哆嗦。他走到开阔的阳台上。

拜远方机器的紧张工作所赐，莫斯科之夜在黑暗中闪亮。被数百万人加热的空气忧郁地渗入萨姆比金的心脏。他望了望星辰和神秘莫测的黑暗空间，嘟囔着听来的老话：“我的上帝!”

随后他走进了聚集着他的同龄人和同志们的大厅。萨姆比金应该就他所在的研究所的近期工作做一个报告。报告的题目是关于人的永生。

有着迷人外表的年轻女子坐在第二排。她身边又是那个手拿小提琴的乐手。青春的微笑和单纯的魅力使她更美，可是她自己却并未察觉……萨姆比金和研究所的同志们想提取出一种使生命长久，或者说是永恒的力量——从尸体当中。几年前，萨姆比金从人的尸体的心脏部分找到了一些不明物质的残迹，便沉迷其中。他进行试验，发现该物质具有重振微弱生命的力量。仿佛在死亡那一刻，人体中打开了一个秘密阀门，流出一种特殊液体，渗入机体，保护着整个生命，直到最高危险的来临。

可是在黑暗中，在人体的千回百转中，何处寻找这个吝啬又忠诚地保护着生命最后电荷的阀门？只有当死亡之波冷漠地扫过全身时，备用生命的封印才被打开。它最后一次迸发出来，似乎是在人体内进行一次徒劳的射击，在人的心脏里留下模糊的印迹……

远处探照灯游走的光线偶然停在了俱乐部巨大的窗户上。演讲停顿的时候，传来打桩的声音，莫斯科河上气锤冒着气。丽达·奥西波娃开始不安分地转头看每一个走进大厅的人。有好几次她走到电话机前，打电话给她正在等待的人。不过看来，要么电话没人接，要么电话坏了，她又走回来，脸上看不出伤心的神情。

后来，所有客人都去了另一个房间吃晚餐。在那里又开始了各种争论：关于永生；关于史前的独眼龙是建造希腊和奥林匹斯山的最早的生物；关于宙斯本是被刺瞎了眼的苦役犯，后来因为建立了整个国家而被封为贵族等各种话题。

每隔半米就摆放的鲜花，散发出若隐若现的芬芳。它们因自己姗姗来迟的死亡显得若有所思。设计师的妻子们和年轻女人们——工程师、哲学家、队长——身穿共和国生产的纤薄的丝绸。政府打扮着这些优秀的人们。丽达·奥西波娃穿着重量只有 10 克的蓝色丝绸连衣裙。连衣裙做工精致，她血管的脉动、胸膛的起伏都在裙下清晰可辨。所有男人，包括不修边幅的萨姆比金和满脸胡须的气象专家维奇金，都穿着质地上乘的西装，简洁又气派。国家竭尽全力供给他们最好的吃穿，也在他们青春的力量和才干中发展壮大。如果穿得邋遢简陋，那就是在责怪国家的贫穷。

萨姆比金请萨尔托利乌斯演奏点儿什么：既然他总是带着小提琴。

萨尔托利乌斯站了起来，以一种透彻幸福的力量奏起了自己的音乐——在年轻的莫斯科中间，在它喧嚣的夜里，在这些生来美丽或由于热情和幸福的青春而美丽的人们头顶上方。他周围的整个世界突然变得尖利而不可调和——世界的构成全是沉重的硬物，粗鲁生硬的力量如此凶恶，以至于它自己都走投无路，在沉默的边缘用人声发出绝望虚弱的哭泣。这股力量重新从自己铁的舞台站起，飞速把敌人的哀号撕碎。这敌人冰冷、坚硬，用自己的尸体占据了一切永恒。这音乐失去了一切旋律，变成了进攻的磨刀霍霍，还带有寻常人心跳的律动。所有人听起来都简明易懂。

可是萨尔托利乌斯演奏时，又无法理解自己的乐器了：为什么小提琴自己的演奏比他更技高一筹，为什么小提琴上死亡的可怜的物质却产生出更多有生命力的音乐。这音乐虽没有主题，却比主题更深刻，比乐手的手更高明。萨尔托利乌斯的手不过是在打扰小提琴。而它自己歌唱、奏出旋律，吸引周围空间里隐藏的和谐来救助自己。整个天空都是音乐的幕布，在大自然的黑暗存在中激起对心灵悸动的亲近回答。

丽达双手捂脸哭了起来，她已无法掩饰自己的痛苦。在场的人们纷纷离开座位走到她身边。萨尔托利乌斯纳闷地放下琴。聚会的欢愉戛然而止。

“喂，”奥西波娃对身边的同志们说，“你们谁有车吗？我要坐车去……”

“车马上来！”萨姆比金说。

他打电话叫来了一辆车。10 分钟后，丽达·奥西波娃、萨姆比金和萨尔托利乌斯按照丽达的命令出发了。

在卡兰切夫广场地区，汽车拐进一条窄巷停下。车无法继续开行——那里停着几辆消防车，虽然并没有失火的痕迹。不知何处传来既温柔又可怕的单调旋律。

小巷深处有一栋平房。上面的招牌显示，这里是格鲁波夫工程师衡器与重型秤锤生产厂。工厂大门口停着一辆救护车。消防车的探照灯照亮了厂房的一扇窗户。窗户后面——屋内——一动不动地亮着紫色的光。窗户对面摆放着消防水龙，做好了应对准备——这个小工厂里现在躺着一个人，生死不明。

丽达·奥西波娃满心冰冷，努力想弄明白情况。可是突然，除了脑动心动之外，她用自己高亢天真的嗓音叫喊起来，穿过来不及阻止她的消防队员队伍，跑向厂房。

等了几分钟后，没听见她的动静，也没看见她回来。消防队长下令拆除外墙，从厂里疏散人员。

那个温柔却可怖的歌声还在继续，传遍整条小巷，升腾到莫斯科夜里城市的灯火中。

萨尔托利乌斯辨认出这个声音，这是空间和曾经永远死去的狂野的周围物质的声音——这是他那把小提琴的声音。而琴此时正在他手中的琴盒里。他把琴盒举到耳边仔细倾听：琴的全部材料都在唱着什么，变换着旋律，遵循着未知却动人的主题。可是外部的喧嚣和人群的忙乱妨碍了捕捉音乐的思想。

“公民，我的小提琴……应该是，现在说谢谢吧，可是没人可感谢。”

萨尔托利乌斯看见了那个在克列斯托夫市场为了买钓鱼的线虫而把琴卖给他的人。原来，夏天他在这家工厂看门，而以前干过木工，出于对大自然的热爱，也干过捕鱼。

“你们这里怎么回事?”萨尔托利乌斯问他。

“没事了……弗拉基米尔·伊万诺维奇坐下来做实验了。”

“他是谁?”

“谁是谁？你看看招牌——就是他。他醒过来了。”

“从哪里醒过来了?”

“他又——从哪里?”看门人不满地说，“从自己的事业中……你看，有个女人在那儿和他一起发呆呢。”

“什么女人?”

“你还问呢——什么女人！是谁刚才和你站在一起的？弗拉基米尔·伊万诺维奇的女人，他的未婚妻。”

奇怪深沉的声音停止了，实验室窗内透出的奇怪的光线也熄灭了。丽达·奥西波娃出现在工厂过道上办公室的门口。她对消防队员们说：

“快过来，别再损坏建筑了。现在这里危险，有电。”

消防队员们走进厂房，把一个一声不吭的人抬到了救护车旁。他身上的衣服已破成碎片。

“不，我想回家。”工程师格鲁波夫说，“丽达在哪儿?”

“把他抬过来。”萨姆比金打开自己的车门，“我们去研究所。”他告诉司机。

这个虚弱的人被抬到汽车跟前：身体部分裸露，上面布满密集的汗珠，仿佛他精疲力竭地打了一架。可是他的脸色健康，眼神迷离。

“您好！”萨姆比金对格鲁波夫说。

“您好！”虚弱的工程师回答。

“现在去我们研究所，我来帮助您！”格鲁波夫坐进车后，萨姆比金对他说。

“我不想去。”格鲁波夫拒绝了。

“可这很有意思：我给您注射一种我提取出来的物质。非常有趣的试验——建议您感受一下。”

“那就去吧。”格鲁波夫立刻同意了。

“等等，”萨尔托利乌斯那把小提琴的制作者，守夜人挤进了小车，“弗拉基米尔·伊万诺维奇，您在那儿干什么——发呆？”

“发呆，西多尔·彼得洛维奇。”

“你知道吗，我本来想进到你那儿去的——可我撞到一个东西，被撞得退了回来。”

“不行，西多尔·彼得洛维奇。这会要了你的命。”

“不行——不该……我想拿些废料——我想再做两把小提琴，最后两把了。”

“拿走吧，西多尔·彼得洛维奇……去睡觉吧，我也累得不行了……”

他们的车开了，小巷变得空空荡荡。只留下了西多尔·彼得洛维奇和萨尔托利乌斯。

6

萨尔托利乌斯以自己随遇而安的习惯在衡器厂留了下来。他当上了杂工，住在工厂院子里，西多尔·彼得洛维奇屋里。看门人很快教会了萨尔托利乌斯做琴。他的制作方法很普通，不懂得任何古老的工艺，只是深色发亮的材料是从格鲁波夫的实验室拿来的。这块材料对于工程师来说，既不适用，也不精确，就被抛到了一边。萨尔托利乌斯无法完全明白，为什么自然界的物质几乎能自行演奏，并超过乐手的技艺。西多尔·彼得洛维奇也不知道，也没有兴趣知道。

萨尔托利乌斯苦恼了整整两个月，一无所知，直到工厂开始生产新型衡器。这是集体农庄的需求：农庄庄员的口粮和劳动日计算，储存粮食——最珍贵的集体财富，都需要有精确的秤。为此，大量工人急需通过短训班提高技术水平。萨尔托利乌斯也被派去参加新技术学习。那时，厂里出现了像无线电收音机似的小型电动机器，这种机器发射出无形的巨大力量，使加工的材料先是发出痛苦的哭腔，然后沉默下来，加工完成。制作秤锤的材料是黏土、刨花板、普通的泥土，以及所有便宜却无用的东西。经过电动工具的加工，这些物质变得像钢铁和铅弹一样坚硬结实。

工程师格鲁波夫对工人们解释说，世界，尤其是经过人为加工的地方，都是用带病的材料建成的。因为其所有细小的分子部分都被用火、劳动、机器等撞落，离开了自己原来的好地方，忧郁地在物质内部游荡。高频电流和超声振动使这些分子快速回到它们古时候的位置——大自然变得健康牢固。分子期待着，它们发出和谐的共振，也就是用声、热、电来回应一切刺激，甚至当刺激已经停止，它们还独自歌唱，用自己遥远的声音让周遭知道，它们在受难和抵抗。人能够理解这种声音。当他的心承受着艺术的张力时，几乎也在同样地歌唱。只是没有那么精确，更加模糊不清。

“这在西多尔·彼得洛维奇制作的小提琴上得到了证明。”一天，格鲁波夫在生产会上说，“小提琴用不适于秤锤生产的废料制成，它的音乐来自我们的次品……可是我认为，我们现在应该用真正的材料做几把琴……”

格鲁波夫微笑了一下，他那在长期劳动中久经风霜的脸变得温柔、年轻。此人多次经受狂野残酷的电击，出生入死。在坟墓边缘，他才了解到死亡物质的命运，并力所能及地改变它。

萨尔托利乌斯在衡器厂工作到九月，然后就去向不明。巨大的莫斯科被装入了他的身体，许多人在他身上起作用，振奋着他，别人的心也比他自己的心更有意思——他想在所有人多种多样的命运中感受自己的灵魂，而不是仅仅以一个小提琴手的身份，也不仅仅局限于自己狭隘的才能。

整个秋天里，萨尔托利乌斯农庄的同乡们找遍了整个莫斯科，只找到一些居住证上有关他的蛛丝马迹。他没有再活着出现过：他迷失在人间。他的国家伟大善良。

乌利亚

曾有过一个好孩子，现在所有人都忘了他，连他的名字也不记得了。没有人记得他的名字，他的模样，只有我的奶奶还记得这个好孩子，她给我讲了他的故事。

奶奶说，这个孩子名叫乌利亚，是个女孩子。所有看见过小乌利亚的人都感到心疼，因为她面容可爱，心地善良。可是见过她的那些人，却并非个个都纯洁善良。

她有一双明亮的大眼睛。每个人都能在这双眼睛的深处看见世界上最重要、最美好的东西。每个人都想仔细看看乌利亚的眼睛，并在她的眼底看见对于自己最重要和最幸福的东西。可是乌利亚会眨眼，因此没有人来得及看清，那双亮眼睛的深处到底有什么。当人们重新注视乌利亚的眼睛，并刚刚开始明白他们看见了什么时，乌利亚又眨眼了，所以始终无法彻底看清她眼底的影像。

可是有一个人却看清了乌利亚眼底显现的东西。这个人叫杰米扬。在丰年，他向农民低价收购粮食，荒年又高价卖掉，总是吃喝不愁。杰米扬在乌利亚眼睛的最深处看见了自己，完全不同于别人眼中的自己，而是自己真实的样子：一张贪婪的血盆大口，眼露凶光，隐藏的灵魂在他的脸上暴露无遗。自从看见自己后，杰米扬就离开了住所，音讯全无，渐渐被人们淡忘了。

在乌利亚的眼中只有真相。如果一个残暴的人长着一张漂亮的脸，穿着华丽的衣服，在乌利亚的眼中，他丑陋无比，还满身疮疤。

乌利亚并不知道，自己眼中反映出的是真相。她年幼不懂事。其他人也来不及窥见她眼中的自己。可是所有人都欣赏乌利亚，都认为，世上有她的存在，日子就过得不错。

乌利亚并不知道自己的亲生父母是谁。一个夏日，人们在大路旁水井边的松树下发现了她。那时她刚出生几周，被一块头巾包裹着躺在地上，一双大眼睛默默地望着天，眼中不停变换着颜色：一会儿是灰色，一会儿是蓝色，时而又是黑色。

善良的人们把她领回自己家，一个没有孩子的农民家庭收养了她，给她起名叫乌利亚。她在养父母家里度过了童年的早期。

她睡觉时，眼睛半闭，仿佛还在看。早上晨曦来临时，乌利亚半睁的眼中映出农舍窗外的景色。她睡在长凳上，朝霞映红了她的脸。窗边的柳枝、朝霞中的云朵、飞翔的鸟儿——都映在乌利亚眼中。可是她眼中的云朵、鸟儿和柳枝比常人看见的更美丽、清晰，让人愉悦。

养父母非常喜爱小乌利亚，因为牵挂她每天都会在夜里醒来，起身走到乌利亚身边，在蒙眬中久久端详着这个别人家女儿熟睡的脸。他们感觉到，她那半闭的眼中发出光芒，清贫的农舍瞬间蓬荜生辉，仿佛他们年轻时过节一样。

“乌利亚可能很快就会死去。”母亲小声说道。

“闭嘴，别胡说！”父亲说，“她那么小怎么会死？”

“这样的人都活不久的，”母亲又说道，“她睡觉的时候都不闭眼。”在乡下有一种迷信，睡觉不闭眼的孩子都会夭折。

多少次母亲想伸手合上乌利亚的眼睑，可是父亲不让母亲碰她，怕吓着她。白天，当她在角落里玩些破布头，或者用黏土罐和铁罐子来来回回倒水玩儿的时候，父亲也总是生怕碰到女儿，仿佛是害怕弄伤她小小的身子。

乌利亚那浅色的头发卷成发卷儿，好像是风吹进去就停在了里面。乌利亚温柔的脸庞无论在梦中还是醒时都关切地望着某个地方。父母总是感觉，乌利亚有话想要问他们，问是什么在折磨她。可是她问不出口，因为不会说话。

父亲为乌利亚请来一位军医大夫。父亲认为，也许她有些病痛，大夫可以治好她。大夫听了听乌利亚的呼吸说，等她长大了就没事了。

“为什么所有人都认为她这么可爱？”父亲对军医大夫说，“她如果不这么讨人喜欢就好了！”

“这是大自然的游戏。”大夫回答。

父亲和母亲生气了。

“什么游戏！”他们说，“她是个活生生的人，又不是玩具。”

其他人还是和过去一样，企图从乌利亚的眼中看见自己真实的样子。也许有人已经看见了，只是不说。却告诉大家，自己来不及看清，因为乌利亚眨眼了。

所有人都知道，乌利亚的眼睛会变换色彩。如果她看见善良的东西——天空、蝴蝶、奶牛、花朵、路过的穷苦爷爷，她的眼中就会闪烁出透明的光。如果她看见隐藏在外表之下的恶，她的眼睛就会黯淡下来，变得漆黑。只有在乌利亚眼睛的最深处，最中央，始终明亮，映出她所见之人或物的真相——不是显露在人前的样子，而是深藏起来不为人知的样子。

乌利亚差不多两岁的时候开始说话了。她说话很清晰，不过话很少，知道的词也很少。她和大家一样，看见田野里、乡村街道上的各种东西。可是乌利亚总是会被看见的东西吓到，有时还会指着自己所看的方向，吓得又哭又叫。

“你怎么了？怎么了你，乌连卡？”父亲把她抱入怀中，不明白是什么吓到了乌利亚。“你为什么这样看着我？那边有一群牲畜在回圈，这里只有我和你。”

乌利亚惊慌地看着父亲，像是看着一个陌生人。她害怕地下了地，跑着离开了父亲。她也同样害怕并躲着母亲。

只有在夜里，什么都看不见的时候，乌利亚才会感到平静。

早上一醒来，乌利亚马上就想离开家。她躲到黑漆漆的烤房或者沟壑里的沙土洞穴中，一个人待在黑暗中，直到父母找到她。当父亲或母亲把她抱在怀里亲吻她的眼睛时，乌利亚会吓得大哭，浑身颤抖。似乎是落入了狼爪，而不是在被父母爱抚。

就是看见一只从草地上飞过的胆小的蝴蝶，乌利亚都会被吓得心脏怦怦直跳，叫着跑开。乌利亚最怕一个老太太，我的奶奶。她已经很老了，连其他老太太都管她叫老奶奶。奶奶很少去乌利亚家，可是每次去总会给乌利亚带一些礼物：一块白面饼、一块糖、一双用了40天才织好的手套，或者乌利亚需要的其他东西。老奶奶说，她的日子已经差不多了，本来都可以死了，可是现在她不能死：一想起乌利亚，她那颗病弱的心脏就会因对乌利亚的爱、怜惜和喜悦重新像年轻时那样呼吸、跳动。

可是乌利亚一看见奶奶就开始哭。她那双变暗的眼睛目不转睛地盯着奶奶，吓得发抖。

“她看见的不是真相!”奶奶说，“她把好的看成坏的，坏的看成好的。”

“为什么一切真相都能在她眼中显露呢?”父亲问。

“因为这个!”老奶奶又说，“她自己身上有真理在闪光，可是她却并不明白这个世界，她的感知都是相反的。她活得还不如盲人。她若是看不见或许更好。”

“也许，老奶奶说的是对的，”父亲暗自思忖，“乌利亚把不好的看成好的，好东西却看成坏的。”

乌利亚不喜欢花儿，她从来不碰花儿，却喜欢从地上捡些黑乎乎的脏东西兜在衣裙的下摆里，一个人走到暗处，闭上眼睛，用手触摸它们。她不和村子里的孩子们交朋友，总是躲开他们跑回家。

“我害怕!”乌利亚说，“他们很吓人。”

母亲把乌利亚的头揽进自己怀里，似乎是想把孩子藏到自己心里保护起来。

村里的孩子们都面容整洁，很善良，并不任性。他们向乌利亚伸出手，对她微笑。

母亲不明白乌利亚在怕什么，她那双美丽又楚楚可怜的眼睛到底看见了什么。

“别怕，乌连卡。”母亲说，“什么也别怕，我在你身边呢。”

乌利亚看了看母亲，又叫了起来：

“我怕！”

“你怕什么？是我呀！”

“我怕你——你很可怕！”乌利亚说着闭上了眼，不想再看见母亲。

没有人知道，乌利亚看见了什么。她自己也吓得说不出来。

村子里还有一个小姑娘，四岁，名叫格鲁莎。乌利亚喜欢上了她，只和她一个人玩儿。格鲁莎长着一张长脸，人称“小马脸”。她爱生气，不喜欢自己的父母，甚至说，马上就要离家出走，跑到一个很远很远的地方再也不回来。因为这里不好，而那里好。

乌利亚摸着格鲁莎的脸对她说，她很漂亮。乌利亚的眼欣赏着格鲁莎那张凶狠阴郁的脸，仿佛自己面前是一个美丽善良的朋友。一天，格鲁莎偶然看见了乌利亚眼中的自己，真实的自己。她吓得叫起来，跑回了家。那以后，格鲁莎心地变得善良了，不再生父母的气，也不再说什么家里不好。当她又想当个坏孩子的时候，一想起自己在乌利亚眼中可怕的样子，就会被自己吓住，于是做了一个安静温柔的孩子。

虽然乌利亚看见花儿和善良的人会受到惊吓，这让她很伤心，可是她和所有孩子一样，也会吃面包，喝牛奶，慢慢长大。日子过得很快，乌利亚满了5岁、6岁、7岁。

这时候，曾经离开不知去向的杰米扬回到了村子里。他两手空空，开始和所有人一样，耕地，善良地活到终老。他甚至希望把乌利亚过继给他当养女，因为他已经是孤老人了。可是养父母没有同意。自从领养了乌利亚，他们已经离不开她。

差不多5岁起，乌利亚就不再吓得哭喊着跑开了。看见像我奶奶那样的善良人，她只是会伤心、哭泣。在她那双大眼睛的深处依然会映照出她所见之人的真实形象。可是她看不见真相，只能看见假象。她那双充满信任和忧郁的眼睛呆滞地打量着这个世界，却不明白自己所见。

乌利亚长到7岁时，养父母告诉了她自己的身世。告诉她，她的生父生母杳无音信，甚至不知道现在是否还在世。养父母告诉乌利亚这些是明智的。他们希望乌利亚从他们口中，而不是从别人那里得知真相。别人迟早会告诉她的，可是说出来的话会不好听，会让孩子伤心。

“他们也很可怕吗?”乌利亚问自己的养父母。

“不，他们不可怕，”养父说，“他们把你生在这个世界上。对于你来说，没有比他们更亲的人了。”

“你看见的不是真相，乖女儿，”养母叹了口气，“你的眼睛坏掉了。”

那以后乌利亚过得更伤心了。夏天，乌利亚打算秋天到来之前就离家出走，去寻找离开了自己的生父生母。

夏天还没过完，村子里来了一个中年乡下女人，穿着草鞋，肩上背着一个装面包的背囊。看得出来，她是远道而来，已经筋疲力尽。她坐在大路旁的井边，旁边有一棵老松树。她望了望松树，站起身抚摩松树旁的大地，仿佛在寻找一件多年前遗失的东西。女人换了鞋，来到杰米扬家里，在土台上坐了下来。

人们都在地里干活，路上一个行人也没有。这个奇怪的女人独自坐了很久。后来从院子里走出来一个女孩。她看见了陌生女人，走了过去。

“你看上去不可怕。”女孩的眼中闪着纯净的光。

女人看了看小女孩，拉起她的手，把她抱进怀里。女孩并不害怕，也没有叫喊。女人吻了吻女孩的一只眼睛，又吻了另一只，自己哭了起来：她认出乌利亚就是自己的女儿——从她的眼睛、脖子上的胎记、她的身体，和自己颤抖的心。

“我年轻时真傻呀！把你丢在了人世间。”女人说，“我现在来找你了。”

乌利亚靠在女人温暖柔弱的胸前睡着了。

“我是你的母亲。”女人说着，又吻了吻她那半闭的双眼。

母亲的吻治好了女孩的眼睛。从那天起，她能和常人一样看见这个阳光明媚的世界了。她用一双明亮的灰色眼睛温柔地看着，不再怕人。她能看得准确了——美好善良的东西不再让她害怕，她也不再像见到生母之前那样，把丑陋残忍看作美好。

可是从这一刻起，乌利亚眼睛深处什么也没有了：真理的秘密形象消失了。乌利亚不再感到痛苦，真相不再在她眼中闪耀。她生母得知这一切时并不难过。

“人们不需要看见真相，”母亲说，“他们自己知道真相。而那些不了解真相的，即使看见了，也不会相信……”

后来，我的老奶奶去世了，再也没有给我讲过乌利亚的故事。可是很久之后的一天，我亲眼看见了乌利亚。她长成了一个美丽的姑娘，美得超出人们的想象。不过人们只是欣赏她，而她的存在在人们心中已经无足轻重。

尤什卡

很久很久以前，我们这条街上住过一个看起来上了年纪的人。他眼睛不好，手上力气又小，在通往莫斯科的大路旁一家铁匠铺里帮工。他给铺子里担水、挑沙、挑煤、拉风箱；师傅打好铁，他就用钳子把烧热的铁固定在铁砧上；把马牵到马桩，准备上马掌……总之，打理一切杂活儿。他名叫叶菲姆，可是大家都叫他尤什卡。尤什卡又矮又瘦，皱巴巴的脸上没有胡须，却稀稀拉拉地长着些白色的毛发。他眼睛颜色发白，像盲人似的。眼中总是湿漉漉的，似乎常常含着泪水。

尤什卡住在铁匠铺老板家的厨房里。一大早他就去铁匠铺，晚上才回来过夜。老板给他提供面包、菜汤和稀粥，他可以用自己的工钱——每月 7 卢布 60 戈比——买些茶、糖和衣服。可是尤什卡不喝茶，也不买糖，他喝白水。衣服也是多年就穿那一身，没有换的：夏天穿长裤和一件被熏得发黑，被火星燎了好几个洞，露出身子的褂子，光着脚；冬天在褂子外面罩一件过世的父亲留下的短袄，脚上穿着自己从秋天就开始缝制的毡靴。这双鞋他穿了一辈子，每个冬天都是这一双。

早上尤什卡从街上走过，去铁匠铺时，老头老太太们就起床了，同时叫醒年轻人说，尤什卡去上班了，该起床了。晚上尤什卡回家时，他们又说，该吃饭睡觉了——尤什卡都回家睡觉了。

小孩子们，还有些半大孩子，一看见自言自语的老尤什卡，马上停下游戏，跟着他边跑边喊：

“尤什卡来了！尤什卡！”

孩子们从地上捡些干树枝、石块、垃圾冲尤什卡扔过去。

“尤什卡？”孩子们叫喊着，“你真的是尤什卡？”

老人什么也不回答，也并不生他们的气。他一如既往，不慌不忙地走着。石块和垃圾袭来的时候，他也不遮挡自己的脸。

孩子们很惊讶，尤什卡是个活人，居然不生他们的气。于是又问：

“尤什卡，你是真人吗？”

然后孩子们又从地上捡起东西往他身上扔，追他，摸他，推他。他们不明白，为什么他就不像其他大人那样骂他们，或者捡起一根长棍子驱赶他们。孩子们从没见过这样的人。他们想，尤什卡真的是个活人吗？他们用手碰碰尤什卡，或者打他一下，发现他的确是个活人，身体还很硬。

于是孩子们又推搡尤什卡，冲他扔土块——既然他真是个活人，最好能让他骂上几句。可是尤什卡却一声不吭走过去了。这样一来，孩子们反而生起尤什卡的气来。如果尤什卡总是一言不发，既不吓唬他们，也不驱赶他们，他们讨个没趣，就不好玩了。于是他们更加使劲地推搡老人，在他身边大叫，想让他报复并以此取乐。然后他们慌张地从他身边跑开，开心地在远处叫他的名字捉弄他，又在夜色中跑开，躲到房前的草垛里，院子的杂草丛里。可是尤什卡从没动过他们一个手指头，也没有还击过他们。

如果孩子们完全挡住了尤什卡的路，或者把他弄得太疼了，他会对他们说：

"你们在干吗，我的亲人们？你们干吗，孩子们？……你们应该爱我！……为什么你们都需要我？……稍等一下，别碰我，你们冲我扔泥巴，我眼睛看不见了。"

孩子们既没有听，也听不懂他的话。他们依然故我地推搡、嘲笑尤什卡。他们很高兴，自己可以对他为所欲为，而他却从不还手。

尤什卡也很高兴。他知道，为什么孩子们要取笑他，欺负他。他相信，孩子们爱他，需要他。只是他们不会爱，不懂得如何表达爱，才欺负他。

当孩子们在家不好好学习或者不听话的时候，父母都会教训他们："你长大之后就会像尤什卡一样——夏天光着脚，冬天穿一双破鞋子。所有人都欺负你，放糖的茶都喝不上，只能喝白水！"

成年人们在路上遇见尤什卡，有时也会欺负他。他们常常遇到烦心事，受到委屈，喝醉了酒，心里憋着一肚子火，一看见去上班或者回家的尤什卡，就会冲他嚷：

"你干吗瞎胡闹？不三不四的！你怎么和别人不一样！"

尤什卡停下脚步，以沉默作答。

"你不会说话还是怎么的？畜生！你就像我这样简简单单地过日子，别瞎犯嘀咕！说啊！你能好好过日子不？不能？啊哈！……

得了！”

虽然尤什卡一句没搭腔，但是说话人相信，错全在尤什卡。于是揍了他。成年人在瘦弱的尤什卡面前耍起威风，下手也比原想的要重。作恶让他们暂时忘记了自己的痛苦。

尤什卡躺在路边的尘土里，好半天才缓过劲儿来，自己站起身。偶尔铁匠铺老板的女儿会来找他，扶起他，把他带走。

“你还是死了的好，尤什卡。”老板的女儿说，“你活着干吗？”

尤什卡惊讶地看着她。他不明白，既然他被生下来是为了活着，那他为什么要死。

“是父母亲要把我生下来，这是他们的意志。”尤什卡回答，“我不能死。我还要在铁匠铺里帮你父亲干活呢。”

“找个人顶你的活就是了，你不过是个打杂的！”

“达莎，人们爱我！”

达莎笑了。

“你这会儿脸上还有血印子，上周耳朵刚被人扯掉，你还说什么——人们爱你！”

“他们爱我，只是不懂这是爱！”尤什卡说，“人们的内心常常是瞎的。”

“他们的内心是瞎的，可是他们的眼睛雪亮啊！”达莎说，“快走吧！他们心里爱你，可还是算计着要揍你。”

“他们算计着欺负我，这是真的。”尤什卡同意，“他们不让我在外面走路，还伤害我的身体。”

“你呀你，尤什卡！”达莎叹了口气，“父亲就说过，你还不够老!”

“我怎么会老！从小我的心脏就不好，我只是因为有病才显老的……”

因为这个病的缘故，尤什卡每年夏天都要离开老板家一个月，步行去一个偏远的村子。那里应该有他的亲戚，可谁也不知道到底是什么亲戚。

就连尤什卡自己也忘了。有一年他说，村子里住着他孀居的妹妹，下一年又说，是他的侄女；有时说是去乡下，有时又说是去莫斯科。人们想，可能在偏远的村子里住的是尤什卡心爱的女儿。她和父亲一样，也是个无害也无用的人儿。

七八月间，尤什卡就会背上装着面包的背囊离开我们这座城市。一路上，他呼吸着青草和森林的芬芳，看着出生于天空的白云，在明亮温暖的空气中游弋与死亡。听河流在石滩上潺潺作响。尤什卡病弱的心脏得到了休息，肺病也感觉不到了。走到无人的远处，尤什卡不再掩饰自己对生命的爱。他屏住呼吸，俯身亲吻花儿，生怕自己的呼吸伤害了花儿；他轻抚树皮，从地上拾起死去的蝴蝶和甲虫，久久端详它们的脸，感觉自己离开它们就变成了孤儿。不过，天空里活泼的鸟儿还在欢唱，蜻蜓、甲虫、蝈蝈在草丛里发出悦耳的声音，尤什卡的心情由此变得愉悦，胸中充盈着散发出潮气和阳光的香甜花香。

尤什卡在路途中得到了放松。他会在路边的树荫里坐下，平静温暖地打个盹儿。他休息好，呼吸够了乡间的空气后，就忘记了自己的疾病，像个健康人一样愉快地继续前行。尤什卡只有 40 岁，可是多年的疾病让他很显老，以至于所有人都以为他是个老头儿。

每年尤什卡都要这样穿过原野、森林与河流去到远方的乡村或莫斯科，那里有人在等他，或者根本没有人等他——关于这一点，城里的人们一无所知。

通常一个月后，尤什卡就回到城里，又从早到晚地在铁匠铺里干活，过回之前的生活。大人孩子又开始拿他开心，骂他蠢，欺负他，因为他从不还手。

尤什卡会平静地过到第二年春末。一到夏天他就背上行囊，带上这一年的积蓄，共 100 卢布，把钱袋挂在自己的胸和肚子之间，离开不知去向。

年复一年，尤什卡身体越来越差，年岁越来越大，心脏病也不断折磨着他。一年夏天，又到了尤什卡该去远方的日子，他却哪儿也没去。他像往常一样，天黑了才自言自语地从铁匠铺回自己的住处。认识他的路人开心地打趣他：

“你干吗来我们这儿溜达，上帝的假人！……你还是死了的好，没了你，大家可能更开心，只是我又害怕闷得慌。”

这次尤什卡生气地回应了。这应该是他生平第一次。

“我哪点儿碍着你了？我的命是父母给的，我是合法出生的。全世界都需要我，同需要你一样。也就是说，这个世界离不了我！”

路人还没等尤什卡说完就火了：

“你想干吗？你说什么！你居然敢把我和你相提并论？没用的蠢货！”

“我没有相提并论，”尤什卡说，“可是我们的作用都是相同的。”

“你少给我自作聪明!”路人叫喊着，“我比你可聪明多了！呦，你话还多起来了！我来让你变聪明点儿!”

路人挥起手，带着一股恶气狠狠地往尤什卡胸口推了一把，尤什卡一下子仰面躺到了地上。

“你歇歇吧。”路人说完就回家喝茶去了。

尤什卡躺了一会儿，翻个身，脸朝下躺着，就一动不动再也没有起来。

很快有人从旁边路过，是个家具作坊的木匠。他叫了一声尤什卡，把他翻过来躺着，黑暗中看见尤什卡睁着一双白色的眼睛，嘴唇乌黑。木匠用手擦了擦尤什卡的嘴，明白了这是凝结的血。他又摸了摸尤什卡脸冲下躺的地方，发现地上湿了一片，那是从尤什卡喉咙中涌出的血。

“死了，”木匠叹了口气，“永别了，尤什卡。原谅我们所有人吧。大家都认为你是个废物，可是谁能为你讨个公道!”

铁匠铺老板为尤什卡料理了后事。老板的女儿达莎为尤什卡清洗了身子，把他安放在铁匠家里的案台上。所有人都来和死者告别。年长的、年幼的，所有认识尤什卡、取笑过他、欺负过他的人都来了。

尤什卡下葬后，人们渐渐淡忘了他，可是日子却过得不那么开心了。没有了尤什卡这样一个忍气吞声、默默承受的人来化解别人的恶、无情、嘲笑和不怀好意，现在所有的仇恨和挖苦都只能在人们内部得到消耗。

深秋时节，人们重新想起了尤什卡。一个天色阴沉的日子，铁匠铺里来了一个年轻姑娘，向老板打听，在哪里能找到叶菲姆·德米特里耶维奇。

“叶菲姆·德米特里耶维奇是谁?”铁匠很惊讶，“我们这里从来没有这个人。”

姑娘听完并没有走，好像在默默地等着什么。铁匠看了她一眼：糟糕的天气给他带来了一个奇怪的女客人。姑娘看上去弱不禁风，个子不高，可是她柔和干净的脸温柔动人。一双灰色的大眼睛充满忧郁，仿佛时刻都充盈着泪水。这打动了铁匠的心。他看着客人，突然猜到了：

“是尤什卡吧？是这样的，他身份证上是叫德米特里耶维奇……”

“尤什卡?”姑娘嘟囔着，“对啊。他是自称尤什卡。”

铁匠沉默了。

“您是他什么人？是亲戚吗?”

“我不是他什么人，我是个孤儿。叶菲姆·德米特里耶维奇把我安顿在一个莫斯科的家庭里，那时我还小。后来他送我去上了寄宿学校。每年他都会来看我，给我送来一整年的生活费和学费。现在我长大了，已经大学毕业。今年夏天叶菲姆·德米特里耶维奇没来看我。请告诉我，他在哪里？他说他在您这儿已经干了25年了……”

“已经四分之一世纪过去，我们一起老了。”铁匠说。

他关了铺子，把客人带到墓地。姑娘扑倒在尤什卡墓前。这个恩人从小养育了她，为了让她有糖吃，自己却从没吃过糖。

她知道尤什卡的病情，现在毕业当了医生，专程来为这位世界上最爱自己的人，也是自己全心热爱的人治病。

很多年过去了，女医生留在了我们这座城市。她在治疗肺病的医院工作，走街串巷为肺结核病患者治病，分文不取。现在她也不再年轻，可还是整天忙于救治病人，不知疲倦地帮助病人远离痛苦和死亡。城里所有人都认识她，称她为“好人尤什卡的女儿”。人们早已经淡忘了尤什卡，也忘了，她并不是他的女儿。

垃圾风

献给德国失业者，莱比锡事件的见证者，希特勒集中营的囚犯察霍夫同志。

留下我的疯狂，
献出那些
夺去我理智的人吧。

《一千零一夜》

天空升起朝霞，开始了阳光明媚的新一天：1933 年 7 月 16 日。可是由于它自身过剩能量的作用，上午 11 点前，这一天就已经变旧了——烈日炎炎，尘土飞扬遮天蔽日，各种活物大口喘气——夏日变得混沌、沉重、有害视力。

自然光透过炽热的大窗户，照在铁床上一个熟睡的人身上。床单由于睡觉时辗转反侧已变得破旧。熟睡的人年纪不老，可是紧张的生活使他平凡的面孔早就失去了光泽。经年累月的疲惫和绝望像骨头一样硬邦邦地躺在他脸上的表情里，就像是人体表面的一部分。

这是个星期天。熟睡的人的妻子从另一个房间走出来。她皮肤黝黑，名叫泽尔达，出生在近东，来自俄罗斯的亚洲部分。她温柔地给丈夫仔细盖好被子并叫醒了他：

“阿尔伯特，起床啦。都白天了，我去弄点儿东西……”

阿尔伯特睁开眼——先是一只，随后是另一只——看见世上的一切都是那么模糊陌生，心情不安起来。他皱了皱眉头，哭了，像是在童年的噩梦里，忽然感觉到母亲不在身边，而看不清的东西正充满敌意地逼近眯着眼睛的小孩子……泽尔达摸了摸阿尔伯特的脸，他平静了一些。他的双眼怔住了——纯净、黯淡，像盲人似的一动不动。他一时想不起，自己还存在着，并且还应当继续活着。他忘记了自己身体的重量和感觉。泽尔达对着他俯下身——她是阿富汗人，曾经鲜活美丽，现在已经被饥饿折磨得衰老不堪。

“起来吧，阿尔伯特……我有两个油煎土豆。”

阿尔伯特·里登别尔克残酷无情地看见，他的妻子变成了动物：她面颊上的绒毛变成了兽毛，眼中发出野性的光，嘴里满是贪婪和欲望的口水，在他的头顶上疯狂地吼叫。阿尔伯特冲着她叫喊，驱赶她。里登别尔克穿衣服的时候，看见泽尔达正躺在地上哭，一条腿裸露着——长满了肮脏的动物的癞疮。她甚至不去舔舐它们，还不如会细心关注自己器官的猴子。

阿尔伯特拿起手杖准备出门：他的思维黯淡了。这个曾经的女人吸干了他的青春；因为他贫穷失业、性无能，她啃噬他的肉；每天夜里她都赤身裸体地骑在他身上。现在，她就是一只野兽，失去理智的混蛋。而他行将就木，将永远是一个人，是宇宙空间物理学家。就让饥饿折磨他的胃，直到他的心吧——只要不超过他的喉咙。他的生命将躲藏在脑洞里。

阿尔伯特用手杖揍了泽尔达便出了门。这是德国一个南方省份。罗马教的钟声敲响，街边小教堂里走出几个怡然自得的白衣姑娘，她们眼中与其说是装满了敬仰上帝的泪水，不如说装的是爱腺发出的潮气。

阿尔伯特看了看太阳，像是面对一个遥远的人，对它微笑了一下。不，不是太阳，不是这种全世界能量的光亮，也不是彗星，不是这些游走的黑色星辰将终结地球上的人类：对于这样的小事而言，它们太过巨大。人们会自己折磨自己，分崩离析。优秀的人在战斗中战死，劣质的人变成动物。

一个罗马神父走到天主教堂的台阶上。他激动不安，面色潮红——神的使者以人的尿包的形式出现。然后，从教堂里出来一些老妇人。这些女人曾经欲火焚心，现在身上流着脓，爱和母性在她们的肚子里，在棺材般的黑暗里渐渐腐烂。神父站在炎热的台阶上祝福了她们，就走进教堂院子里自己阴凉的房间。

钟楼上的小铃铛还在继续鸣响，诵经声穿过哥特式教堂痛苦的屋顶飘向被烈日炙烤得昏沉沉的天空。永恒的钟声同报刊书籍、夜间餐馆里的音乐发出同样的内容：“痛苦——痛苦——痛苦!”

这单调的世界之声，阿尔伯特·里登别尔克已经听了20年：“痛苦!”——这种对生活的愁苦、停滞和毁灭的召唤越来越强劲，——只有心灵无辜清晰地跳动，仿佛一无所知，纯洁无瑕。

阿尔伯特在城里的热浪中坐下。这一天在他头上继续着，有着琐事的缜密、国家死刑的精准和未知的慈悲的忍耐。里登别尔克摸了摸面前的树木。他开始专注温柔地打量这棵树。它也承受着同样的痛苦，它那灰尘密布的心灵中也在期待清风。

“你是谁?”里登别尔克问。

枝叶向人的苦痛低下了头。阿尔伯特以极大的热情与友善紧紧地抓住了眼前的树枝。与这样的情感相比，世上一切无上的爱都微不足道。几只死蝴蝶从树上坠落，活的蛾子往干燥的空旷处飞去。

里登别尔克攥紧了手里的拐杖，意志坚定地继续往前走。他感觉到脑海中的思想像鬃毛一样竖了起来，刺破了骨骼。在腐臭的饱受痛苦的空气中，他看见了城市广场。巨大的天主教堂专注地默默矗立着，紧紧挨着自己修建者的坟墓，仿佛睡意蒙眬的千年，好似安放在石头中的苦难。下方是一堆垃圾：100 来个民族一社会主义党人穿着表明自己世界观的棕色制服，正在安装希特勒纪念碑。纪念碑在埃森市用上等的铜铸造完成后，用卡车运到此地。另一辆有起重臂的卡车把纪念碑卸下，还有 4 辆卡车运来了装在海蓝色箱子里的热带植物。民族一社会主义党人干活的时候并不心疼自己的衣服。他们的内衣被汗水渍坏了，骨头也磨破了。不过他们并不缺衣少食，因为为了一个人和他的助手们的荣誉，此刻有数以百万机器和愁苦的人们在德意志紧张地劳动，摩擦着金属和人的骨骼。

团结一致的人群走到了市中心的街道上——人数有好几千。人们的肚子里唱着歌，——里登别尔克能清楚地区分食道发出的低音和肠子蠕动发出的高音。人群走到纪念碑前，脸上显露出幸福的神情：强大的黑暗势力保障着他们的食物和夜间的安宁，他们脸上闪耀着力量的荣光。他们走到纪念碑前，领头的人们齐声问候铜人，然后人群开始给干活儿的人们打下手。在他们的自然力之下，垃圾长高了，里登别尔克甚至感觉到了自己灵魂中的头皮屑。还有成千上万，数百万人此刻也在践踏着日耳曼古老艰难的大地，只为用自己的存在取悦古老的故乡和当代人类的拯救者。数百万人现在可以不工作，只是问候。除了他们之外，还有各类各样的人坐在办公室里，用书面的、光学的、音乐的、思索的、心理的方式确立天才拯救者的无上权力，自己却沉默无语，默默无闻。无论是问候的人还是沉默的人都创造不出一丁点儿价值，可是他们却吃着黄油，喝着红酒，养着一个忠诚的妻子。全德国都行走着排成纵队的武装军人。他们保护着政府的荣誉，忠于政府的秩序。队列中的人们沉默无言，神情专注。他们每天都可以吃上火腿。政府支持他们英雄的独身精神，不过供给他们滴剂，以免他们从犹太女人那里染上梅毒（日耳曼女人不会有意识地患上梅毒，因为她们有完善的人种结构，身上也不会发出臭味）。

里登别尔克也没有劳动——他在受折磨。他看见的所有人要么死于饥饿发狂，要么在国家安保的行列里行走。谁供给他们吃穿，给了他们奢侈和享乐的权力？无产阶级在哪里？抑或他们已经疲惫地死于默默无闻的劳动？是谁使这个世界处于惊恐和狂喜，而不是创造中，他却还能受到这个蠢货的保护独善其身？是穷人，强人还是沉默的人？

阿尔伯特·里登别尔克疲惫地站在古老的天主教堂广场上，惊讶地回头打量这个虚无的王国。他只能勉强感觉到自己的存在，艰难思索每一个关于自己的回忆。通常他总是会忘记自己，也许是因为去除了生活中太多痛苦的意识，为的是让自己的生命得以保存，哪怕是保存在没有记忆的忧郁中！

出乎所有人意料，里登别尔克像一个不存在的幽灵，走到了卡车的散热器前。钢铁机器惊惶不安地冒着热气，成千上万的人变成了金属，艰难地在马达里休息，汲取着廉价的气体，再也不要求什么社会主义和真理。里登别尔克把脸俯向机器，像是对着一个死去的兄弟。透过散热器的缝隙他看见了机器里坟墓般的黑暗。人类在它的峡谷中迷失、跌落、粉身碎骨。偶尔在空荡荡的工厂里会有一些沉默的工人，他们每个人要负担10个国家禁卫军。为了供他们吃喝，让他们高兴，配备加强统治的警卫，每个工人一天要做100马力的工。一个赤贫的劳动者供养10个统治者。可是这10个统治者却并不高兴，而是惊恐地握紧武器——对付贫穷孤独的人们。

汽车散热器上方挂着金色条幅，上面写着黑字："向日耳曼人的领袖——智慧、英勇、伟大的阿道夫致敬！荣誉永远属于希特勒！"条幅两侧的万字符像是虫子的爪印。

"美妙的19世纪，你错了！"里登别尔克在浑浊的空气中说。他的思想突然停滞，变成了物理的力量。他举起沉重的手杖，击向汽车的胸膛——散热器，打得栅格都凹了进去。民族党的司机一言不发地从驾驶室走了出来，抓起瘦弱的物理学家，用他的头以同样的力量撞击散热器。里登别尔克瘫倒在地上的垃圾堆里，没有知觉：这对他来说已经算不上痛苦——就是没有这一击，他也很少感觉到自己身体的重要和自己个体的存在。可是在垃圾的作用下，他的头疼得更厉害了，超过了铁器的打击……他眼中的天微微泛白，他不眨眼地看着天，灰尘聚集在他的眼窝，眼窝中流出眼泪，冲洗发痒的泥垢。司机站在他头顶上方。司机这辈子吃过的所有动物——牛羊鱼虾——都在体内消化了，在他的脸上和身体里留下了自己暴怒和蛮荒的表情。里登别尔克站起身，用手杖用力打了一下司机那动物般的身体，就从汽车旁走开了。在这样大胆无理的事实面前，司机一脸惊愕——他忘了再给里登别尔克一下。

南风在空间里刮着，带来法国、意大利、西班牙的生活垃圾和城市的气味，喧嚣的残迹，人撕心裂肺的号叫……里登别尔克转过脸迎着风，他听见了远处一个女人的控诉，人群哀怨的叫喊，汽车飞驰而过的车轮声，地中海岸边湿润的花朵的歌唱。他懂得这种混沌，明白当地人无声的忙碌，笼罩在他们头顶长时间空气的流动，和空气中充斥的号哭。

里登别尔克走向纪念碑旁的工人们。工作已经停了下来。生铁的圆柱上放着铜质的半身人像，只有头部。

铜像的脸上刻着沉迷酒色的贪婪的嘴唇，世界性的荣誉使他两颊丰满。收了钱的雕塑家在他寻常的额头上刻上了深深的皱纹，表现出这尊雕像为安排人类命运在痛苦地凝神思考，绞尽脑汁。人物的胸部前突，像是在贴近女人的胸部，肿胀的嘴唇上带着温柔的微笑，准备享受欲望，或是说出国家的话语——如果给雕像加上下半身，这个人很适合给姑娘当情人。而只有上半身的时候，他就只能是民族党的领袖。

里登别尔克微笑了一下：喜悦并没有让他停下来——他可以无

意识地，健忘地思考。

“美妙的19世纪！”里登别尔克大声说道，周围是令人窒息的炎热空气、汽车和人群。民族一社会主义党人听着他含混的言语：他们的领袖曾把思想和词汇比作家庭婚姻——如果思想只忠诚于领袖，就像忠诚于自己的丈夫，它就是有益的。如果它在黑夜里，在绝望的房屋间游荡，在放荡的怀疑和忧郁的纵欲中寻找自己的满足，那思想就毫无意义，组织严密的脑袋就应该将其消灭。它比共产主义和《凡尔赛条约》加在一起还危险。“伟大的世纪！”里登别尔克说，“在你的世纪末诞生了阿道夫·希特勒：人类的首领，深入欧洲命运深处最有激情的天才行动的领导者！”

“正确！嗨希特勒！”在场的民族一社会主义党人齐声高喊。

“嗨希特勒！你将主宰世纪——你强过任何王朝：你的统治没有尽头，直到你自己发笑，或是死亡将你带入草地之下我们共同的家园！多糟糕！你之后将出现另一些比你更残暴的人……你第一个明白，在机器的脊梁上，在忧郁不幸的精密科学的驼背上，应当建立起的不是自由，而是牢固的专制！你把所有因为离开机器而失业的人，痛苦的人，迷途的人都纳入麾下，收入了自己的护卫队……你很快就会把所有活人都变成自己的战友，而那些仅存的，为了养活你的军队，在机器旁边费力干活的人，将无法消灭你。皇帝们死了，因为他们的禁卫军需要人们供养，却遭到人们拒绝。你不会死，因为机器、巨大的剩余生产力将供养你的军队。你不会消失，你将战胜危机……”

“嗨希特勒！……”

“你发明了新的职业，让数百万人从不进行商品再生产，却累得精疲力竭。他们将在国家内四处走动，衣食无忧，消灭多余的食物，他们将满心欢喜汗流浃背地颂扬你的名字，并寿终正寝……这是新型的工业。为了建构你的荣誉，人们满怀热情地劳动。劳动将结束危机，占据人民的肌肉和心灵，使他们对平静和满足见惯不惊……你夺走了我的故乡，赐给每个人工作——冠以你的荣誉……”

里登别尔克困倦地环顾了四周。太阳的中心威力不减地炙烤着空旷的垃圾空间，被烤干的昆虫和各种小玩意儿在空气中兴奋地叫着，人们却沉默不语。

“神仙们开始下凡，我没有找到普通人的足迹，我在人身上看见动物的起源……我还应该做些什么？我——做这个！”

里登别尔克用上了全身力气，加上所有智慧的力量，用手杖两次击打纪念碑的头部。手杖断成了几节，金属却毫发无损。机器制成的半身像并没有感觉到这个忧郁之人的疯狂。民族一社会主义党人们抓起里登别尔克的身子，扯掉了他的两只耳朵，紧紧压坏了他的性器官，又从四面八方挤压他身体其余的部分，踩着他的身子走过去。里登别尔克平静地理解了自己的疼痛，也并不怜惜自己消失的生命器官。因为它们同时也是他受难的工具，还是在全世界的闷热天里这次行动的恶意的参与者。除此之外，他早就认定，人的身体温暖、可爱、完整的时代已经过去：每个人都必须当个残疾人。随后，他在困倦中睡去，好让伤口上的血有机会凝结。他半夜里醒来，没有星辰，下着淅沥的小雨。雨点如此细微，让人感觉它就像头皮屑一样干燥又神经质。

一个陌生人把里登别尔克从纪念碑底座抱下来，带走了。里登别尔克相信，还有另一些陌生的温柔手，在暗夜中默默地把素不相识的残疾人带回了自己家。很快，那人就把里登别尔克带到一个黑乎乎的院子深处，打开垃圾池上方草棚的门，把里登别尔克扔了进去。

里登别尔克掉进温暖湿润的生活垃圾里，吃进了些看不见的软乎乎的东西，然后睡着了。这些廉价的腐烂物暖和了他的身子。

这家的主人很节俭，很久没有清运过垃圾池里的垃圾。因此里登别尔克在厨房产生的金山银山中生活了很久，无所顾忌地把它们吸进身体，又在体内消化。他的身体里——由于残疾处的伤口和肮脏——产生了像狼疮似的大面积感染。创面又长出浓密的毛发，遮住了一切。被揪掉的双耳处也长出了浓密的头发，好在他右侧的听力还保留了下来。他再也不能行走——他的性器官旁的大腿受损，不受控制了。只有一次，里登别尔克想起了自己的妻子泽尔达，没有怜惜，也没有爱——只是头骨里出现了这样的念头。有时他会躺在清理鱼的残渣上自言自语——很少有面包皮被扔下来，土豆皮更是从来不会掉下来。里登别尔克很是惊讶，为什么他的语言没有被剥夺，这是国家考虑不周——人身上最危险的根本不是性器官——它只是个一成不变的安静的反动派。而思想——就是一个妓女，甚至连妓女都不如：她一定要在完全不需要她的地方游荡，只委身给从来不付钱的人。“伟大的阿道夫！你忘记了笛卡尔：当他被禁止行动时，出于害怕，开始思考，在惊恐中意识到自己的存在，也就是说，又开始行动了。我也在思考和存在。如果我活着——就是说，没有你！你不存在！”

“笛卡尔是个傻瓜！”里登别尔克说出了声，他倾听着自己迷茫的思想发出的声音：凡是思考的，都是不可能存在的。我的思想是被禁止的生活，所以我快死掉了……希特勒不思考，他逮捕人；阿尔弗雷德·罗森堡的思考毫无意义；罗马教皇从来不思考；所以他们就存在着！

让他们都存在着吧：布尔什维克很快就会把他们变成自己回忆中顺从的思想……

布尔什维克！在里登别尔克脑海中那光线幽暗的深处，他想象出纯净美好的阳光照耀着一个湿润清凉的国家，这里粮食丰饶，鲜花盛开，还有一个严肃深思的人，走在一台重型机器后面。在那个远处的人——忧郁的劳动者——面前，里登别尔克突然感到有些害臊。在黑暗中，他用手捂住了自己伤心的脸庞……他开始痛苦忧伤：自己的身体已经残疾，感情没有希望。他再也见不到清凉的黑麦田，童年般睡眼惺忪的晚霞映照下飘过的朵朵白云，他的腿再也不能迈进茂密的草地。伟岸严肃的布尔什维克正默默地在自己的空间中心怀全世界，他成不了他的朋友，——他将死于此地，窒息于垃圾风，窒息于干涸憋闷的怀疑和撒满欧洲大地的头皮屑里。

生活垃圾越来越少了。里登别尔克吃下了所有软和的东西和或多或少可以吃的东西。最后，下水道里只剩下了一些铁片和碎瓷片。

里登别尔克意识模糊地睡着了，梦见一个身形巨大的女人在爱抚他。可是他只能在她温暖的怀里哭泣，哀怨地看着她。女人默默地抱紧他，以至于他在一瞬间感到自己的双腿可以独立奔跑——他痛得叫喊了起来，抓住了一个人的身体。他抓住了一只老鼠，它趁他做梦的时候咬他的脚。老鼠迫不及待地用力挣扎着求生，牙齿在里登别尔克的手里消失了。于是他掐死了它。然后里登别尔克摸了摸自己被老鼠咬出的伤口，伤口破了皮，潮乎乎的。老鼠吸了他很多的血，咬掉了表皮上的肉，使他的生命更加微弱——现在里登别尔克的力量在死去的动物身上保存了下来。

里登别尔克对自己可怜的残肢感到心疼，他开始怜惜属于自己的瘦弱身体。它从未有过享受，在劳动和折磨人的思考中已被耗尽，饥饿感渗透骨髓。他抓起死老鼠开始吃，想从它那里吃回自己在30年贫困生活中积攒下来的血和肉。里登别尔克把这只小动物吃得只剩下了毛，然后带着财产失而复得的满足睡去。

早上，一只乞丐似的狗惊慌失措地跑到垃圾池。里登别尔克一看见这只狗，立刻明白了，它曾经是一个人，被痛苦和生活无着变成了没有思维的动物，便没有继续吓唬它。可是狗一看见人，就吓得浑身发抖，眼睛里满是死亡般的哀伤——惊恐耗尽了它的力气，它艰难地消失到一旁。里登别尔克微笑了一下：他曾经研究过宇宙空间，提出过假设，在遥远星辰的表面可能是晶体地貌——他这样做有一个秘密的目的——用理智征服宇宙。如果现在可以到达宇宙星空，人们在第一天就会四散分开，开始单独生活，相互保持十亿公里的距离。地球则会变成植物的天堂，鸟儿的家园。

白天，街面上的警察把里登别尔克赶出了栖身之地，像对待其他罪犯和身份不明者那样，把他送进了有三重铁丝网的集中营。集中营中间的空地挖出一些洞穴，供被驱赶至此的人们维持长久的生命。

集中营办公室里的人认为里登别尔克未必是一个人，所以没有对他进行问话，而是给他做了仔细检查。不过为了以防万一，还是把他留下无限期关押。在他的个人登记表上写着："可能是一种新型社会动物物种，毛发覆盖，四肢无力，性征不明显，无法确定性别。从头部的外部特征看，是个痴呆。能说少许词汇，无激情地说出过一句话——希特勒的上半身——然后就沉默了。无期。"

集中营里长着一棵树。里登别尔克在树根下面挖了一个小洞，住了进去，度过自己期限不明的生命。开始，他躲开其他囚犯，一个人独处。后来，一个共产党员爱上了里登别尔克。这个年轻人有着一双专注的黑眼睛，由于有机力量聚集和无所事事，脸上长满粉刺。他双手抓住里登别尔克，像抓住一个又小又短的身子，告诉他，用不着犯愁：太阳升起又落下，森林里草木生长，历史的时间在社会主义的海洋中流淌，法西斯将会以一个全世界的大笑话告终——沉默的普通大众消灭了统治众生者和青铜偶像们之后，将会耻笑他们。

里登别尔克在集中营里住了一段时间后，平静下来。他唯一期待的就是犯人们收工回来，一边给自己熬菜汤一边聊天的晚间时光。里登别尔克没有被打发去干活，因为他只能在地面爬行。他现在什么也不怜惜，什么也不害怕了：无论是过往的生活，对女人的爱，还是未来不幸的命运。他整天躺在树洞里，听空气险恶地聒噪，运送政府官员赴各地进行统治的列车沿着路基行驶。当监室的铁丝网外传来说话声和护卫队的枪声，里登别尔克就往有人的地方爬过去——他很高兴自己对他们还怀有热烈轻松的感情。

他最喜欢和共产党员们交朋友：这是一群饥饿的囚犯。一到晚上，他们就像孩子似的玩耍奔跑。他们相信自己胜过相信事实，因为事实都是要被消灭的。里登别尔克在他们中间爬来爬去，参加这种孩子似的游戏，而这游戏背后隐藏着他们忍耐的勇气。然后他就幸福地一觉睡到早上，早早起床，送自己的同志们去干活。有一天，他在杂草当中翻找食物时，找到一小张报纸，从上面读到了自己写的小册子《宇宙——无人的空间》被烧掉的消息。小册子是 5 年前出版的，证明了宇宙世界一片荒芜，只有矿物质存在。而销毁这本小册子证明，地球也将会变得荒无人烟，只剩下矿物质。可是这并没有让里登别尔克伤心。他只希望每天都能有夜晚，并且他能在那些疲劳的囚犯当中幸福地待上一个小时。他们忠实于自己的友谊，就像小孩子们在游戏时，或是在童年故乡那杂草丛生的院子里遐想时那样忠于友谊。

夏天快过去的一天夜里，里登别尔克突然醒来。站在树旁的一个女人叫醒了他。女人穿着长风衣，头戴小圆帽，露出一缕鬈发，优雅的身材忧郁地裹在衣服下面——这显然是个姑娘。她身边还站着两个武装警卫。

里登别尔克的心开始惆怅地狂跳：在女人面前，他又害臊又害怕。虽然他被剥夺了爱的能力和直立行走的能力，可是此刻他竭力想自己站起来。他拄着棍子站住了。女人向前走，他跟在后面，重新感觉到了双腿坚实的力量。他心潮难平，无法问她点什么。他落在她后面一点，看见她一侧的脸颊，她却一直没有看里登别尔克，而是看着眼前黑暗的道路。

在集中营办公室里，等待他们的是由三个军人组成的法庭。女人在里登别尔克身后站住。法官向里登别尔克宣布，他被判处枪毙——原因是他的身心发展不符合日耳曼种族主义理论和国家思想水平；目的在于坚决保障人民肌体健康，以免沦为动物状态，预防杂种生物的感染。①

“请您说话!”法官对里登别尔克说。

“我保持沉默。”里登别尔克说。

“盖德维嘉·沃特曼!”法官说，“您是地方共产党组织的成员。从国内革命时期起，您的脸上就始终带着嘲笑最高领袖的表情。就是从那一刻起，被关押的您拒绝结婚，拒绝对两位国家机关高级军官的爱做出回应，侮辱了他们的种族尊严。法庭决定：消灭您这位纯种条顿天才的私人敌人。有话说吗?”

“有。”里登别尔克的女伴带着智慧和嘲弄的微笑说道，“两位的求爱被我拒绝是因为，我是个女人，他们却不是男人……”

“怎么——不是男人?”法官大吃一惊，提高了声音。

“他们丧失了生育能力，丧失了优等日耳曼人种的繁殖能力，应该被枪毙！他们身为日耳曼人，却只能用法国人的方式去爱，而不是用条顿骑士的方式。他们是民族的敌人!”

“您是共产党员?”法庭成员问。

“很明显。”沃特曼说，“可是要回答这个问题，请把您的武器给我。”

---

① 用斧子和刽子手执行死刑是后来实行的。——原注

她的请求被拒绝了。

法官向警卫长发出了普通的死刑命令。

“毙了这对杂种!”法官继续命令道。

里登别尔克和盖德维嘉·沃特曼被带出了集中营。四个军官手拿左轮手枪押解他们。走在前面的是两个刑事犯，每人头上顶着一个他们在集中营里亲手打制的木棺材。

盖德维嘉·沃特曼的步态依然优雅轻盈，仿佛不是赴死，倒像是去重生。她也和里登别尔克一样，呼吸着充满垃圾臭味的空气，被迫挨饿，受苦，期待着共产主义的到来。她去赴死——可是她没有让自己的身体和意识屈服于任何东西：无论是悲伤、病痛、恐惧、懊悔还是悔过——她放弃了生命，保全了自己用以获得劳动胜利和永久凯旋的全部力量。敌人的黑暗势力止步于她的衣衫，无法触及她的面颊——深夜里，她走在自己的棺材后面，健康沉默，不怜惜未曾实现的生活，如同放弃一件小事。她为什么要为工人阶级赴汤蹈火，如同为永久的个人幸福而斗争?

里登别尔克甚至觉得，盖德维嘉·沃特曼身上散发出健康思想的潮气和健康人、双脚健全者的汗味——她身上没有一处因干燥混沌的风而干枯。虽然被警卫包围着，但她的尊严永远在她孤独的体内。

抬棺人下到了谷地里，沿着僻静的谷底继续往前走。很快看见了早已废弃的陶瓷厂的厂房。死刑犯们被带到了厂房中黑漆漆的暗处。

里登别尔克距离盖德维嘉·沃特曼不远，疯傻地哭着。他伤心地想着这个陌生女人，如同世界末日来临。不过对于死亡，他只为这个最好的女伴感到惋惜。队伍拐过了墙角，抬棺人消失在某个看不清的东西后面。走在里登别尔克左边的押送军官，跳进了用重型机械挖好的深坑的边缘，小心又顺利地沿着深坑走动。可是里登别尔克突然推了他一下——就像小孩子习惯把东西塞进空地方一样。军官消失在下面，从那里叫喊了一声，同时还传来了铁器的吱嘎声和骨头撞击的摩擦声。其余三个押送军官往深坑方向移动，盖德维嘉·沃特曼挥舞了一下风衣的衣角，像迅疾的小鸟，无声无息地在看守和里登别尔克眼前永远消失。三个军官以为女犯人不过是走了几步，就扑过去抓她，想一下子抓住她，又马上回来。

里登别尔克不知所措地一个人站着。深坑里的军官早就没了声息。头顶棺材的刑事犯也一去不回。远处空旷的原野里传来两声枪响：盖德维嘉·沃特曼跑得越来越远，头也不回地消失了，没有人追得上她。里登别尔克希望有人抓住她并把她带回来。他现在不能没有她，他想再看看她，哪怕一瞬间也好。

一个人也没有回来。里登别尔克躺倒在地上。又是一声震耳欲聋的枪声，在遥远的夜里软弱无力又不真实。接着，集中营里响起了战斗警报的铃声。里登别尔克起身往前挪动了一点，稍微离开了那个本应是他永久的葬身之处，同一个坟里还本应埋着盖德维嘉·沃特曼。十年之后，当他们的棺材和尸骨腐烂，当地上的遗骸也遭到破坏，阿尔伯特的骨骼会抱着盖德维嘉·沃特曼的骨骼——漫漫数千年。现在里登别尔克很是遗憾，这一切并没有发生。

一早，里登别尔克来到了一个陌生的工人村，这里有 6 栋或者 8 栋房屋。开始了秋高气爽的天气，轻尘在房屋间无人的道路上颤动，太阳在远处高远的空间升起。里登别尔克走到村边一座屋前，没看见一个人。他不知不觉走到了村口的井边，在这里看见了希特勒的塑像：荒凉的半身铜像。铜像的脸正对着石头花盆里的一束铁花。里登别尔克专注地看着金属材质的脸，寻找着脸上的表情。

离开塑像，他进了屋。屋里空无一人，遍布尘埃的床上躺着一个死去的小男孩。里登别尔克感觉到自己身上有了一种奇怪的轻快力量。他很快又参观了两栋房子，在里面既没有找到居民，也没有发现动物。院子里散落着干枯的树皮。粪坑也没有散发出任何气味。

这个荒无人烟或者被赶尽杀绝的小镇上，最后一栋屋里坐着一个女人，一只手摇着悬挂在天花板上的摇篮，另一只手不停地给睡在摇篮里的孩子盖被子。里登别尔克向女人问话，她没有回答。她眼睛也不眨地盯着摇篮，眼神中长期凝聚的忧郁已经化作了冷漠。由于饥饿和疲惫，女人的脸是褐色的，就像法西斯衬衫的颜色；外露的皮下的肉都被吸收为体内养分，因此整个身体已经脱离了骨头，就像秋叶离开了树干。就连她头骨中的大脑都被身体吸收，用以保持体力。因此，现在这个女人没有了理智，她的记忆忘记了眨眼的必要性，身体缩到只有小女孩大小，只有她的痛苦实实在在地存在于她的本能中。她以源源不断的力量摇晃着廉价的摇篮，温柔又不知疲倦地给熟睡的孩子盖被子，虽然里登别尔克并没有感觉到凉意。

“他已经睡着了。”阿尔伯特说。

“不，他们怎么也睡不着。”这时母亲回答道，“我已经摇晃他们一周多了。他们一直冷得睡不着。”

里登别尔克俯下身去看摇篮，女人把被子掀开一点：两个死去的孩子面对面躺在一个小枕头上。他们睁着眼睛，头已经发黑。里登别尔克把被子完全掀开，看见一个女孩和一个男孩，五六岁模样，全身已经遍布尸斑——男孩一只手放在姐妹身上——保护她，让她不要害怕永恒的到来；女孩像个女人似的单手托腮，充满信任。他们的脚上还带着最后一次在外面玩耍时留下的污垢。青紫色的寒霜在两个孩子薄薄的皮肤下面蔓延开。

母亲重新给死去的孩子盖好被子。

"瞧他们冻得!"她说，"所以他们睡不着!"

里登别尔克用手指帮孩子们闭上了四只眼睛。他对母亲说：

"现在他们睡着了。"

"睡了。"母亲同意道，便不再晃动摇篮。

里登别尔克走进厨房，点燃炉子，用木质家具做燃料，把一个装满水的大锅坐到了火上。水烧开后，阿尔伯特走到女人面前告诉她，他现在要煮肉，让她别睡着——他们很快就能吃上饭。如果他不小心在厨房里睡着了，就让她照看着肉。如果煮好了，就自己先吃，别等他醒来。女人同意等等，吃点东西，还让阿尔伯特把最好的一块肉放进锅里——给她的孩子们吃。

里登别尔克在厨房里把炉子烧到最旺，抓起砍刀，开始从自己杂草丛生的腹股沟下面，砍下自己稍微健康的左腿。砍得很艰难，因为砍刀已经很久没有磨了，肉不肯就范。于是阿尔伯特拿起刀快速沿着骨头剔下了自己的肉，割下来一大片，直到膝盖。他把这一大片肉砍成了两块——一块好一些，一块差一点——并扔进了沸腾的锅里煮。然后他爬到外面的院子里，仰面躺在地上。丰富的生命像温暖的小溪从他身上离去，他听见自己的血正渗入身边干涸的土地。可是他还在思考。他抬起头，环视空旷的四周，眼睛停在远处日耳曼救星的雕像上，忘记了自己——出于自己日常生活的习惯。

两小时后，汤烧干了，肉被熬出了特别的油脂，火也被扑灭。

晚上，一个警察来到这座屋里。和他一起的是一个有着惊恐的东方面孔的年轻女人。警察在女人的帮助下搜查国家罪犯，而女人不知道警察的心思，借助国家的帮助，寻找自己那不幸的疯丈夫。

警察和他的女伴在屋里找到一具女尸，脸埋在摇篮里。摇篮里的两个孩子也已经死去。屋里没有男人。

当疲惫不堪的警察看见厨房炉子上锅里营养丰富还带着余温的肉时，坐了下来吃掉当晚餐。

“歇会儿吧，泽尔达·里登别尔克女士。”警察提议。

可是情绪激动的女人并没有听他的话，而是漫无目的地走出了房子——穿过厨房里的院门。

泽尔达看见地上趴着一个陌生的动物尸体。她用鞋碰了碰它，发现这也许是个毛发浓密的原始人，但更像是一只被人弄残了的大猴子，还被戏弄地穿上了人的褴褛衣衫。

后来走出来的警察证实了泽尔达的猜测，地上躺的是一只猴子，或者其他某种对日耳曼无用的，不具科学价值的动物。年轻的纳粹或者冲锋队员为了政治需要，给它穿上了衣服。

泽尔达和警察离开了空荡荡的村子，这里已经毫无人的生命迹象。

老头和老太太

丈夫和妻子都老了。老头退了休，开始做家务。可是家务活并不多——因此退休老头经常坐在窗边往外面看：谁走了过去，谁坐车过去了，天气怎么样。夫妻俩生活了一辈子的城市不大，距离列宁格勒 1000 来公里，有一个古老的名字：克列斯特。每个月会有一封信从列宁格勒寄来。每到该收到信的日子，退休老头半小时就要往栅栏外面望一眼，看邮递员有没有来：万一他病了，或是把信弄丢了，或者他也年老退休了，可新来的邮递员业务还不熟。终于，以前那个老邮递员送来了信，老头递给他一支烟表示感谢（他自己不抽烟，可是买了一包烟来招待别人。一包烟够他散半年），然后戴上眼镜，大声给老太太读儿子的来信。儿子在列宁格勒已经生活了 15 年，有自己的家庭，自己操心的事儿。他通常在信里写到，日子过得还不错，现在比过去好了。只要一忙完，马上就会来克列斯特看望双亲。可是儿子已经答应了 6 年，却一次也没来：也许是公务太繁忙，脱不开身；也可能是他一离开，家里人——妻子和 4 个孩子——就会惦记他。儿子没有细说原因。

母亲一边听信的内容一边哭，用头巾的一角擦干了每一滴泪水。

而老头一边读信，一边习惯性地数着老太太的眼泪，最后告诉她，一共有多少滴。

“18滴。”他放下信说，“这就是我们的生活……”

接下来，退休老头拿起一本没用过的交货单——最近几年他在消费协会联盟仓库当库管员——在空白的交货单上给儿子写回信。“勤写信给我们，要不然我们很寂寞。母亲常为你哭泣，我虽然忍着，但是也很想你。”——老头一般是这样结束自己的信。可是儿子下一封信的间隔仍然不会少于一个月。

晚上，丈夫和妻子早早地躺下睡觉，好让时间过得快一些。可是他们并不能马上进入梦乡。他们并排躺着，回忆过去的生活，一切是多么可怕、煎熬、美好、有趣。老太太曾是个漂亮姑娘，上过中学，会跳舞，吸引了不少年轻人，后来永远地恋上了此时的枕边人。他已经变得衰老无力，可依然那么可爱、熟悉、亲切。

老太太握住丈夫的手对他说：

“我多想再遇见一次当年的你——活泼、迷人、真诚，一个毛头小伙子！我自己也还年轻该多好：我还是会先爱上你，过上一段日子，然后死去……我再别无所求！”

“可是然后，你不一定就要死啊！”老头对老太太说。

“不，说真的，死而无憾。”老太太说，“我已经两次看见了自己的幸福：第一次我匆匆忙忙没有记住，第二次——我要牢牢抓住……”

“有了第二次，你还会想要第三次！”老头说，“最好不要了。体验一次幸福就行了，犯不着去重复旧的……现在，人们在建设新世界！趁咱俩还没死，咱们要保重身体，跟上时代。不过就用不着再起腻了——你要是给我生几个软骨病的孩子，他们从小就要靠领国家的救助金生活：无论怎样的好收成，多少斯塔汉诺夫式的工作都不够养活他们！还有其他开销——新学校、保卫、剧院、浴室、课本、新商店，你想想，这得多少钱——怎么够！”

“说不定——够了呢？”妻子温柔地问。

“什么够了？”老头严肃地说。

“养小孩子的钱，要是我重新再生几个的话。”老太太说。

老头想了想说：

“长大也会瘦精精的——我的个头不壮，你也大不如前。如果能长成个好公民还行，可是——未必！”

“瘦就瘦呗！”妻子说，“以后多锻炼就强壮了。我省下钱——不用植物油，改用大麻油——买个收音机。里面播广播操，经常都有，我听玛利亚·叶戈罗夫娜说过。”

“最好还是不要。”老头说完就侧过身，准备进入梦乡了。

妻子犯起了愁：她先是嘀咕着，如果人们因为年老或者贫穷，或是没有心情就不生孩子，那么所有人早就死光了，早就没人了。只剩下青草树木，爬行的蜥蜴。后来她下定决心似的自言自语，用不着等到另一个时代，等到有钱或者等待什么特别的幸福——现在就应该好好生活，生孩子，现在就应该及时行乐。否则什么也等不到，白白过一辈子。可是她的老头子已经睡了，老太太叹了口气，也一个人睡了。

早上，老头坐到桌前想起了心事。他的老太太一边唠叨，数落丈夫没有性格，一边打扫房间和厨房。她每天都要批评自己的丈夫，然后很快就忘了，为什么自己就不爱他了。可是这种日复一日的不满替代了她的社会生活。对于老太太的情绪激动，老头总是沉默以对。因为他对共同生活的浩繁和乐趣记忆犹新。他也知道，一个女人情绪激动——算不上大祸临头……

晚上在灯下，老头在桌上摊开了自己这辈子的工作档案：工作证、证明、公民证、军人证、奖状、履历表、出差证明的副本、给上级机关的报告——多年工作的整部编年史……退休老头默默地对着自己的证件鞠了一躬，思绪开始了回忆，重新体验这一切——时而会心微笑，时而变得伤心，嘟囔着日期、已经不在的同事和领导的名字、如今早已更名的机关的旧名称，摩挲着已经陈旧的纸张，欣赏着上面的角章——过去的世界对老头来说，始终难以忘怀。

老太太好长时间都没有打扰他，她在缝补袜子，只是偶尔看看丈夫——就让他的心灵凭空自我安慰吧。

看够了证件，老头走到镜前，仔细打量自己的脸，还抚了抚自己的双颊。他实际上还没有那么老，面颊依然红润，面容表情总体让人满意，似乎还很可爱。老头猜想着，为什么他的外表和身体衰老得比通常慢。年轻时，他在市里的宾馆当过服务员，后来在铁路过磅处当过管理员，在有限责任劳动组合里干过，当过店员、火灾保险代理、仓库管理员、蔬菜仓库的废品检验，后来又当过库管员等。退休老头的一生过得并不艰难，只是忙乱。因此健康并未受损。老头把目光从镜子转回档案。可是这时妻子走到桌前，用双手把文件全都搅乱了。

“你看这些干什么！你看看我，你和我说说话，不是和它们！”老太太气呼呼地说。

丈夫妥协了。他小心翼翼地把文件收回文件夹，藏到了箱底。就在那个箱子里，他还找到了一本被遗忘的旧书。他平心静气地读了起来。他想，妻子不会因为读书而怪罪他的。那本小书里简明扼要地写着，人起源于猴子。“真的？”老头吓了一跳，又走到镜子前，想验证一下这句话的真实性。以前他不知道谁是自己的祖先，他没有读到过这方面的内容。

“你怎么又盯着镜子看？”妻子问，“犯不着老盯着自己看，我早就把你看透了。”

“我在看，人是不是真的从猴子变来的——这是书里写的，不是我说的！”

“你看什么书啊！你是什么变来的——你问我就好了！我可以马上告诉你，你是猴子变来的——你看了也是白看！合上书，看着我。还有什么不明白的，问吧！我把一切都原原本本地告诉你！”

这时，老太太拿起书扔回了箱子里。

老头没打算和老太太争论：让着她吧，反正都过了大半辈子了——不要紧的。他穿上衣服，往进城的方向走去。需要让心灵分散一下，让它看一看，感受一下不属于它本身的，从没见过的东西。这就好比胃是肉做的，可是也喜欢吃肉这种和自己类似的物质。智慧或者心灵汲取的并不是自有的营养，而是它们不曾知道的东西。

在克列斯特城郊外的暗夜中，老头看见了灯光。灯光上空有蒸汽机工作散发出的烟雾。退休老头早就来过这里，那时这片空地上只搭了一座木屋工棚，有两个技术员在做土壤规划。

老头走近一些，走到工地的栅栏边，透过缝隙往里看——人们在干什么工作。蒸汽铲从大地深处挖出土壤，装进小车厢，而动力强劲的蒸汽小火车把车厢拉向远方。人们一声不吭地操纵着机器，探照灯照亮了他们年轻专注的脸庞和他们创造财富的紧张的双手。

“这里要修什么？”退休老头想，“难道我死了之后就看不见未来的更高级的生活了？”他在栅栏边坐下，试了试自己周身的身体。全身的骨头都结实，心脏跳动正常，思维清晰，静静流淌的血液中还燃烧着对幸福和财富的秘密向往。老人的内心与他青年甚至少年时无异，只是皮肤有些松弛，腰偶尔隐隐作痛。不过，也许是他忘记了自己青春时的情形——他身上的生命力也只是他的自我感觉？

退休老头走回自己家，躺下睡觉。老太太已经躺下了。她现在把自己的心都放到了丈夫身上，对他耳语着说：“你还记得，你是怎么认识我的吗——我永远也忘不了，你那时多么可爱，多么善良……”

火车头在远处鸣响，运送乘客从克列斯特经过——可能是去列宁格勒，也可能是去远东：现在人们行为大胆，居住范围更宽了，在大地上飞驰。“嘿，我还要个孩子！”老头决定，“真的，我有活力——或者这只是我的感觉？”

早上老太太开心地醒来，温柔有加。她做了油煎土豆，煮好了茶炊，老头还躺在床上伸懒腰。

“你这是怎么了？！”妻子问他，“你真的爱我吗？”

“真的。”老头回答，“还是让他当个红军战士吧：那时候会有多少财富被创造出来，需要人来保护！”

“万一我生个姑娘呢？”她说，“你不喜欢她？”

“姑娘也喜欢。”退休老头说，“她长大了自己也要生孩子——生几个男孩女孩。”

“那当然！”妻子同意道，“谁说不是！”

早饭后老头去了工地。在办公室里打听到，这里在修建安全玻璃厂。“嘿，这多有意思！”退休老头心想。他请求去见见领导。于是他得到了一张通行证，让他去找工地主任。

“让我到你这里工作吧！”老头说，“行不行？”

“为什么不行？”工地主任说，“可以是可以……只是你年纪大了！”

“我只是样子看上去老，”退休老头解释，“可是我的内心还年轻。我能写会算，脑子能思考，我是个踏实人！”

工地主任不置可否地笑了笑没说话。他的脸色平静，仿佛总是在思考，总是陷入忧郁。

“你试着去当当我们幼儿园的总务主任吧，行吗？”

“没问题。”老头同意了，“我喜欢干这个：和孩子们打交道！”

“去办手续吧。”工地主任说，“我过一会儿来检查。”

办完手续，晚上退休老头和他的妻子喝了四分之一升波尔特温酒，吃了些小甜饼，接了吻。

“你又和从前一样了！”妻子幸福地惊叹。

从那时候起，退休老头又上岗了，而他的妻子怀上了孩子。虽然老头只是负责幼儿园的总务工作，可是他开始接触世上的一切——交通工作、农事种植、国际局势。他每晚和妻子讨论当今世界的全部幸福和痛苦的力量。老头心情愉快，他现在工作在幸福和永恒发展的生活前线。他的老伴总是一边听着丈夫高谈阔论，一边缝制新生儿的衣服。为了保护好自己家庭生活的幸福，她更加沉默了。

在这样的日子中，预产期到了。有了工作的老头把自己的妻子领到产院，然后自己去上班。他拭去了自己脸上激动的泪，不让单位上的人发现。

晚上，工地主任把他叫到了自己的办公室。

“你知道吗？”他沉着脸局促地说，“你的妻子生了个女儿。”

老头在沙发上坐下，同意道：

“让她活下来吧。她长大了会成为新一代人的母亲！”

“对，”工地主任神情忧伤，“可是你女儿的母亲死了。孩子太大，你妻子又上了年纪，心脏早就衰老了……医生给我打了电话。”

老头想了想，他妻子的心脏为什么会衰老得那么厉害。

“她爱我很久了，”他对工地主任说，“总是犯愁。我给她说过，用不着这样……”

“走吧，我给你的女儿找个奶妈。”工地主任说着，想把丈夫从对妻子离去的伤心中解脱出来，“我们工地上有个合适的。”

“快走吧，”老头同意了，“可是她死得很幸福。”

“当然，很幸福。”工地主任确认，“死也是需要的：如果我们永恒不灭，就用不着生孩子了。难道这不是好事吗？”

“这不好。”老人说着垂下头，轻轻地抽泣起来，尽量掩饰自己的泪水。“没关系，我很快就能忍住不哭。”过了一会儿他说。

“不久前我的儿子也是生下来就死了。”工地主任说。

“啊?”老头大声问，他似乎高兴起来，急忙擦去了脸上的泪水。

工地主任站起身，拉起老头的手，和他一起去安排抚养他的孩子和埋葬老伴的事。